Arthur Rimbaud
Poetische Werke

Herausgegeben von
Hans Therre und Rainer G. Schmidt

Band 1: Prosa

Arthur Rimbaud
Eine Zeit in der Hölle
Licht-Spuren

Aus dem Französischen übersetzt
und begleitet von
Hans Therre und Rainer G. Schmidt

Mit einer Lebens-Geographie Rimbauds
und 102 Abbildungen

Im Anhang:
Fragmente eines Höllentagebuchs von
Antonin Artaud

Matthes & Seitz Verlag
München

 Satz Fertigsatz, GmbH., München. Druck und Bindung Kösel, Kempten. Printed in Germany. ISBN 3-88221-304-3.

Inhaltsübersicht

Editionsnotiz

Selten gab es einen in der Literatur, der derartiger Faszination, Mystifikation und Nachäfferei ausgesetzt war wie Rimbaud (dies in seinem Heimatland). Ohne Rücksicht auf diesen Wust von Legenden sind wir bemüht, die PRÄSENZ dieses hierzulande nur kümmerlich Bedachten freizulegen, in einer Sprache, die unmittelbar aus dem Körper=Impuls heraus die schwankende Vieldeutigkeit eines TEXTES aufzeichnet, an dem sich schon Generationen den Kopf aufgestoßen haben. Es ist der Text=Körper, von dem wir ausgehen, nicht irgendeine literarisch=idealistische Konstruktion.

Wir stöbern nicht nach irgendeinem SINN, wir wollen SINNLICHKEIT freisetzen. Wir destillieren den Pulsschlag eines Sprechens heraus, wie er dieser Poesie eigen ist, wir versuchen ihn in unserer Sprache neu zu erobern, einen Strom zu finden, der Funken schlägt.

In dieser Hinsicht ist unsere Übersetzung exakt: wir folgen dem Text bis in die Melodik, in die Verästelungen der Syntax, ohne in die Gefahr zu geraten, den semantischen Schmand bisheriger »dichterischer« Rimbaud=Übersetzungen weiter zu kultivieren.

Unsere Arbeit ist durch und über die »poetischen« Texte hinaus Rekonstruktion eines Wunsch=Körpers, wie er kometenhaft uns durchzieht und nur zufälligerweise auf den Namen RIMBAUD gestoßen ist. Dieser Name wird Blatt für Blatt entfaltet, in einer Sprache, die stets GEBORGT ist: von Rimbauds eigenem Körper=Text, wie er aus dessen Briefen und Landschaftsbeschreibungen dringt. Es schält sich das Paradigma einer poetischen Existenz heraus, die längst nichts mehr mit »Literatur« am Hut hat: Es ist die Hefe in uns.

Und am ehesten auch, so stellen wir uns vor, könnte die Lektüre dieser Texte dort gelingen, wo der Blick nicht starr auf »Literatur« abgestellt ist: bei einer U=Bahn=Fahrt, im Halbschlaf, nach einem Zank, beim Scheißen.

In dem vorliegenden Band vereinigt sich das »Schwierig-

ste«: die Prosa, Andeutungen zu einer objektiven Poesie, zu einer universellen Sprache. — Und das in einer Zeit, wo eine noch so geplättete Subjektivität für heilig erklärt wird. Der zweite Band, er wird witziger, bringt alle Gedichte, Schmierereien und Blasphemien des jungen Rimbaud (»Album Zutique« — »Ein Herz unter einer Soutane«).
Wir stützen uns auf den Text der von A. Adam herausgegebenen französischen Gesamtausgabe der Werke Rimbauds (unter Berücksichtigung von Manuskript-Varianten), ohne jedoch der dort angegebenen Reihung der Texte strikt zu folgen, die ja auch nicht von Rimbauds eigener Hand stammt. (Mit Ausnahme der »Saison en enfer«, deren gesamte Ausgabe in den Lagerräumen einer Brüsseler Druckerei vergilbte, hat Rimbaud keines seiner poetischen Werke selbst in Druck gehen lassen.)
Zur Orientierung des Lesers sei auf das Inhaltsverzeichnis am Schluß des Buches verwiesen, wo die französischen Original-Titel der Texte erscheinen.
Hervorhebungen, die von Rimbaud selbst stammen, sind, um sie von unseren zu unterscheiden, halbfett gesetzt.

Zwei Briefe zur Poesie

Erster »Brief des Sehers« an Georges Izambard

Charleville, (13.) 5. 1871

Mein Herr!

Sie sind also wieder Lehrer. Man ist der Gesellschaft verpflichtet, so waren doch Ihre Worte? Sie sind also wieder Teil des Lehr=Körpers: Sie schwimmen im richtigen Fahrwasser. — Auch ich halte mich an diesen Grund=Satz: ich lasse mich zynischerweise **unterhalten**; ich grabe die alten Idioten von der Schule wieder aus: alles, was mir an Dreck, Blödheit und Bosheit in Worten und Taten einfällt, serviere ich ihnen: man zahlt mir in Humpen und Schoppen. **Stat mater dolorosa, dum pendet filius.** — Ich bin der Gesellschaft verpflichtet, ganz recht; — und mit was für einem Recht! — Sie, Sie haben auch recht, für heute. Im Grunde glauben Sie, Ihre Prinzipientreue sei subjektive Poesie: Ihre Versessenheit, den akademischen Futterkorb — Pardon! — zurückzugewinnen, beweist das. Aber Sie werden immer nur wie ein Satter dastehen, der nichts getan hat, weil er gar nichts tun wollte. Daß Ihre subjektive Poesie immer furchtbar abgeschmackt sein wird — das wollen wir mal nicht berechnen. Eines Tages hoffe ich — eine Reihe von Leuten hoffen dasselbe —, in Ihrem Grund=Satz die objektive Poesie zu erkennen, und zwar mit einer Wahrhaftigkeit, zu der Sie unfähig sind! —

Ich werde ein Arbeiter sein: Das ist der Gedanke, der mich zurückhält, wenn rasende Wut mich nach der Schlacht von Paris treibt — wo so viele Arbeiter sterben, während ich Ihnen schreibe! Jetzt arbeiten? Nein, niemals! Ich bin im Ausstand.

Zur Zeit stürze ich mich mit Feuereifer in alle möglichen Ausschweifungen. Warum? Ich will Poet werden, und ich arbeite daran, mich **sehend** zu machen: Sie kapieren das absolut nicht, und ich weiß kaum, wie ich Ihnen das begreiflich machen soll. Es geht darum, das Unbekannte zu erreichen durch die ENTREGELUNG **aller Sinne.** Die

Leiden sind ungeheuerlich, aber man muß stark sein, wenn man als Poet geboren ist — und ich habe mich als Poet erkannt. Das ist durchaus nicht mein Fehler. Es ist falsch zu sagen: ICH denke: man müßte sagen: ES DENKT MICH. — Verzeihen Sie das Wortspiel.
ICH ist ein ANDERER. Pech für das Holz, das sich als Violine vorfindet, und HOHN über die Ahnungslosen, die über Dinge räsonieren, von denen sie keinen blassen Schimmer haben!
Sie sind kein **Lehrer** für mich. Ich gebe Ihnen das hier: ist es eine Satire, wie Sie sagen würden? Ist es Poesie? Immerhin ist es ein Ein=Fall. — Aber, darum bitte ich Sie, streichen Sie weder mit Bleistift noch zu sehr mit Gedanken darin herum:

Das gekreuzigte Herz

Mein trauriges Herz sabbert auf dem Heck

. . . .

Das hat nicht nichts zu sagen. —
Antworten Sie mir: bei M. Deverrière, für A.R.

Von Herzen einen guten Tag

Ar. Rimbaud

brief an paul demeny

…ctament auteurs; il en est bien d'autres qui
attribuent leur progrès intellectuel! — Mais
s'agit de faire l'âme monstrueuse: à
instar des comprachicos, quoi! Imaginez
…homme s'implantant et se cultivant
…verrues sur le visage.

Je dis qu'il faut être *voyant*, se faire
…oyant.

Le Poète se fait *voyant* par un long,
…mmense et raisonné *dérèglement* de *tous*
…sens. Toutes les formes d'amour, de souffrance,
…folie; il cherche lui-même, il épuise en lui
…s les poisons, pour n'en garder que les
…intessences. Ineffable torture où il a besoin
…toute la foi, de toute la force surhumaine,
…ù il devient entre tous le grand malade, le
…and criminel, le grand maudit, — et le
…uprême Savant! — Car il arrive à
…*inconnu*! Puisqu'il a cultivé son âme,
…éjà riche, plus qu'aucun! Il arrive à
…inconnu, et quand, affolé, il finirait par
…erdre l'intelligence de ses visions,
…l les a vues! Qu'il crève dans son bondissement
…ar les choses inouïes et innommables: viendront
…utres horribles travailleurs; ils commenceront
…ar les horizons où l'autre s'est affaissé!

— la suite à six minutes —

Zweiter »Brief des Sehers« an Paul Demeny

Charleville, 15. 5. 1871

Ich habe beschlossen, Ihnen eine Stunde in neuer Literatur zu geben; ich beginne der Reihe nach mit einem Psalm von Aktualität:

Pariser Kriegsgesang

Frühling liegt in der Luft, denn ...

....

— Hier also Prosa über die Zukunft der Poesie. — Alle antike Poesie vollendet sich in der griechischen Poesie, Leben in Harmonie. — Von Griechenland bis zur romantischen Bewegung, — Mittelalter, — gibt es Gebildete, Versemacher. Von Ennius bis Theroldus, von Theroldus bis Casimir Delavigne ist alles gereimte Prosa, ein Spiel, Erschlaffung und Ruhm zahlloser Generationen von Idioten: der große, der starke, der reine ist Racine. — Hätte man auf seine Reime geblasen, seine Halbverse durcheinandergeschüttelt, so wäre der GÖttliche Einfaltspinsel heute genauso unbekannt wie derjenige, der als Autor der **»Origines«** auftrat. — Nach Racine schimmelte das Spiel. Zweitausend Jahre hat es gedauert!

Kein Scherz, kein Paradox. Die Vernunft gibt mir mehr Gewißheiten über das Thema als jemals einer von Jungfrankreich an Wutanfällen gehabt hat. Im übrigen steht es den **Neuen** frei, die Alten anzugeifern: man hat ja sich und die Zeit im Rücken.

Die Romantik ist niemals richtig beurteilt worden. Wer hätte sie auch beurteilt? Die Kritiker!!

Die Romantiker, die so klar beweisen, daß der Gesang so selten das Werk, d. h. der gesungene **und begriffene** Gedanke des Sängers ist?

Denn ICH ist ein ANDERER. Wenn das Blech als Trompete aufwacht, so ist das nicht im geringsten sein Fehler. Dies ist mir offen=sichtlich: Ich bin der Geburtshelfer meines Denkens: Ich sehe es und ich höre es: ich tue einen ersten Bogenstrich: die Symphonie provoziert Resonanzen in den Tiefen oder springt mit einem Satz auf die Bühne. Wenn die alten Dösköpfe nicht vom ICH immer nur die falsche Bezeichnung gefunden hätten, bräuchten wir nicht diese Millionen von Skeletten wegzufegen, die seit endloser Zeit die Produkte ihres Scheuklappen=Verstands aufgehäuft haben, indem sie sich als Au=Toren davon ausriefen! In Griechenland, sagte ich, **rhythmisieren** Vers und Lyra **alles Tun.** Später sind Musik und Reime reine Spielereien, Lockerungsübungen. Das Studium dieser Vergangenheit entzückt die Neu=Gierigen: manche ergötzen sich daran, diese Altertümer wieder aufzuwärmen: — das ist ihre Sache. Die universelle Intelligenz hat schon immer ihre Einfälle ausgestreut, das ist natürlich; einen Teil dieser Hirnfrüchte lasen die Menschen auf: man handelte danach, man schrieb Bücher darüber: so ging das seinen Gang, der Mensch nahm sein Wesen nicht in Arbeit, er war noch nicht erwacht, oder noch nicht in der Fülle seines großen Traums. Funktionäre, Schriftsteller: Autor, Schöpfer, Poet, dieser Mensch hat nie gelebt!

Die erste Aufgabe des Menschen, der Poet werden will, ist die volle Kenntnis seiner selbst; er taucht nach seiner Seele, gewinnt Einsicht in sie, erprobt sie, lernt sie kennen. Sobald er sie begriffen hat, muß er sie aufbilden. Das klingt einfach: in jedem Gehirn vollzieht sich eine natürliche Entfaltung; daher erklären sich soviele **Ego=isten** zu Autoren; unter ihnen gibt es viele, die ihren geistigen Fortschritt SICH SELBST zuschreiben! —

Aber es geht darum, die Seele ungeheuerlich zu machen: nach Art der Kinderschänder, was! Stellen Sie sich einen Menschen vor, der sich Warzen ins Gesicht pflanzt und großzüchtet.

Ich sage, es ist notwendig, **Seher** zu sein, sich **sehend** zu machen.

Der Poet macht sich sehend durch eine lange, gewaltige und überlegte **Entregelung aller Sinne.** Alle Arten von Liebe, Leiden, Wahnsinn; er sucht sich selbst, er erschöpft alle Giftwirkungen in sich, um nur die Quintessenz zu bewahren. Unsägliche Folter, wo er volles Vertrauen, alle übermenschliche Kraft braucht, wo er unter allen der

große Kranke, der große Gesetzesbrecher, der große Geächtete sein wird, — und der höchste Wissende! —
Denn er kommt an beim **Unbekannten!** Weil er seine schon reiche Seele weiter aufgebildet hat, weiter als irgendjemand sonst! Er kommt an beim Unbekannten, und wenn er, überwältigt, damit enden würde, daß er das Verständnis seiner Visionen verliert, so hat er sie doch gesehen! Mag er auch zerrissen werden bei seinem großen Satz durch die unerhörten und unsagbaren Dinge: Kommen werden andere furchtbare Arbeiter; sie werden dort weiter machen, wo der andere an seine Grenze kam!

— Fortsetzung in sechs Minuten —

Hier schalte ich einen zweiten Psalm ein, **außerhalb des Textes:** bitte neigen Sie ein wohlgefälliges Ohr, — und die ganze Welt wird bezaubert sein. —
Ich habe den Bogen in der Hand, ich beginne:

Meine kleinen Geliebten

Ein leckgeschlagener Wasserautomat...
....

Da. Und merken Sie wohl, wenn ich nicht Skrupel hätte, Sie mehr als 60 cent. Nachgebühr blechen zu lassen, — ich armer Schlucker, der ich seit sieben Monaten nicht ein einziges Bronzescheibchen mehr in der Hand hatte! — so würde ich Ihnen noch meine **»Amants de Paris«** schicken, 100 Hexameter, mein Herr, und obendrein meine **»Mort de Paris«**, 200 Hexameter! —

Ich fange wieder an:
Also der Poet ist wahrhaftig Dieb des Feuers.
Seine Aufgabe ist die Menschheit, ja sogar alle **Lebewesen;** er muß seine Entdeckungen fühlen, ertasten, hören lassen; wenn es Form hat, was er **aus der Tiefe dort** mitbringt, gibt er Form; ist es ungeformt, gibt er Ungeformtes. Eine Sprache finden!
— Da im übrigen jedes Wort eine Ein=Sicht ist, wird die Zeit einer universellen Sprache kommen! Man muß schon Akademiker sein, — verfaulter als ein Fossil —, um ein

Wörterbuch zu machen, egal um was für eine Sprache es sich dreht. Schafsköpfe machten sich daran, über den ersten Buchstaben des Alphabets **nachzudenken,** die könnten in ihrer Schafsnasigkeit leicht nach hinten ausschlagen! —
Diese Sprache reicht unmittelbar von Seele zu Seele, faßt alles zusammen: Düfte, Klänge, Farben; Gedanke, der das Denken an sich zieht und auf seine Bahn bringt. Der Poet würde das Feld des Unbekannten bestimmen, wie es sich in seiner Zeit in der universellen Seele erweckt: er gäbe mehr — als die Formel seines Denkens, als die Niederschrift **seines Weges zur Veränderung!** Das Maßlose, von allen angeeignet, würde zum Maß: so wäre der Poet wahrhaftig ein **Vervielfältiger der Veränderung!**
Sie sehen, diese Zukunft wird materialistisch sein. — Immer erfüllt von **Ziffer** und **Harmonie** werden diese Gedichte für immer sein. — Im Grunde wäre das noch ein wenig die griechische Poesie.
Die nie endende Kunst hätte eine Aufgabe, und die Poeten wären Glieder der Gemeinschaft. Die Poesie wird nicht mehr das Tun rhythmisieren; sie wird **voraus sein.** Diese Poeten werden kommen!
Wenn einmal die endlose Versklavung der Frau gebrochen ist, wenn sie für sich und aus sich selbst lebt, da der Mann — erbärmlich bisher — ihr den Widerschein ihres Seins gibt, dann wird auch sie Poet sein! Die Frau wird Unbekanntes finden! Werden die Welten ihres Denkens sich von den unseren unterscheiden? — Sie wird fremdartige, unergründliche, abstoßende, kostbare Dinge entdecken; wir werden sie entgegennehmen, wir werden sie verstehen.
Fordern wir, voll Erwartung, **neues** von den **Poeten** — Ein=Sichten und Formen. Die Schlauberger werden bald meinen, diese Forderung erfüllt zu haben. —
Sie täuschen sich!
Die ersten Romantiker waren **Sehende,** ohne sich recht darüber klar zu sein: die Aufbildung ihrer Seelen war Zufällen zu verdanken: verlassene Lokomotiven, aber unter Feuer, die eine Weile von selbst den Schienen folgten. — Lamartine ist manchmal sehend, aber erdrosselt von der alten Form. — Hugo, **zu dickköpfig,** hat sehr wohl **Gesehenes**

in den letzten Büchern: »Les Misérables« sind ein wahres **Gedicht.** Ich lese gerade »Les Châtiments«; »Stella« gibt ungefähr das Maß von Hugos **Sicht.** Zuviel Belmontet und Lamennais, Jehovas und Säulen, alte kaputte Monströsitäten.

Musset ist eine vierzehnfache Abscheulichkeit für unsere von Schmerzen und Visionen zerrissene Generation, — die seine engelgleiche Faulheit beleidigt hat!

OH, diese abgeschmackten Erzählungen und Spruchweisheiten! OH, diese Nächte! OH Rolla, OH Namouna, OH la Coupe! All das ist französisch, d. h. hassenswert im höchsten Grad; französisch, nicht parisisch! Noch ein Werk dieses widerwärtigen Genies, das Rabelais inspiriert hat, Voltaire, Jean de la Fontaine, von Herrn Taine kommentiert! Frühlingshaft, der Geist von Musset! Bezaubernd seine Liebe! Das ist doch Emaillenmalerei, solide Poesie! Lange Zeit wird man sich an der **französischen** Poesie laben können, aber nur in Frankreich. Jeder Krämerlehrling ist imstande, eine Rollasche Auslassung herunterzuleiern, jeder Seminarist bringt 500 solcher Verse im geheimen Tagebuch unter. Die Jungen von fünfzehn Jahren setzt solches Feuer der Leidenschaft in Brunst; mit sechzehn begnügen sie sich schon damit, es mit **Herz** vorzutragen; mit achtzehn oder sogar mit siebzehn macht jeder bißchen talentierte Schüler den Rolla, schreibt einen Rolla! Einige sterben vielleicht noch daran. Musset hat nichts zu schaffen verstanden: hinter dem Schleier von Vorhängen gab es Visionen: er hat die Augen geschlossen. Franzose, Schlappschwanz, von der Kneipe aufs Pult der Schule geschleppt, der schöne Tote ist tot, und machen wir uns in Zukunft ja nicht die Mühe, ihn durch den Ausdruck unseres Ekels wieder aufzuwecken!

Die zweiten Romantiker sind sehr **sehend:** Th. Gautier, Leconte de Lisle, Th. de Banville. Aber da das Unsichtbare erforschen und das Unerhörte verstehen etwas Anderes ist als den Geist toter Dinge wiederbeleben, so ist Baudelaire der erste Sehende, König der Poeten, **ein wahrer Gott.**

Er hat noch zu sehr im Künstler-Milieu gelebt; und die bei ihm so gepriesene Form ist dürftig: die Entdeckungen von Unbekanntem verlangen neue Formen.

Bewandert in den alten Formen, unter Ahnungslosen, A. Renaud, — hat seinen Rolla gemacht; — L. Grandet, — hat seinen Rolla gemacht; — die alten Gallier und die Musset, G. Lafenestre, Coran, Cl. Popelin, Soulary, L. Salles. Die Schüler, Marc, Aicard, Theuriet; die Toten und Dummköpfe, Autran, Barbier, L. Pichat, Lemoyne, die Deschamps, die Desessarts; die Journalisten, L. Cladel, Robert Luzarches, X. de Ricard; die Schwärmer, C. Mendès; die Bohemiens; die Frauen; die Talente, Léon Dierx und Sully Prudhomme, Coppée; — die neue, parnassisch genannte Schule hat zwei Sehende: Albert Mérat und Paul Verlaine, ein wirklicher Poet. — So sieht's aus. — Also arbeite ich daran, mich **sehend** zu machen. — Und schließen wir mit einem frommen Gesang.

Zusammen=Hocke

Sehr spät, mit verkorkstem Magen...

....

Sie wären eklig, wenn Sie nicht antworten: rasch, denn in acht Tagen bin ich vielleicht schon in Paris.

Auf Wiedersehen A. Rimbaud

Eine Zeit in der Hölle

Fausse conversion.

Jour de malheur! J'ai avalé un fameux gorgée de poison. La rage du désespoir m'emporte contre tout la nature les objets, moi, que je veux déchirer. Trois fois béni soit le conseil qui m'est arrivé. Les entrailles me brûlent la violence du venin tord mes membres, me rend difforme. Je meurs de soif. J'étouffe, je ne puis crier. C'est l'enfer l'éternité de la peine. Voilà comme le feu se relève. Va démon, va Satan attise-le. Je brûle comme il faut, c'est un bon enfer.

J'avais entrevu la conversion, le bien, le bonheur, le salut. Puis-je décrire la vision, on n'est pas poète en enfer. C'était l'apparition des milliers d'opéras charmants, un admirable concert spirituel, la force et la paix, les nobles ambitions, que sais-je!

Ah! les nobles ambitions! ma haine. L'existence enragée: la colère dans le sang, l'abêtissement et c'est encore la vie! Si la damnation est éternelle. C'est l'exécution des lois religieuses pourquoi a-t-on semé une foi pareille dans mon esprit. Les parents ont fait mon malheur, et le leur, ce qui m'importe peu. On a abusé de mon innocence. Oh! l'idée du baptême. Il y en a qui ont vécu mal, qui vivent mal, et qui ne sentent rien! C'est mon baptême et ma faiblesse dont je suis esclave. C'est la vie encore! Plus tard les délices de la damnation seront plus profondes. Je reconnais la damnation. Un homme qui veut se mutiler est bien damné, n'est-ce pas. Un crime, vite, que je tombe au néant, par la loi des hommes.

Tais-toi, mais tais-toi! C'est la honte et le reproche, qui est à côté de moi; c'est Satan qui me dit que son feu est ignoble, idiot; et que ma colère est affreusement laide. Assez. Tais-toi! ce sont des erreurs qu'on me souffle à l'oreille, les magies, les alchimies, les mysticismes, les parfums faux, les musiques naïves. C'est Satan qui se charge de cela. Et dire que je tiens la vérité. Que j'ai un jugement sain et arrêté sur toute chose, que je suis tout prêt pour la perfection. L'orgueil! à présent. Je ne suis qu'un bonhomme.

La peau de ma tête se dessèche. Ah! Pitié! Mon Dieu! mon Dieu. J'ai peur, pitié. Ah! j'ai soif, ô mon enfance, mon village, les prés, le lac sur la grève le clair de lune quand le clocher sonnait douze. Le diable est au clocher. Que je deviens bête. O Marie, sainte Vierge, faux sentiment, fausse prière.

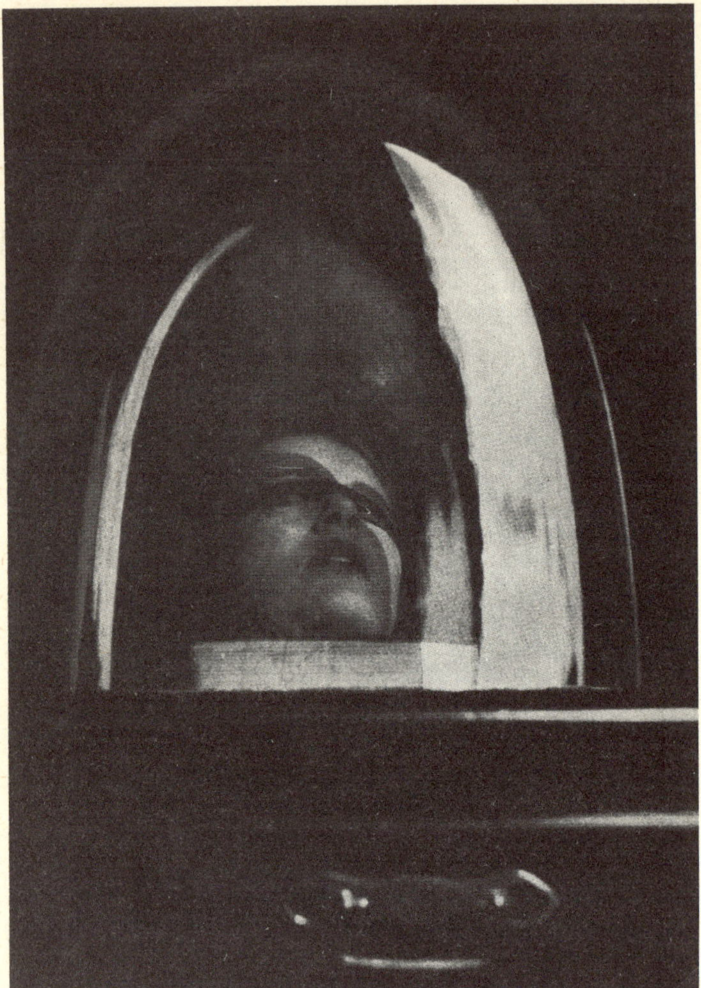

Früher, wenn ich mich besinne, war mein Leben ein Fest, es sprühten die Sinne, es floß der Wein in Strömen.

Eines Abends saß mir die Schönheit auf dem Schoß. Sie schmeckte mir bitter. Und ich beschimpfte sie.

Ich habe mich gewappnet, um vor Über=Fällen Justitias sicher zu sein. Ich habe die Flucht ergriffen. Hexen, Dreck und Haß! Ihr wart die Wächter meiner Schätze!

Es gelang mir, jeden Schatten menschlicher Hoffnung aus meinem Hirn zu vertreiben. Lautlos wie eine Wildkatze übersprang ich jede Regung von Lebensfreude. Gerissen habe ich sie alle.

Ich habe nach den Henkern verlangt, um sterbend in die Kolben ihrer Gewehre zu beißen. Ich habe Seuchen heraufbeschworen, um mich mit Sand und Blut zu ersticken. Das böse Glück ist mein GOtt gewesen.

Ich habe mich im Kot gesuhlt. Und in der Luft des Verbrechens habe ich meine Haut getrocknet. Den Irr=Sinn habe ich zum Narren gehalten.

Und der Frühling hat mir das scheußliche Gelächter des Idioten angesteckt.

Als ich zuguter Letzt soweit war, mein letztes »**Quaak**« zu lassen, da stellte ich mir mit einmal vor, den Schlüssel zu diesem früheren FEST wieder zu suchen. Es fänden sich dann auch meine Gelüste wieder ein.

Die Nächsten=Liebe, das ist der gesuchte Schlüssel. Diese Ein=Gebung beweist, daß ich geträumt habe.

»Du bist und bleibst eine HYÄNE, etc...« keift der DÄMON los, der mich mit ach so entzückenden Mohnblüten be=kränzt. »Fahr zur HÖLLE mit deinen Gelüsten, deiner Selbst=Sucht und allen Tod=Sünden dieser Welt.« AH! Davon hat's genug! — Aber, verehrtester SATAN, ich beschwöre Sie, was rollen Sie Ihre Pupillen so sehr! Gern erwarte ich Ihre noch ausstehenden kleinen Gemeinheiten, der Sie am Schriftsteller die Abwesenheit der DEskriptiven und INstruktiven Capazitäten lieben. Und eigens für SIE reiße ich diese dreckigen Blätter aus meinem Notizblock: Die AUF=Zeichnungen eines Verdammten!

Böses Blut

Ich habe von meinen gallischen Vorfahren den blau=weißen Blick, das beschränkte Hirn und die Begriffsstutzigkeit im Kampf. Ich finde meine Aufmachung genauso barbarisch wie ihre. Aber ich schmiere mir keine Butter aufs Haar.
Die Gallier waren Tierschinder und die dusseligsten Grasabbrenner ihrer Zeit. Von ihnen habe ich: den GÖtzendienst und die Lust an GOttesschändungen. —
HAH! Alle Laster, Wut, Wollust — GÖttlich, diese Wollust! Vor allem habe ich von ihnen die Verlogenheit und Faulheit. Mir graust es vor jedem Beruf. Meister und Arbeiter, alles gemeine Bauern. Die Schreibhand ist genauso beschissen wie die Schwielenhand. Was für ein Zeitalter der HÄNDler. ICH werde niemals meine Hand besitzen.
Denn die Domestizierung geht entschieden zu weit. Das rechtschaffene Gebettel geht mir auf den Wecker. Gangster sind genauso geschmacklos wie Kastraten: ICH bin unberührt, und das ist MIR gleich=gültig.
Doch wer hat meine SPRACHE so hinterhältig gemacht, daß meine Faulheit bis jetzt ungeschoren passieren konnte? Sie hat mir nicht dazu verholfen, aus meinem Körper heraus zu leben, und untätiger als eine Kröte hockte ich überall. Keine Familie in Europa, die ich nicht kennen würde. Ich denke da an Familien wie die meine, die ihre Existenz nur den Menschenrechten verdankt. Jedes Mutter=Söhnchen kannte ich persönlich.

Hätte ich doch Vor=Läufer irgendwo in der Geschichte Frankreichs!
Aber nein, NICHTS!
Es ist offensichtlich, daß ich immer von niedriger Rasse war. Ich bin unfähig, die Revolte zu begreifen. Meine Rasse erhob sich immer nur, um zu plündern: wie die Wölfe das Tier, das Andere getötet haben.
Zum Beispiel die Geschichte Frankreichs, erstgeborene

Tochter der Kirche. Als Bauerntrottel wäre ich wohl ins Heilige Land gepilgert; in meinem Kopf erscheinen die Wege durch die schwäbischen Ebenen, die Aus=Sichten auf Byzanz, die Mauern von Solyma; inmitten tausend profaner Zauberspiele packt mich die Sehn=Sucht nach dem Marien=Kult, die Rührung beim Anblick des Gekreuzigten. —

Ich sitze, von Aussatz zerfressen, auf zerbrochenen Töpfen und Brennesseln, am Fuß einer von Sonne zernagten Mauer. —
Später, als alter Haudegen, hätte ich dann unter den Nacht=Himmeln Deutschlands biwakiert.
AH! Das auch: Ich tanze den SABBAT auf einer roten Lichtung mit Kindern und alten Weibern.
Ich entsinne mich nicht weiter als an dieses beschissene Land und das Kristentum. Immer wieder durchkämme ich meine Vergangenheit. ABER IMMER ALLEIN. Ohne Familie. Ja, welche Sprache spreche ich überhaupt? Niemals finde ich mich in den Rat=Schlüssen Kristi noch in denen der Bischöfe: Stell=Vertreter Kristi.
Was war ICH im letzten Jahrhundert? Ich finde mich nur im Präsens. Keine Land-Streicher, keine verworrenen Kriege mehr. Die niedrige Rasse hat alles bedeckt — das VOLK, wie man sagt, die RATIO; die Nation und die Wissenschaft.

Oh! Die WISSENschaft! Man hat alles wieder aufgegriffen: Statt der HebAMMEN=Hausmittel und der volkstümlichen Märchen hat man — als letzte Wegzehrung — die MEdizin und die FILosofie. Sogar den Zeitvertreib der Fürsten und die Spiele, die sie untersagten! GEO=Grafie, KOSMO=Grafie, MEchanik, CHEmie!
Die Wissenschaft, das ist der Neue Adel! Der FORT=SCHRITT. Die Welt bewegt sich! Warum sollte sie nicht ROTIEREN?

Das ist die SCHAU DER ZAHLEN. Wir rasen auf den Geist zu. Das ist TODsicher, das ist ein ORAKEL, was ich da sage. Ich durchschaue die Lage. Aber ich könnte mich nur noch in wüsten Beschimpfungen zu ihr äußern. Darum schweige ich lieber.

Mein heidnisches Blut pulst hoch! GEIST wird gewittert! Herr=GOTT, so WEIHE doch meine Seele, ERLÖSE MICH!

Schade! Kein Evangelium, keine Frohe Botschaft. Aus ist's mit frohen Botschaften!
Ich erwarte GOtt mit Gefräßigkeit. Ich bin von niedriger Rasse seit Anbeginn.

Ich bin jetzt an der bretonischen Küste. Wie die Städte aufflammen am Abend! Meine Tage sind gezählt; ich verlasse Europa. Die Seeluft wird meine Lungen sengen. Fremdes Klima beizt mich braun: Schwimmen, Gräser zertreten, jagen, rauchen — das gleich doppelt. Starke Schnäpse trinken: die sind wie brodelndes Metall — ganz so, wie es meine geschätzten Vorfahren taten, wenn sie um die Feuer kauerten.
Dann komme ich zurück mit eisernen Knochen, mit dunkler Haut, mit Tiger=Blick. Beim Anblick meiner Visage wird man mich auf Anhieb der blau=und=blond=äugigen Rasse zurechnen. Ich werde mit Geld um mich schmeißen. Und träge und brutal werde ich sein. Die Frauen haben eine Schwäche für diese wilden Würstchen, die aus heißen Ländern heimkehren. Ich werde sogar in politische AFfären verstrickt werden. Geschafft!
Aber noch bin ich geächtet, mir graust es vor dem Vater=Land. Am besten ich besaufe mich und penne am Strand.

Kein Gedanke an Abreise! —
Beschreiten wir also wieder diese ausgelatschten Wege hier, die sind gepflastert mit meiner Verworfenheit. Sie hat Wurzeln des Leids aus meinem Körper getrieben, seit ich denken kann. Die wachsen in die Wolken, peitschen mich, werfen mich um, reißen mich fort.
Äußerste Unschuld und äußerste Mäßigung — das ist versprochen! Ich verschone die Welt mit meiner Abscheu und meinem Verrat!
Auf gehts! Der Marsch. Die Last. In der Wüste, voll Überdruß und Wut!

Wem soll ich mich ver=dingen? Welches Tier soll ich anbeten?
Welches Heiligen=Bild gehört geschändet?
Welche Herzen soll ich brechen? An welche Lüge soll ich mich halten? — In wessen Blut soll ich waten?
Vor allem sei auf der Hut vor der Gerechtigkeit. —
Das Leben ist hart, unkompliziert & verkommen —:
Stemm, mit Deiner verdörrten Faust, den Sargdeckel hoch,
laß Dich ruhig nieder und ERsticke.
So ersparst du dir das Altern und alle Gefahren:
DER Schrecken ist nicht französisch.

— Mensch, ich bin so heruntergekommen, daß mein Wunsch nach Erfüllung schon bei jedem x-beliebigen Götzenbild einhakt. REISS Dich ZUSAMMEN!
Was für ein schönes Mit=Einander hier, trotz alledem.
De profundis, domine, bin ich ein Esel!

Noch ganz blödes Kind, himmelte ich den unbelehrbaren Zucht=Häusler an, hinter dem sich immer wieder die Zucht=Haus=Tore schlossen. Ich besuchte die Absteigen und Zimmer, die er durch seine Anwesenheit geweiht hatte. Ich erblickte **mit seinen Augen** den blauen Himmel und die blühende Produktion der Felder. Ich witterte seine Verlorenheit in den Städten. Er besaß mehr Mut als ein Heiliger, war gerissener als ein Handlungs=Reisender: — und ER, ganz allein, war der einzige Zeuge seines Adels und seiner Um=Sicht.
In den Straßen, in den Winternächten, ohne Absteige, ohne Mantel, nichts zu fressen: Eine Stimme preßt mein gefrorenes Herz zusammen: »Deine Schwäche, deine Kraft: deine PRÄSENZ ist deine Kraft. Du weißt nicht, wohin du gehst, warum du gehst: Tritt überall ein. Antworte auf alles. Da du schon TOT bist, wer sollte dich töten?«
Am Morgen hatte ich dann einen unheimlich verlorenen Aus=Druck im Gesicht und eine so tote Verfassung, daß diejenigen, denen ich über den Weg lief, **mich vielleicht gar nicht gesehen haben!**

Mit einem Mal zeigte mir der Dreck der Städte sein Gesicht: rot und schwarz —
So wie der Spiegel das kreisende Licht im benachbarten Raum auf=fängt —: Ahnung von einem im Wald verborgenen Schatz!

WAS für eine Gelegenheit! schrie ich und sah ein Meer von Flammen und Rauch am Himmel, —
links — rechts — explodierten alle SCHÄTZE der Welt wie EIne MIlliarde DOnnerschläge.

Aber das orgiastische Herum=Machen mit den Frauen war mir untersagt. Noch nicht einmal ein KUmpan. Ich sah mich in einer aufgebrachten Menge, vor mir das Hin=Richtungs=KOmmando. Ich weinte über das Un=Glück, das sie nie begriffen hätten. Und ich verzieh — GANZ wie es schon Jeanne d'Arc getan —:
»Pfaffen, Professoren, Rechts=Gelehrte, Ihr macht eine Riesendummheit, wenn Ihr mich der Justiz ausliefert. Ich habe diesem VOlk nie angehört, war niemals KRist, bin von der Rasse, die in der Folter singt. Ich be=greife die GEsetze nicht. Ich habe keine MOral, bin ein VIeh. Ihr irrt euch ...«
Ja doch, ich schließe die Augen vor eurem LIcht. ICH bin ein TIER, ein NEger. Aber ICH kann gerettet werden. IHR seid falsche Neger, ihr Be=sessenen, ihr Blut=sauger, ihr Geiz=krägen.
KAUF-Mann — Du bist ein NEger.
STADT-Rat — DU bist ein NEger.
GENERal — DU bist ein NEger.
HERRscher, Du Darmverstimmung — DU bist ein NEger: Denn Du hast unversteuerten Schnaps gesoffen, und der stammte aus der Fabrik Satans. —
Dieses VOlk hier wird angetrieben von FIeber und KRebs. Alte und Schwache sind so hoch=geschätzt, daß sie den WUnsch äußern, geKOcht zu werden. — Das Gescheitste wäre, ich verlasse diesen Kontinent, auf dem die Blödheit streunt, um dem MANGEL Geiseln einzufangen. Ich schwimme zum Land der Para=dieskinder.
Kenne ich noch die Natur? Kenne ich mich selbst?
Genug geredet. Ich begrabe die Toten in meinem Bauch.

Schrei, TAMbourin, tanz — tanz — tanz! Ich schließe die Augen vor der Stunde, in der die WEißen landen und ich ins NICHTS falle. Ich bin hungrig und durstig, ich schreie, tanz — tanz — tanz!

Die Weißen landen. Kanonisch. Kniefall vor der Taufe, Kleider, Arbeit.
Der Blitzschlag der Gnade hat mein Herz getroffen. Ahh! Das konnte ich nicht vorhersehen!
ICH habe doch den Dreck nicht in die Welt gesetzt. Meine Tage werden ganz leicht dahingleiten, nichts, was es zu bereuen gäbe. Ich werde die Tortur nicht brauchen, mit der die Seelen doch noch zum Guten hingequetscht werden: Ein eiskaltes Licht ist dort, wie von Totenkerzen. So geht es dem Sohn aus guter Familie: früh=reifer Sarg, von gläsernen Tränen überzogen.
Sicher, JA doch, die Ausschweifung IST tierisch, die Verworfenheit auch: Und faules Pack geHÖRT weggefegt!
Aber keine Turm=Uhr wird JEmals die Stunde des reinen Schmerzes anzeigen. Kann ich leicht werden wie ein Kind, im Paradies spielen und den ganzen Dreck vergessen?
Schnell! Sind noch ANDRE Leben feil? —
Mit vollgefressenem Bauch einzuschlafen ist unmöglich. Der Besitz war schon immer die Hure der All=Gemeinheit. Die KOSmische Liebe allein erschließt uns die Wissenschaft. Für mich ist die Natur nichts Andres als ein Schauspiel der Verschwendung. Zum TEufel mit all den Hirn=Gespinsten, Vor=Bildern, Irr=Lehren!
Der Engelsgesang der Vernunft quillt vom Erlöser=Boot: DAS ist die GÖttliche Liebe. —
Es gibt zwei Arten von Liebe: brünstig oder in=brünstig sterben. Ich habe Körper verlassen, die leiden jetzt sehr unter meinem Weggang. Unter Schiff=Brüchigen hat man mich ausgelesen. Und die Anderen, sind sie nicht mehr meine Freunde?
REttet sie!
Endlich dämmert es mir. Die Welt ist GUT. Ich SEGNE

das Leben. Ich LIEBE meine Brüder. Hier handelt es sich nicht mehr um kindliche Vor=Sätze. Die HOffnung, Alter und Tod zu entgehen, habe ich aufgegeben. GOtt ist jetzt meine Kraft.
Und ich SETZE auf ihn.

Langeweile ist nicht länger meine Geliebte. Die rasenden, wahnsinnigen Aus=Schweifungen: mein Antrieb, mein Verhängnis. Meine Last ist endgültig deponiert. Schätzen wir ohne zu mogeln das Ausmaß meiner Unschuld.
Ich käme nicht mehr auf die Idee, nach den Tröstungen des Prügelstocks zu verlangen. Daß ich zu einem Hochzeitsgelage mit Jesus Kristus als Schwieger=Vater abgeführt werde, halte ich für sehr unwahrscheinlich.
Ich bin kein Sklave meiner Raison. Ich habe den Namen GOttes ausgesprochen. Ich will die Freiheit im Seelen=Heil: wie kann ich sie erhaschen, wo doch die perversen Gelüste mich verlassen haben? Weg ist das Bedürfnis nach Hin=Gabe und GÖttlicher Liebe. Ich sehne mich nicht nach einem Jahrhundert der empfindsamen Seelen. Jeder hat jetzt seine eigene Raison, seine HOCH=Achtung und GERING=Schätzung:
ICH setze mich auf die oberste Sprosse der Engelsleiter des Gesunden MenschenVerstandes.
Was das gewöhnliche Glück angeht, häuslich oder wandernd: nein, ich kann das nicht. Ich bin zu verspielt, zu anfällig.
»Der Mensch erblüht in der Arbeit« — alter Spruch:
Doch ich, mein Leben wiegt nicht schwer genug, Es fliegt davon und treibt weit über den Taten, auf die sie alle hier so scharf sind.
Was bin ich eine alte Jungfer, feige genug, den Tod nicht zu lieben!
Warum schenkt GOtt mir nicht die himmlisch=luftige Ruhe und das Gebet — wie früher den Heiligen? —
Diese Heiligen! Das waren KRIEGER! Die Einsiedler, DAS waren Künstler: sowas weiß man heute nicht mehr zu schätzen!

Endlose Farce! Vor lauter Unschuld kommen mir die Tränen.
Das Leben ist die Farce, an der Alle teilnehmen müssen.

Es reicht! DA kommt schon die QUittung. —
Nichts wie weg!
AH! Die Lungen brennen, die Schläfen pochen! NACHT
schwankt in meinen Augen, mitten im Sonnenlicht!
MEIN Herz ... Meine Glieder ...
WO gehts hin? — Zum Kampf? —
Ich bin so schwach. Die anderen rücken vor: die Kampf-
maschinen — Waffen — das Brodeln in der Luft!...
Feuer, FEUer über mich! SCHNELL — oder ich schmeiße
alles hin. —
Verfluchte Feiglinge! —
Ich bringe mich um!
Ich schmeiße mich den Pferden vor die Hufe!
AH!...
— Man gewöhnt sich an alles.
So wird es laufen mit dem Leben in Frankreich,
So kommt ES zu Ehren!

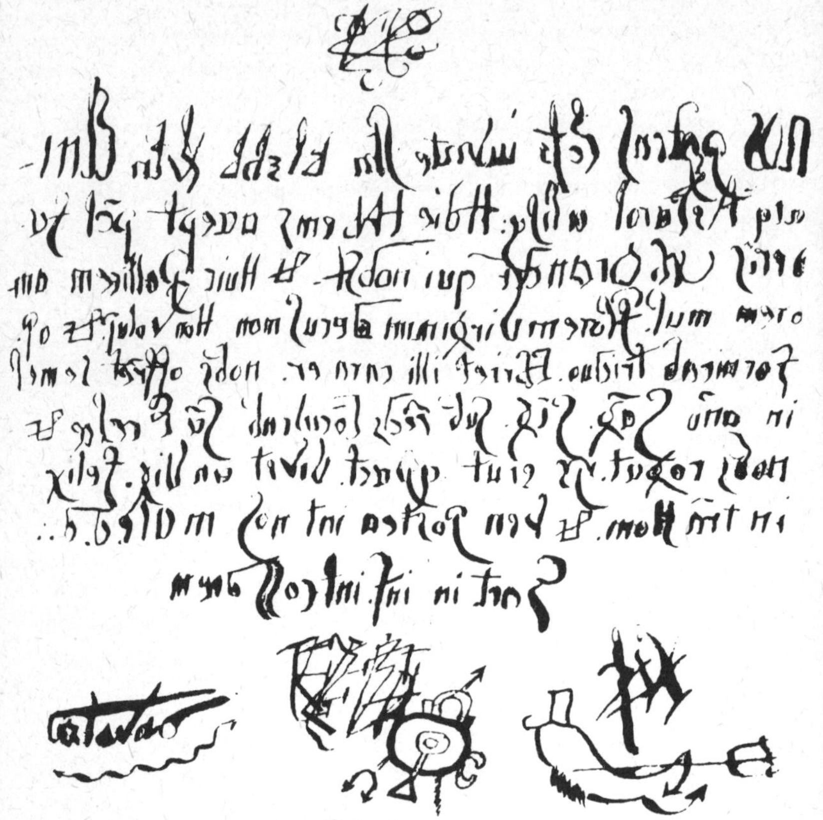

faksimile des paktes zwischen dem teufel und urbain grandier

Höllennacht

Ich habe einen bösen Brocken Gift geschluckt. —
Dreimal gebenedeit der Rat=Schlag, der mir kam. —
Meine Eingeweide brennen. Der Aufruhr des Gifts verdreht mir die Glieder, zerreißt mich, wirft mich nieder. Ich sterbe vor Durst, ich ersticke. Ich kann nicht schreien.

Das ist die Hölle, Qual ohne Ende!
Seht doch, wie das Feuer sich von neuem entfacht!
Ich brenne wie es sich gehört. HAU AB, Dämon!

Ich habe einen flüchtigen Schimmer meiner Wendung zum Guten, zum Glück erhascht: was für eine Seligkeit! Darf ich die Vision schildern, denn Höllenluft duldet keine Hymnen?
Ich sah Millionen liebreizender Wesen, ein sanftes geistiges Konzert, Kraft und Ruhe, hochherziges Streben, was weiß ich?
Hochherziges Streben!
Und das ist noch immer — Das Leben!
— Was, wenn die Verdammung ewig währt? Ein Mensch, der sich entstellen will, ist doch garantiert verdammt, nicht wahr? Ich denke, daß ich in der Hölle bin, also BIN ich es. So vollstreckt sich die Reine Lehre. Ich bin Sklave meiner Taufe. Eltern! Ihr habt den Unglücks=Kelch an mich weiter gereicht. Ich Unschuldslamm! —
Doch bin ich Heide, bleibt die Hölle mir vom Leib. —

Das ist noch immer — Das Leben! Später werden die Wonnen der Verdammung noch tiefgreifender werden.
Ein Verbrechen, geschwind, damit ich ins Nichts stürze, ganz wie die Gesetze der Menschen es vorsehen.
Sei still, so sei doch still!... Es ist die Scham, die spricht, der Vor=Wurf: Satan meint, meine Gewissensnot sei zum kotzen, mein Toben zum Totlachen. —

Genug!... Schluß mit dem falschen Geflüster, den falschen Düften, den Zauberformeln, der kindischen Musik. —
Und Schluß auch mit diesem Gewäsch: daß ich die Wahrheit besitze, daß ich die Gerechtigkeit sehe: ich urteile klar und gefaßt, ich bin reif für die Vollkommenheit...

Ich Großmaul! —
Ich habe die Krätze auf dem Kopf. Da, schau her, lieber GOTT!
Ich habe Angst.
Ich habe Durst, großen Durst!
AH! Die Kindheit, das Gras, der Regen, Pfützen auf dem Pflaster, **das Mondlicht, wenn die Turmuhr zwölf schlug**...
Der Teufel steckt im Glockenturm zu dieser Stunde.
Maria! HEILige Jungfrau!...
— Abgrund meiner Dummheit.

Gibt es hier unten nicht ein paar ehrbare Seelen, die mich bekehren möchten?...
Kommt nur...
Ich habe einen Schalldämpfer auf dem Mund. Sie verstehen mich nicht, das müssen Fantome sein. Und überhaupt: Niemand denkt jemals an irgendeinen anderen.
Bleibt mir vom Leib. Ich stinke nach Scheiterhaufen, bestimmt!

Es häufen sich die Wahnvorstellungen. So ging das schon immer bei mir los: keinen Glauben an die Geschichte, das Vergessen der Grund=Sätze. Besser, ich schweige zu diesem Thema: Die Poeten und Hell=Seher könnten scheel dreinblicken. Ich bin tausend Mal der Aller-Reichste, wir wollen geizig sein wie das Meer.
Nanu! Die Lebensuhr bleibt plötzlich stehen. Ich bin nicht mehr in der Welt. — Tatsächlich! Die Theologen haben doch recht: Die Hölle ist wirklich **unten** — und der Himmel oben. —
Ekstase, Nachtmahr, Schlaf im Flammennest.

Diese boshaft lauernde Aufmerksamkeit der Landbevölkerung...
Ferdinand, Teufelchen, läuft über die Felder und streut Unkrautsamen aus...
JEsus geht über violetten Dornenmist, ohne ihn einzudellen ...
JEsus ging über das erregte Gewässer. Im Laternenlicht

sahen wir ihn stehen, bleich, mit braunen Locken, er rieb sich an einer Smaragdwoge...

Ich werde diese ganze Geheimniskrämerei entlarven: den religiösen Zauber, das mysteriöse Getue um Natur, Tod, Geburt, Zukunft, Vergangenheit, Kosmos, Leere. Ich bin Fachmann für Wahngebilde.
Hört her! ...
Ich bin wahnsinnig talentiert! — Gleich, ob es andere gibt oder nicht: Ich schmeiße meine Perlen nicht vor die Säue. —
Wünscht man Negergesänge, Huri-Tänze?
Soll ich mich in Luft auflösen, soll ich nach dem **Ring** tauchen?
Wird es gewünscht?
Ich werde Gold machen, HEILmittel.
Vertraut mir ruhig, Vertrauen lindert, leitet, heilt. Kommt alle, meine Schäfchen, — auch die Kleinsten —, damit ich euch trösten kann, damit ich euch ins Herz schließen kann — in dieses fabelhafte HErz! —
Arme Menschen, Arbeitstiere! ICH verlange keine Gebete, euer Vertrauen allein macht mich glücklich.

— Und vergessen wir MICH nicht. Ich vermisse die Welt nicht besonders. Ich habe gute Aussichten, nicht mehr leiden zu müssen. Mein Leben bestand doch nur aus mäßigen Späßen, wirklich schad.
PAH! Jetzt eine Grimasse nach der anderen!

Wirklich, wir sind entschieden aus der Welt. Totenstille. Ich fühle nichts mehr. Da schwebt mein Schloß, mein Sachsenland, mein Trauerweidenwald ... die Abende, Morgen, Nächte, Tage ...
Diese Leier bin ich leid!
Ich bräuchte eine Hölle für meine Wut, eine Hölle für meine Großmäuligkeit — und eine Zärtlichkeitshölle:
ein HÖLLEN=KONZERT.
Ich vergehe vor Langeweile. Da kommt schon das Grab, ab gehts zu den Maden, Schreck aller Schrecken! Satan, du Spaßvogel, willst mich mit deinem Scharm zersetzen.

Nein. Nur das nicht! Lieber einen Schlag mit der Forke, einen Feuerfunken.
AH! Zurück ins Leben! Mit meinen Augen unsere Verstümmelung sehen! Und dieses Gift, der tausendfach verfluchte Teufelskuß! Meine Schwäche, grausame Welt! Allmächtiger, hab Mitleid, versteck mich, ich halte mich zu schlecht!
— So bin ich im Verborgenen. Und bin es auch nicht.

Wieder steigt das Feuer, von seinem Verdammten entfacht.

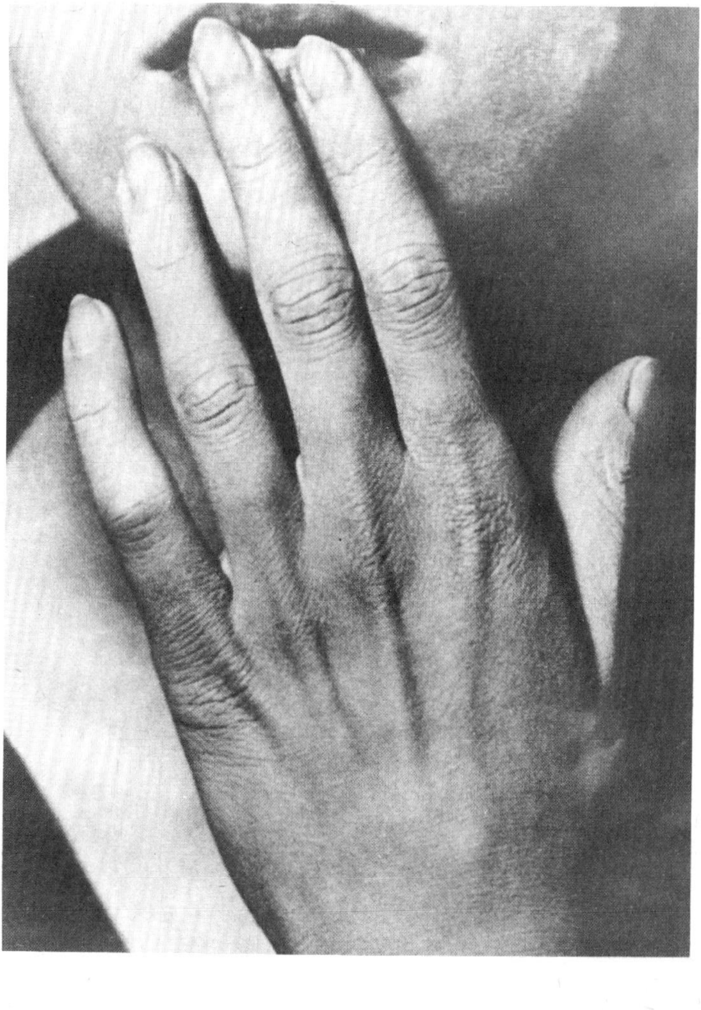

Seiten=Sprünge

I.
JUNGFRÄULICHER WAHNSINN

Der teuflische Geliebte

Schenken wir unser Ohr den Bekenntnissen einer Teufelsbraut:

»GÖttlicher Geliebter, MEISTER, verwirf nicht die Rede deiner elendsten Dienerin. Ich bin verloren, besoffen, besudelt. Was für ein Leben!

ERbarmen, Göttlicher MEISTER, ERbarmen! Ach, so erbarme dich doch! Ich habe nur Tränen, die reichen für alle Zeiten — hoffe ich! Denn irgendwann wird der GÖttliche Geliebte sich mir zu erkennen geben. ICH bin als Sein Subjekt geboren. Mag der ANDERE mich bis dahin martern!

Zur Zeit lebe ich auf dem Grund der Welt. Ach, Freundinnen...! NEIN, ich bin allein! Es gibt kein vergleichbares Leid, Es ist zu tierisch!

Ich leide und schreie, ich leide wirklich. Alles Verbotene ist mir erlaubt; nur die Verachtung der größten Dreck=Säcke überschattet meine Freiheit.

HERaus also mit der diskreten Botschaft, Schluß mit den endlosen Wiederholungen, alle gleich trübsinnig und abgeschmackt.

Ich bin die Sklavin des Teuflischen Geliebten, der schon die wahnsinnigen Jungfrauen zugerichtet hat. Das ist genau derselbe Teufel. Das ist kein Gespenst, kein Phantom. Aber da ich jetzt den Verstand endgültig verloren habe, bin ich verflucht und für die Welt verloren. Man wird mich UN=GESCHOREN lassen!

Welche Schreibweise leuchtet euch ein? Ich weiß nicht einmal mehr, wie man spricht. Ich bin in Schwarz, vergieße Tränen, habe Angst. Eine frische Brise, MEISTER, wenn Du erlaubst, wenn DU so gnädig bist!

Ich bin, ich war eine WITWE. Ja doch, früher habe ich alles verdammt ernst genommen. Ich bin doch nicht auf die Welt gekommen, um ohne Umschweife zum Gerippe zu zerfallen.

ER war damals noch fast ein Kind. Seine zauberhaften Köstlichkeiten haben mich betört. Ich verließ eine dumm blickende menschliche Verantwortung und folgte ihm. Was für ein Leben! Das wirkliche Leben ist immer ANDERSWO! WIR sind NICHT in der Welt!

Ich bin auf seinem Weg, es muß sein! Und oft genug blafft er mich an, **mich, die arme Seele!** Dieser Teufel! Das ist ein Teufel, wißt ihr, **das ist kein Mensch.**

Er sagt: »Ich mag die Frauen nicht. Die Liebe muß neu erfunden werden, das liegt auf der Hand. Die Frauen bevorzugen die sicheren Stellungen, die käuflichen. Schönheit und Leidenschaft landen in der GOsse. Was bleibt, ist kalte Ver=Achtung, die Hurerei der EHE. Was für eine Zumutung, Frauen mit den Zeichen der Guten Hoffnung sehen zu müssen. Aus denen hätte ich hervor=ragende Genossinnen machen können. Aber sie werden schon bald die Beute von Bestien, die sind so sensibel wie Holzhaufen.«

Ich erlebe, wie er aus Unverschämtheit eine Tugend, aus Grausamkeit einen Zauber macht:

»Ich bin von entlegener Rasse. Meine Väter waren Skandinavier: sie durchbohrten sich gegenseitig die Rippen und tranken das Blut der Getöteten. ICH werde meinen Körper mit Schnitt=Wunden übersäen, ich tätowiere mich, ich will häßlich sein wie ein MOngole. Du wirst noch erleben, wie ich in den Gassen heule. Ich will TOben vor Wut. Zeig mir niemals glänzende Steine, ich würde kriechen und mich am Boden winden. Ohne Zögern werde ich meinen Reichtum mit Blut besudeln. Niemals werde ich arbeiten...«

Nächtelang war ich in der Gewalt dieses Teufels. Wir wälzten uns, ich kämpfte mit ihm. Völlig betrunken lauerte er mir in Seitenstraßen oder Häuserkanten auf, um mich zu Tode zu erschrecken.

»MAN schneidet mir die Gurgel durch, Es ist zum KOtzen!«

Das sind Tage, da will er flanieren mit einer Verbrecher=Visage!

Manchmal spricht er, in einer Art von rührendem Kauderwelsch, vom Tod, der die Reue erschafft, von Un=Glücklichen, die es sicher gibt, von schweißtreibender Arbeit, von herzzerreißenden Abschieds=Szenen. In den Kneipen, in denen wir uns besaufen, weinte er Tränen wegen der Herumsitzenden, diesen Kühen des Elends. In den schwarzen Straßen half er den Säufern wieder auf die Beine. Er war mitleidig wie eine bösartige Mutter mit ihren Kindern. Ein andermal bewegte er sich mit der Anmut kleiner Mädchen, die zum Konfirmations=Unterricht gehen. Er gab an, ALLES durchschaut zu haben: ÖKonomie, KUnst, MEdizin. Ich glaubte ihm, Es mußte sein!

Ich sah die Verschwendung, die in seinem Denken herrschte: Kleider, kostbare Tücher, Möbel. Ich beschaffte ihm Waffen, eine andere Gestalt. Ich sah alles, was ihn berührte, so, wie er es für sich selbst gewünscht hätte. Wenn ich glaubte, sein Verstand sei träge, gerade dann überraschte er mich mit merkwürdigen, rätselhaften Handlungen, immer abwegig, gleich ob gut oder böse.

Aber ich wußte, daß ich immer außerhalb seiner Welt bleiben würde. Neben seinem süßen, schlafenden Körper verbrachte ich schlaflose Nächte, versuchte zu er=gründen, warum er der REALITÄT so leidenschaftlich aus dem Wege ging. Kein Mensch hatte eine ähnliche Wiß=Begierde. Ohne um ihn zu fürchten, erkannte ich, daß er für die Gesellschaft zu einer tödlichen Gefahr wurde. Vielleicht hat er geheimnisvolle Pläne, die das **Leben verändern**? — Nein, sagte ich mir, er sucht nur danach. Es ist seine Menschlichkeit, die verhext — ich bin eins ihrer Opfer. Kein anderer Mensch hätte die verzweifelte Kraft, sie auszuhalten und von ihm beschützt und geliebt zu werden.

Übrigens konnte ich ihn mir gar nicht Anders vor=stellen: man sieht das eigene DOUBLE, nicht das eines andern — glaube ich.

Ich lebte in seiner Seele wie in einem vollkommen leeren Palast, ausgeräumt allein um zu vermeiden, Leute unsres

Schlags zu Gesicht zu bekommen: das ist alles. Leider war ich ihm verfallen. Aber was hatte er vor mit meiner schlaffen, matten Existenz? Wenn er mich nicht tötete, so wurde mein LEben doch auch um keinen Deut amüsanter. Jämmerlich enttäuscht, sagte ich manchmal zu ihm: »Ach, ich verstehe dich.«

Er zuckte die Achseln.

So wiederholte sich mein Elend, und meine Augen erblickten einen immer verstörteren Menschen. Überhaupt wäre es so jedem Auge ergangen, das versucht hätte, mich auszumachen. Aber ich war ja verdammt und von allen verlassen. Mein Verlangen nach seiner Menschlichkeit wuchs täglich. Seine Küsse und zärtlichen Umarmungen waren wirkliche Paradiese, dunkle Paradiese, die ich betrat und wo ich IMMER BLEIBEN wollte, arm=selig, taub, blind und stumm. Denn man gewöhnt sich schnell an die Feuer der eigenen Revolution. Wir waren zwei liebe Kinder mit der Freiheit, im Paradies der Trauer zu spazieren. Wir harmonisierten, mit Leidenschaft kollaborierten wir. Aber nach einer eindringlichen Liebkosung sagte er:

»Wie seltsam muß es für dich sein, wenn ich nicht mehr da bin, nach all dem, was du erlebt hast. Wenn du meinen Arm nicht mehr unter deinem Nacken spürst, nicht mehr mein Herz, um dich auszuruhen, nicht mehr meinen Mund auf deinen Augen — dann bin ich FORT. Denn es kommt ein Tag, den werde ich wie ein Pferd besteigen und mich weit, WEIT WEG=MACHEN. Denn meine Auf=Gabe ist es, anderen die Augen zu öffnen — obwohl das nicht sehr angenehm wird, teures Wesen!«

Plötzlich fühlte ich mich, als sei er schon weg, ohne Schutz. Schwindel befiel mich, stürzte mich in gnadenlose Dunkelheit: TOD! Er mußte mir versprechen, mich nie zu verlassen. Er leistete das Versprechen der Liebe ungefähr zwanzigmal. Und das war genauso wertlos wie mein leeres: »Ich verstehe dich.«

Nein, ich bin nicht eifersüchtig, denn ich glaube zu wissen, daß er mich nicht sitzen läßt. Was kann denn schon passieren? Er hat von nichts eine Ahnung, arbeiten wird er nie.

Er möchte das Leben eines Nacht=Wandlers führen. Ob die wirkliche Welt sich mit Menschlichkeit abspeisen läßt? Manchmal bin ich ja frei von Selbstmitleid: Er wird mir Kraft geben, wir werden reisen, in der Wüste jagen, auf dem Pflaster unbekannter Städte schlafen, ohne Sorgen, ohne Schmerz. Oder vielleicht wache ich eines Morgens auf, und seine Zauberkraft hat die Gesetze und Sitten dieser Welt weggeblasen: Die Welt würde meine Wünsche, Leidenschaften, Unbekümmertheiten gelassen hinnehmen. Ach! Das Abenteuerleben ist in den Kinder-Büchern eingesperrt! Schenk es mir, es wird mich für das wahnsinnige Leid hier entschädigen!
Er kann nicht. Was weiß ich von dem, was ihm vor=schwebt? Ich darf nicht klagen, nicht hoffen — sagt er. Nichts darf mich berühren. Spricht er vielleicht mit einem GOtt? Sollte ich mich an GÖtter halten? Aber ich bin auf dem Grund der Welt und habe das Beten verlernt.
Hätte er mir von seiner Trauer erzählt, ich wäre ebenso blöd gewesen, sie zu verstehen wie seinen Spott. Er setzt mir stundenlang zu, mich aller Dinge, die mich berühren, zu schämen. Er GRIMASSIERT über meine Tränen.
»Siehst du diesen eleganten jungen Mann, der in ein schönes, stilles Haus tritt: er nennt sich Rheinfall, Durchfall, Hartlieb, Moritz, was weiß ich? Eine Frau opfert sich in der Liebe zu diesem bösartigen Idioten: sie ist schon lange tot, ist mit Sicherheit längst eine Heilige. So wie er diese Frau gemordet hat, wirst auch DU MICH TÖTEN. Das ist das Schicksal der Liebenden.«
Ach Scheiße! Er hatte Tage, da erschien ihm jeder sich bewegende Mensch als Marionette delirierender Ungeheuer: er lachte lange und scheußlich. Dann wieder nahm er die Art junger Mütter, liebender Schwestern an. Verdammt, eine sanftere Wildheit und wir wären gerettet! Aber auch seine Sanftheit ist mörderisch. Ich muß wahn=sinnig sein, mich diesem Ver=Rückten auszuliefern!

Eines Tages wird er auf wunderbare Weise verschwunden sein. Aber wenn er schon in irgendein Para=Dies zurück muß, so will ich doch auf der Lauer liegen, um die Himmelfahrt meines kleinen Freundes nicht zu verpassen.
Wir sind ein seltsames Gespann!

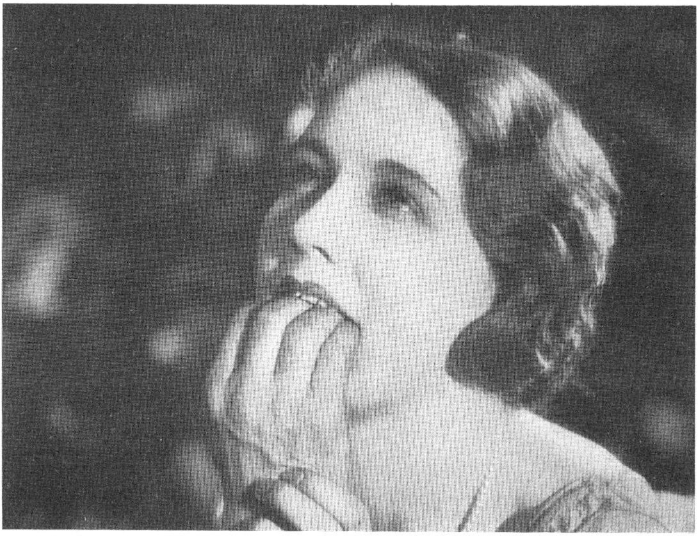

Seiten=Sprünge

II.
WORT=ALLCHIMIE

Zu mir. Die Geschichte einer meiner Narreteien.

Schon lange brüstete ich mich, ALLE Landschaften zu kennen. Die Größen der Malerei und modernen Poesie entlockten mir ein höhnisches Lächeln.
Ich liebte: idiotische Bilder, Türfriese, Bühnendekor, die Kostüme der Gaukler, Plakate, Kitschbildchen, verstaubte Literatur, Kirchenlatein, erotische Schinken mit schlechter Orthographie, die Romane unserer Großmütter, Märchen, Kinderbüchlein, alte Opern, läppische Schlußreime, einfältige Rhythmen.
Meine Träume produzierten: Kreuzzüge, sagenhafte, noch nie beschriebene Entdeckungsfahrten, Volksrepubliken ohne Geschichte, im Keim erstickte Religionskriege, Revolutionen der Sitten, Verschiebungen der Rassen und Kontinente: ich glaubte an alle Sorten von Hexerei.
Ich erfand die Farbe der Vokale! A=Schwarz, E=Weiß, I=Rot, O=Blau, Ü=Grün. Ich bestimmte Form und Bewegung jedes Konsonanten, und mit Hilfe frei fließender Körper=Rhythmen wollte ich — so schmeichelte ich mir — eines Tages eine poetische Sprache finden, die alle Sinne gleichzeitig entzündet. Ich allein würde die Geheimnisse der Übergänge kennen.
Das waren zunächst nur Übungen. Ich schrieb Schweigen und Nacht. Ich formulierte das Unsagbare. Ich bannte den Taumel in der Schrift.

Ich hatte
Hühnervolk
Herdenvieh &
Bauernlieschen
weit hinter mir gelassen

& trank...
ja was?

Hockte im Heidekraut
im schwülen & grünen Spätmittagsdunst
von schmuckem Haselholz
bestaunt

& trank...
ja was?

La Scène:
Oise=Quell
stimmlose Ulmen
Flur ohne Blumen
Himmel bewölkt

& trank...
ja was?

Aus gelben Kürbis
Mündern weit
von meiner heiß
geliebten Laube?

GOLDgeriesel
das den Schweiß
mir treibt!

Ich war ein trübes Kneipenschild.
— Gewitter jagt Wolken.
Abends
sickert
Baumwasser
in unberührten Sand.
GÖttlicher Wind wirft
Eissplitter in Pfützen.

Weinend sah ich GOld —
Und konnte nicht trinken ...

Morgens um vier im Sommer
schläft die Liebe noch immer.
Der Duft des abendlichen Festes
strömt aus den Büschen.

Ganz unten, im weiten Holzpark,
im Hesperiden=Sonnen=Schein,
sind mit entblößten Armen
Schreiner schon am Werk.

In ihren Mooswüsten
schnitzen sie gelassen das kostbare Holz:
Die Stadt wird es
mit falschen Himmeln schminken.

Ach! Für die Zauber=Werker,
Vasallen eines Königs von Babylon,
Verlaß, Venus, für einen Augenblick
die Liebenden, deren Herz im Flammenkranz...

Königin der Liebe, ach
bring Lebenswasser diesen Unermüdlichen:
Ihre Kraft braucht Ruhe
für das Bad am Mittag im Meer ...

Der poetische Plunder hatte starken Anteil an meiner Wort=Allchimie.
Ich übte mich in der einfachen Halluzination: völlig mühelos sah ich eine Moschee, wo eine Fabrik war, eine Trommlerschule, in der Engel unterrichteten; ich sah Kutschen auf den Himmelsstraßen, eine Kneipe auf dem Grund eines Sees, Monster, Mysterien; ein Schlagertext jagte mir das Grauen in die Knochen.
Meine magischen Spitzfindigkeiten illustrierte ich mit sprachlichen Wahngebilden.

Es endete damit, daß ich das Chaos in meinem Kopf für heilig erklärte. Ich war träge, in den Fängen eines heftigen Fiebers: Ich neidete den Tieren ihr Glück — den Raupen die Unschuld des noch Unent=larvten, ich war eifersüchtig auf Maulwürfe, auf Dornröschens Schlaf!

Mein Wesen wurde gallenbitter. Im Stil einer Romanze nahm ich Abschied von der Welt:

Lied vom allerhöchsten Turm

Komm, so komm,
Zeit, in der ich brenn...

Ich war geduldig, so lang
bis alles mir verging...
Zittern und Zagen
hat der Wind weggetragen...
    Und ein verzehrender Durst
    schwärzte mein Blut...

Komm, so komm,
Zeit, in der ich brenn...

Wie die Wiese fiel...
wuchernd & blühend
Weihrauch & Mohn
Gekreisch schmutziger Schnaken
    in den Strom des Vergessens...

Komm, so komm,
Zeit, in der ich brenn...

Ich liebte die Wüste, die verkohlten Obstgärten, die welken Boutiquen, die klimatisierten Getränke. Ich schleppte mich durch die stinkenden Gassen und bot mich mit geschlossenen Augen der Sonne, dem Feuergott, an. »General, wenn noch eine alte Kanone auf deinen Ruinenwällen überlebt hat, dann bombardiere uns mit Erdbrocken. In die Spiegel der vornehmen Geschäfte! In die Kulturhäuser! Laß die Städte Staub fressen. Laß die Dachrinnen verrosten. Blas brennendes Rubin-Pulver in die gepuderten Damensalons...«

Ach Scheiße! Die besoffene Mücke im Pissoir der Kneipe, verliebt in das Gurkenkraut — ein Lichtstrahl wird sie in Nichts auflösen!

Hunger

Wenn es mich nach etwas gelüstet,
dann nach Erde und Steinen.
Ich frühstücke alle Tage
Luft, Fels, Kohle und Eisen.

Mein Hunger, beweg dich!
Weide auf Klangwiesen.
Schlürf das geile Gift
        der Ackerwinde.

Iß die gespaltenen Kiesel,
Die Steine alter Kirchenmauern,
Das Geröll alter Fluten,
In grauen Tälern ausgesätes Brot.

Der Wolf heulte im Dickicht
und spuckte die schönen Federn
seiner Hühnermahlzeit aus:
Ganz wie er verzehre ich mich auch.

Salate und Früchte
wollen nur gepflückt sein.
Aber die Heckenspinne
frißt nur Veilchen.

Laßt mich schlafen! Kochen
will ich auf den Altären Salomons.
Das sprudelnde Wasser fließt über den Rost
und mischt sich mit dem Kidron.

Endlich, oh Glück, gelang es mir, vom Himmel das Blau, das eigentlich schwarz ist, abzusondern, und ich lebte als Goldfunke des **kosmischen** Lichts. In meiner Euphorie wählte ich eine möglichst närrische und wirre Ex=Pression:

Sie hat uns wieder.
Wer? — Die UNendlichkeit.
Das Meer, das mit
der Sonne kreist.

Mein grenzenloses Herz!
Leb deinen Traum,
trotz einsamer Nacht
und brennender Tage.

Geschmeichel der Menschen
Gemeiner Drang
Die Stricke reißen,
Du fliegst dich frei...

— Heil=los für alle Zeit.
Sonnen=Aufgangs=Stimmungs=Scheiß!
Erkannt und bejaht —
bestimmt ist die Qual...

Genug der Zukunfts=Abenteuer.
Satin=Sternenfeuer,

Deine Gluten
heuern mich an...

Sie hat uns wieder.
Wer? — Die UNendlichkeit.
Das Meer, das mit
der Sonne kreist.

Ich verwandelte mich in eine Märchenoper:
Ich sah, daß alle Menschen süchtig sind nach Glück: Taten sind nicht das Leben, sondern sowas wie Kräfteverschleiß, wie Nervenschwäche. Moral ist Hirnrissigkeit.

In jedem Lebewesen, so scheint mir, stecken mehrere **andere** Leben. Dieser Herr weiß nicht, was er tut: er ist ein Engel. Diese Familie ist ein Wurf junger Hunde. Im Beisein einiger Menschen sprach ich für Augenblicke mit einem ihrer anderen Leben. —

So kam es, daß ich ein Schwein liebte.

Nicht eine dieser Wahnsinns=Schlawinereien — des Wahnsinns, den man einschließt — war mir zu blöd: ich könnte sie alle herunterleiern, ich kenne das System.

Meine Gesundheit war schon angegriffen. Katastrophales drohte. Tagelang schlief ich wie tot, und aufgewacht setzten sich die schäbigsten Träume fort. Ich war reif für den Abgang, und auf einem halsbrecherischen Weg führte mich meine Schwäche zu den Enden der Welt und von Kimmerien, dem Land der Schatten und Turbulenzen.

Ich mußte etwas anderes sehen, die Behexungen vertreiben, die mein Hirn besetzt hielten. Über dem Meer, das ich liebte, als sei es sein Schicksal, mir einen Schandfleck wegzuspülen, sah ich das tröstende Kreuz aufsteigen. Die Regenbögen hatten mich geächtet. Das Glück war meine Sucht, mein bohrender, nagender Gewissenswurm: aber mein Leben ist immer viel zu grenzenlos, um Kraft und Schönheit hingeopfert zu werden.

Das GLÜCK! Sein Biß, süß bis zum Tod, warnte mich beim ersten Hahnenschrei — **ad matutinum**, beim **Christus venit** — in den düstersten Städten:

Ach ihr Zeiten, ihr Paläste!
Welches Herz hat eine reine Weste?

Mit Magie bin ich dem Glück gekommen,
dem niemand von uns je ist entronnen.

Heil ihm von früh bis spät,
wann immer der gallische Gockel kräht.

AH! Aller Gelüste bin ich beraubt.
Es hat sie alle aufgeklaubt.

Dieser Reiz hat sich Leib und Seel' eingeschrieben,
und all mein Getreibe vertrieben.

Ach ihr Zeiten, ihr Paläste...

Die Stunde seines Scheidens
ist ach! das Ende meines Leidens.

Ach ihr Zeiten, ihr Paläste!

Das ist ausgestanden. Heute weiß ich, wie man die Schönheit grüßt.

Das Unmögliche

BAH! Meine Kindheit: die breite Straße in all den Stürmen, übernatürlichst blankgescheuert, teilnahmsloser als der größte Bettler, stolz, weder Vaterland noch Freunde zu haben — was für ein UNFUG war das.
Und jetzt erst wird mir das klar!
— Ich hatte recht, diese Biedermänner zu verachten, die bei jeder Gelegenheit Frauen reißen müssen: Das sind Vampire, saugen das Blut der Frauen. Es leuchtet ein, daß die Frauen uns Männer heute satt haben.
Ich hatte recht mit meiner Verachtung: hätte ich mich sonst aus dem Staub gemacht?
Ich verdufte!
Ich packe aus.
Noch gestern konnte ich mein Gestöhne hören: »Himmel! Gibt es nicht genug Verdammte hier unten? Was mich angeht, ich war lange genug unter diesem Sauhaufen. Ich kenne sie alle. Wir erkennen uns immer und überall wieder. Wir kotzen uns an. Warmherzigkeit kennen wir nicht. Aber wir sind zuvorkommend. Unsere Beziehungen zur Welt sind von ungezwungener Verbindlichkeit.«
Wen wundert das? Die Welt! Die Geschäftemacher! Die Idioten! — Wir sind kein ehrloses Pack. —
Aber wie werden die Auserwählten uns aufnehmen?
Nun gibt es da Leute voll Bissigkeit und Freude, Schwindler, denn es braucht schon etwas Mut und Demut, um bei denen da zu landen. DAS sind die einzigen Auserwählten: Das sind keine Wohl=Täter!

Jetzt, wo ich es zu ein paar Groschen Grips gebracht habe — das geht schnell vorbei! —, sehe ich die Ursache meiner Malaise darin, nicht recht=zeitig genug kapiert zu haben, daß wir hier im Abendland sind. Der abendländische Sumpf! Nein, ich glaube nicht an das abnehmende Licht, die erschöpfte Form, die in die Irre gegangene Bewegung...

Gut! Selbstverständlich ist mein Geist absolut geil darauf, sich vollzupumpen mit all den Greueln des Fort=Schritts, die dem Geist seit dem Untergang des Morgenlandes zugemutet wurden...

Er ist ganz närrisch danach, mein Geist!
... Meine paar Groschen Verstand sind verspielt! — Der Geist hat sich behauptet, er wünscht mich im Abendland. Ich müßte ihn mundtot machen, um meine eigenen Entscheidungen treffen zu können.

Zum Teufel ließe ich fahren die Palm=Wedel der Märtyrer, die Lichtstrahlen der Kunst, den Hochmut der Erfinder, den Eifer der Leichenfleddrer! Ich ginge ins Morgenland zurück, zur ersten und ewigen Weisheit. —
Aber es sieht so aus, als sei das ein stinkfauler Traum!

Doch dachte ich nie an das Vergnügen, dem modernen Elend zu entkommen. Mir schwebte auch nicht die Bastardweisheit des Koran vor Augen. Aber ist das nicht eine wirkliche Quälerei, daß seit der Verkündung von Wissenschaft und Kristentum der Mensch **sich selbst verspielt,** sich die Ek=sistenz des Offen=Sichtlichen beweist, sich aufbläht in dem Vergnügen, diese Beweise andauernd zu repetieren und nichts anderes mehr ERLEBT als diese Scheiße! Idiotische, ausgeklügelte Marter, Quelle meiner geistigen Verirrungen. Aber sicher, es könnte ja sein, daß die Natur sich langweilt! Die Klugscheißer haben mit Kristus Geburtstag.

Das kommt davon, wenn man den Dunst kultiviert! Mit unserem wässrigen Gemüse fressen wir das Fieber. Und die Trunksucht! Und der Tabak! Und der Stumpfsinn! Und die Arschkriecherei! — Das alles ist Lichtjahre von der Weisheit des Orients entfernt, der Heimat der ersten Menschen. Wozu eine moderne Welt, wenn sie dergleichen Gifte ersinnt!

Die Theo=Logen sagen: Na und? Aber DU willst ja partout von Eden reden. In der Geschichte der orientalischen Völker gibt es für DICH nichts mehr abzustauben. —
Es ist wahr: ich phantasierte mir Eden! Was ist das für ein Traum, die Reinheit der antiken Völker!

Die Filosofen sagen: Die Welt hat kein Alter. Die Schauplätze der menschlichen Geschichte verschieben sich, das ist alles. SIE befinden sich im Abendland, aber es steht

Ihnen frei, in Ihr Morgenland auszuwandern, in irgendein antikes, wenn Sie darauf Wert legen. —
Machen Sie sich ein schönes Leben da unten. Und lassen Sie sich nicht unterkriegen!
Filosofen, mit euren Ärschen sitzt ihr auf eurem Abendland!

Mein Geist, sei auf der Hut. Keine gewaltsamen Heils-Reisen. Aber bleib in Schwung! —
BAH, die Wissenschaft marschiert uns nicht schnell genug!

— Aber ich sehe, mein Geist hält ein Schläfchen. Wäre er doch nur von jetzt an für immer hellwach, würden wir die Weisheit schon bald sichten. Vielleicht umgibt sie uns auch bereits mit ihren weinenden Engeln. Wäre mein Geist bis zu diesem Augenblick wach gewesen, niemals wäre ich diesen giftigen Instinkten, dieser grauen Vorzeit verfallen!...
Wäre er IMMER HELLWACH gewesen, ich schwämme mit vollen Segeln in einem Meer von Weisheit!...
Ach Reinheit, Reinheit!
Diese eine wache Minute hat mir die Vision der Reinheit geschenkt! — Der GEIST bringt die Berührung mit dem Göttlichen!
Das Unglück bricht mir das Herz!

Erleuchtung

Die menschliche Arbeit! Das ist die Explosion, die meinen Abgrund von Zeit zu Zeit erleuchtet.
»Nichts ist umsonst, Es lebe die Wissenschaft, der Fort=Schritt!« schreit der moderne Theologe, das heißt: **alle Welt.** Aber dennoch drücken die Kadaver der Outsider und Stromer auf die Herzen der Gemeinschaft... AH! Geschwind, ein bißchen schneller, dort hinten, hinter der Nacht, winken die zukünftigen, ewigen Prämien ... entwischen sie uns? ...
— Was kann ich tun? Ich weiß, was Arbeit ist. Und die Wissenschaft ist mir zu sklerotisch. Die Gebete sollen galoppieren und die Lichter rasen ... ich sehe das wohl. Aber das ist zu simpel, das treibt mir ja den Schweiß aus den Poren. Man wird ohne mich zurande kommen müssen. Ich habe meine Verantwortung, und wie gewisse Leute bilde ich mir etwas darauf ein und schieb sie beiseite.

Mein Leben ist verschlissen. Aber immer weiter, Schwindler, Faulenzer, was für ein Beschiß! So sieht unsere Zukunft aus: wir werden unseren Spaß haben, wir werden monströse Liebesaffairen und abenteuerliche Kosmen ersinnen, wir werden die Erscheinungen der Welt bekläffen und einspeicheln, Hanswürste, Künstler, Bettler, Banditen — Betbrüder! In meinem Krankenbett ist mir der Geruch von Weihrauch ganz penetrant in die Nase gestiegen: Wächter der geweihten Gerüche, Beichtväter, Märtyrer... Da kommt meine dreckige Erziehung wieder zum Durchbruch. Ach was! ... — Ich bringe meine zwanzig Jährchen hinter mich wie die anderen ihre zwanzig Jährchen hinter sich bringen... Nein! Nein! Noch revoltiere ich gegen den Tod! Arbeit — das wäre meinem Stolz zu armselig. Das wäre etwas zu billig mit dieser Welt abgerechnet. Im letzten Augenblick werde ich angreifen: von links, von rechts... Dann, — OH! — mein gutes armes Herz, wird die Unendlichkeit uns nicht verloren sein?

Morgen

Hatte ich nicht **einmal** eine Jugend, lieblich, heldisch, märchenhaft, und die auf goldene Blätter geschrieben gehörte? — Zuviel des Glücks! Welche Schandtat, welche Verirrung hat mir meine jetzige Schwäche eingebracht? Ihr habt gut reden, wenn ihr sagt, daß Tiere Kummerlaute ausstoßen, daß Kranke verzweifeln, daß die Toten Alpträume haben: Erzählt doch mal von MEINEM Sturz und MEINER Müdigkeit! Ich selbst kann nur noch stammeln über mich wie der Penner mit seinem ewigen **»Vergelts Gott«** und **»Die Jungfrau wirds euch vergüten«**.

Ich kann nicht mehr sprechen!

Dennoch kann ich heute das Kapitel meiner Höllenzeit abschließen und abhaken. Das war wirklich die Hölle, die alte Hölle, deren Pforten der Menschensohn aufgerissen hat. In der selben Wüste, in der selben Nacht — immer öffnen sich meine müden Augen beim Aufglühen des Silbersterns, aber die Könige des Lebens, die Drei Weisen — Geist, Seele und Herz — rühren sich nicht. Wann werden wir aufbrechen, über die Berge und die Grenzen der Meere, zu begrüßen die Geburt der neuen Arbeit, die neue Weisheit, die Flucht der Tyrannen und Teufel, das Ende allen Aberglaubens, um als erste das Friedensfest auf Erden zu feiern!

Der Himmel voll Gesang, die Völker in Bewegung! Sklaven, verfluchen wir nicht das Leben.

Abschied

Schon Herbst! — Aber warum einer ewigen Sonne nachtrauern, wo wir doch just mit der Entdeckung der kosmischen Klarheit begonnen haben? — Wir gehören nicht zu den Leuten, die an den Jahreszeiten sterben.

Herbst. Unser Schiff ragt aus stehendem Nebel, es steuert auf den Hafen des Elends zu, auf die große Stadt mit ihrem von Feuer und Dreck gefleckten Himmel. AH! Faulige Lumpen, von Regen vermatschtes Brot, Trunksucht, tausend Lieben, die mich gerädert! Sie wird also niemals ruhen, diese GHULkönigin von Millionen Seelen und toten Leibern, **die sind schon verworfen!**

Ich sehe mich noch einmal, die Haut von Dreck und Pest zerfressen, Haare und Achselhöhlen voller Maden und im Herzen noch dickere Würmer, ausgesetzt unter Unbekannten ohne Alter, ohne Gefühl... Ich hätte hier sterben können... Diese furchtbare Erinnerung!

Ich exkrementiere das Leid.
Und mir graut vor dem Winter, das ist die trostlose Zeit der GEMÜTlichkeit!

— Manchmal sehe ich am Himmel endlose Strände, bevölkert von weißen, ausgelassenen Rassen. Über mir läßt ein großes, goldnes Schiff seine vielfarbenen Fahnen in der Morgenbrise flattern. Ich war der Schöpfer aller Feste, aller Siege, aller Dramen. Ich wollte neue Blumen erfinden, neue Sterne, neue Sinneslüste, neue Sprachen. Na ja! Ich muß meine Einbildungen und Erinnerungen begraben. Es zerplatzt die schöne Seifenblase aus Artisten- und Erzählerruhm!

Ich, der ich mich für einen Magier oder Engel hielt, abseits aller Moral, bin auf dem Boden gelandet; eine Auf=Gabe soll ich mir suchen und die rauhe Wirklichkeit umarmen! Bauerntölpel!

Bin ich in die Falle gegangen? Ist die Wendung zu den Menschen meine Todes=Schwester?

Zum Schluß bitte ich um Nachsicht, wenn ich mich von der Lüge genährt habe. Und weiter gehts.
Aber nirgends eine freundliche Hand! Wo kann ich Hilfe finden?

Ja, eine neue Zeit ist anfangs zumindest sehr unerbittlich. Denn ich kann sagen, daß der Sieg mein ist: Knirschen der Zähne, Feuergeprassel, Seufzerpest — alles mäßigt sich. Alle obszönen Bilder verblassen. Meine letzten Eifer=Süchteleien verflüchtigen sich: Neid auf die Bettler, Wegelagerer, Todes=Schwärmer, die Versager aller Art. Verdammte, wenn ich mich rächen würde!

Man muß absolut auf der Höhe seiner Zeit sein.
Keine Choräle mehr: Die SPUR nicht verlieren. Harte Nacht! Getrocknetes Blut verdampft auf meinem Gesicht. Und nichts im Rücken als dieses lächerliche Bäumchen!...

Der geistige Kampf ist genauso grausam wie das Gemetzel der Männer; aber die Vision der Gerechtigkeit ist allein Gottes Vergnügen.

Aber halten wir uns wach. Feiern wir das Einschießen der Lebenskräfte und wirklicher Zärtlichkeit. Und in der Morgenröte, bewaffnet mit brennender Geduld, tauchen wir ein in Städte voller Glanz.

Was sagte ich von einer freundlichen Hand?
Es ist ein hübscher Vorsprung, daß ich über die alte, verlogene Liebe lachen und diese bigotten Pärchen mit Hohn überhäufen kann. — Ich habe da unten auch die Hölle der FRAUEN gesehen. —

Und es ist mir vergönnt, **die Wahrheit in einer Seele und in einem Körper zu tragen!**

April — August 1873

Illuminations –
Licht-Spuren

Sprache, Kindheit, Magie (An=Deutungen)

Wir sind im DIS=SENS.

Man sucht uns eine Welt als verträglich aufzuschwatzen; und die benutzten Worte kleben ganz leicht vorn auf ZEIGE=Fingern, sie haften kaum.
Worte, die nichts tun als BAGATELLISIEREN, Einsatz=Worte für ein Spiel, das sich auf unsern Leib zu schreiben gedenkt, ohne daß es je das Spiel unsres Körpers gewesen wäre.
Verbotenes wird umstellt mit Wort=Brocken, als wolle man uns geradezu darauf aufmerksam machen... um uns an die lange Leine von Schuld=Gefühlen legen zu können. ABER: »Es gibt dadrin ja gar nichts zu sehen.«
Ungläubig schauen wir in die Augen der Eltern und wissen, daß sie da MÄRCHEN erzählen. (Den »richtigen« Märchen mit ihren Entführungen und Wölfen trauen wir mehr.)

Wie leicht sind sie zufriedenzustellen: Wir geben ihren Worten recht, dann verziehen wir uns wieder in die rieselnden Gewächshäuser, wo wir unser Un=Wesen treiben, in die Keller, wo es nach Obst riecht, nach Fahrrad=Öl, wo wir uns anfassen, ungestört anfassen können.
Natürlich wissen sie das, das macht sie sicher, eines Tages kommen sie dann mit ihren erschütternden OFFENBARUNGEN, um uns die Jacke vollzulügen.

Die Sprache, selbst anscheinend un=verrückt, sucht uns zurechtzurücken in eine fatal verbetonierte Organisation des Lebens, die eigentlich keiner so recht will, die aber dann doch, des lieben FRIEDENS wegen, weitergegeben wird, immer mit einem Anflug von Schuldigsein.

> Das ist die Sprache der Armut, der Mut=Losigkeit. Das ist die Sprache, die sich im Besitz des VOLLEN Sinns glaubt, und doch stets bemerkt, daß es an allen Enden HAPERT.
>
> Das ist die Sprache, die auf der Wäsche=Leine hängt.

Unsere Sprache, sie zieht (die) Leine, sie laboriert in einem Bereich ZWISCHEN den Dingen, Wort=Dingen, wo Geist und Materie noch verwoben sind: tief eingetaucht in die Kenntnis der Meta=Morphosen und Übergänge.

Aus diesem steigt etwas, aus dem Bereich magischer Operationen, mit deren Hilfe wir uns retten vor der Ver=Störung durch die

»Erwachsenen«, retten als Kinder. Wir geben die Zeichen weiter, in unsere Handflächen ritzen wir Kryptogramme, Kassiber unter der Schulbank. Und der Lehrer, gutgläubig und betrunken von seinem Wissen, er hat den Hosenladen offenstehen.

»Was wir getan haben? Wir haben nichts getan!«
Wir verstehen absolut nicht, was sie meinen.

Gut, wir nehmen diese Worte in den Mund, doch schießen wir sie spornstreichs wieder ab. Wir schreiben unsere Wahrheit ein, wir bilden ein zähes Geflecht von Zeichen in einer reichen Erde. MYCELIUM, das ist die unterirdische Existenz der Pilze, und um den Verlust etwaiger FRUCHTKÖRPER, die man für die eigentlichen Pilze hält, brauchen wir uns kaum zu scheren. Selbstredend sind wir Parasiten. Wir magnetisieren die VITAMINE, wir ziehen sie durch die Luft an.
Aus der Erde, aus dem Stein, aus der Pflanze ziehen wir UNMITTELBAR unseren Treibstoff.
Und weiter noch: Wir tragen in uns eine Grund=Sprache, über=irdisch und menschlich zugleich, aus der heraus sich die Welt in ganz neuem Licht abzeichnet. Das ist eher ein ZWITSCHERN als eine Sprache.
Es ist die Sprache ursprünglichen Reichtums,
das Sprechen unseres Körpers als leuchtendes Wesen,
denn wir sind alle BATTERIEN.
Es sei denn, es gelingt der KRANKEN Macht, Kind des Mangels, uns ihre Saugnäpfe zu APPROBIEREN, uns hin=zu=richten auf den großen ANDEREN, so daß uns für uns selbst nur noch die Verleugnung bleibt.
Diese GRUND=Sprache, sie ist nicht VERSCHIEDEN, sie ist in dieser Sprache enthalten. Aus all dem Geplänkel, Gekränkel, Gesäusel und Befehlsgekitzel tauchen manchmal Worte auf,
schwer wie ein Fels, sie rühren uns an:
HÖLLENMASCHINE — es explodierte in einer Zeitung eine Höllenmaschine: merkwürdig graue verschobene Bilder verpuppten dieses Ding — und unsinnige Fragen wurden heraufbeschworen, von denen feststand, daß sie nur ungenügend beantwortet würden.
Die Höllenmaschine, das Aufbrechen der Hölle in einem unscheinbaren Raum, das Toben eines Unbekannten, keine Frage.
Und wir lassen auch das Fragen bleiben, diese dummen Kinderfragen, Auswüchse einer stumpfen und gelangweilten Geheimnis=Krämerei, die sich um Türme, Gebäude und leere Schachteln rankt.
»HODEN=ENTZÜNDUNG« schnappte ich auf. Und anstatt

irgendeine Ausweichende Antwort sich einzuhandeln, wurde zum UNIVERSAL=Lexikon gegriffen, wo ich die aufregende Bekanntschaft mit einem Geflecht von Fäden machte, die sich in meine Bauchhöhle ziehn, verkoppelt durch Adern und Kanäle mit walnußgroßen Gebilden, die in schrumpligen Häuten stecken.
Pflanzliches begann nun in die Vorstellung meines Geschlechts hineinzuwuchern, Herausbrechen der goldgelben Maisblüte, ihr Staub, POLLEN war schön und summte, HODEN, zunächst ein fremdes Wort, in den Gestank von Funktionen gehüllt, dann aber wachsend in einer Seele, die Tier, Mensch, Kristall und Pflanze ist,

ich bin ein Edelstein,
eine Blume

und ein nie gehörtes Wort, ein uner=hörtes, wenn ich es wirken lasse, es beginnt zu glänzen, in alle Richtungen zu streben und die losen Elemente meines naiven Wissens zu ergreifen und blühen zu lassen.
Doch auch: alles umso gefährlicher, zerbrechlicher. Mit dem Verschweigen liefern wir uns unendlichen Ängsten aus; keine soziale Angst, vor Strafe etwa, sondern Angst aus einem vormenschlich=instinktiven Bereich, die, wenn sie nicht verhehlt wird, in eine alle Grenzen über=schreitende Produktivität umschlagen kann.
Das also: sich dem Un=HEIM=LICHEN aussetzen.
Das Wort »Höllenmaschine« entfesselte in mir, gerade dadurch, daß es unerklärt blieb, eine sehr tiefe Vorstellung von der Hölle und von den angespannten, nach Außen drängenden Kräften in den Einzelnen.

PEPITA machte mich ängstlich und klein.
TOPINAMBUR war die Pflanze auf dem Grab eines Hundes, eine gelbe Hundepflanze mit wunderkräftigen Knollen. Und DAHLIE, das war jene verrunzelte Knolle, als die ich aufgefunden wurde im Gartenweg, bevor man mir etwas wie Geburt weiszumachen versuchte. So lag ich da, eine Puppe.

Ich hatte als kleines Kind heftigste Vorstellungen »körperlicher« Vereinigungen, ohne daß irgendwelche »Werkzeuge« im Spiel waren.
Alles tat sich zu und wurde umso waghalsiger und nachhaltiger entschleiert.

LAMPENNEST: irrisierendes, kalkiges Geisterloch, Zugang zum Leben frühsteinzeitlicher und keltischer Rassen.

Die Worte klangen an wie von weit her, als ob sie gar nicht SO gemeint seien und entfalteten bunte und klirrende Höfe um sich herum.
In jedem angetippten Klang kommt diese Macht der Kindheit

zum Zug, das Kind, es atmet die Magie der Metamorphosen, es spricht noch nicht in kleiner Münze, es durchschaut sofort und kann die Erwachsenen auf ihre eignen plumpen Tricks festnageln. Wenn es klug ist, hält es sich keine Quizmaster, es legt sich Gärten wildwachsender Worte an, in denen sein Wissen ungehindert wuchern kann, ungeachtet der Bravheiten von Schule und Universität.

Die »Illuminations« sind solche Gärten.

Wie es leuchtete: ich stand im Maisfeld, der Mais blühte und
gelbes Haar quoll aus deinem Kopf.
GOLD quillt aus den Bäumen als Harz.

Ist das Schwärmerei?

Doch nichts, worum ein Schwarm kreisen könnte. Nur heulendes NICHTS, durch das Düfte, Klänge und die wilde Jagd des Jäger MALTITZ hindurchzieht.

Und die Worte schubsen sich, endlose Ketten, weiter in das flirrende Blau eines Sommerhimmels, der nie vergeht.

Wir haben hier einen Scheintoten vor uns, und diesem das Wort »Farbstiche« anzuhängen, wie dies geschehen ist, hieße ihn erneut zu erstechen. Und zwar diesmal in Farbe.
Wie Fasern durchgehender Gebirgsbäche oder allabendliche Wolkensträhnen, an denen sich das Licht bricht bis ins Regenbogige. Und der Regenbogen trinkt aus dem scharfen Mondlicht, dem Hof, der Gesippschaft, einem strahlenden Körper, dem zu solcher Stunde die ERLEUCHTUNG kommt, wenn er seinen Geist an den Wolkenfäden entlangschickt.
Die Erde ist stinkend und schwerfällig geworden, voller Ballast. Es heißt also: Dreck wälzen und äußerste Anstrengung der Sinne, um nicht zu verklumpen. Dazu braucht es die Schaffung günstiger Atmosphären und Wirbelwinde und keiner Guckkästen.
Farbstiche: so weit, so gut, als zwischen den Rippen, den Strängen eines blutig Geschlagenen und Herausgewaschenen noch Spuren, Farbstrahlen hängen geblieben sind, die jedoch, sobald das Gestirn, das Gehirn und dein aufgewühlter Körper sich zurückgezogen haben, verblassen und merkwürdig verblasen, wie gesagt, einen Scheintoten abgeben.
Den wollen wir nicht künstlich aufpumpen und hoffen auf Lebendige.

(Rainer)

Nach der Sintflut

Kaum war es in den Hirnen ruhig um die Sintflut geworden, da stockte ein HASE inmitten von Süßklee und Glocken=Blumen=Gebaumel und sagte durch die Spinnweben hindurch dem Regenbogen sein Gebet auf.

Ach, die Edelsteine, die tauchten unter.
Und die Blumen, wie weit waren die schon aufgeschlagen.

Auf der großen dreckigen Straße drängten sich die Fleisch=Bänke. Und man schleifte die Boote zum Meer, das war auf=geschichtet — wie auf Kupferstichen.

Blut floß: bei Blaubart, in den Schlachthöfen,
in den Zirkussen, wo der
Sigelsaft GOttes die Fenster auslaugt.

Blut und Milch flossen.

Die Biber bauten. Grogs dampften in den Gaststuben.

In dem großen gläsernen Haus, wo es noch rieselte, erblickten die Kinder voll Trauer die verwunschensten Bilder.
Eine Tür knallte — und auf dem Dorfplatz
ließ das Kind die Arme kreisen:
es begriffen alle Wind- und Wetter=Hähne
drumherum — im schlimmsten Hagelschlag.

Madame Dingskirchen setzte ein Klavier in die Alpen. Die Messen und Erstkommunionen verrauschten an den hunderttausend Altären der Fels=Kathedrale.

Karawanen brachen auf. Und in das Chaos von Packeis und Polarnacht wurde das Glanz=Hotel gebaut.

Von da an hörte Luna die Schakale jaulen
in den Thymian=Wüsten

und die Hohelieder in Holzlatschen grölen
im Obstgarten.

Dann im violetten knospenden Stangenholz
sagte mir Eucharis,
daß es sich hier um den Frühling handelt.
— — Sprudle, Teich — — schäumend roll über
Brücken und Wälder hin
— — — Schwarze Verhänge und Orgeldröhnen
— — Blitz und Donner
wachst und grollt
— — — — — — Seen und Tränen
wachst und lasset die Fluten steigen

DENN
seit sie verflossen sind
— ach da liegen die Edelsteine verschütt
und die Blumen so weit geöffnet! —
ist es ÖD.

Und die Königin, die Hexe,
die ihre Glut im irdenen Topf entfacht,
sie wird niemals preisgeben,
was sie weiß und
was wir nicht wissen.

rauchring, den ausbruch eines vulkans ankündigend

Kindheit

1.
Dieser GÖTZE — mit Kohlenaugen und Goldmähne,
elternlos und ohne Anhang:
solchen Stolz kennt keine Sage, weder die
mexikanische noch die flämische.

Wo er wohnt: In verwegenem Grün und Azur, unstet
über den Stränden, die ihre Namen haben
von den Wellen ohne Schiff, wildklingende Namen:
griechische, keltische, slawische.

Am Saum des Walds — es klingen, platzen und glänzen
die Traumblumen —
hat
das Mädchen mit den Apfelsinen=Lippen
in der klaren Flut, die aus den Wiesen quillt,
die Beine übereinandergeschlagen —
NACKT
wie es ist
weben ihm Regenbögen, Pflanzenreich und Meer
ein Kleid aus Licht und Schatten.

Damen pirouettieren über die meernahen Terrassen;
Königskinder und Riesenfräuleins,
schwarze Schönheiten im grau=grünen Moosschaum,
Schatzaltäre im saftigen Gras der Haine und
schlammigen Gärtchen, —
junge Mütter und große Schwestern mit Augen, in denen
es nur so wimmelt vor Pilgerfahrten,
Sultansfrauen, Prinzessinen, die sich herrisch
geben und kleiden,
kleine Exotinnen und Menschen
mit einem leisen Zug zum Unglück.

Wie ÖD, wenn es wieder anfängt mit:
»Mein Bübchen«, »Meine Herzchen«.

2.
Da ist es doch, das tote Mädchen, hinter der Rosenhecke. —

Die junge Mama, längst verstorben, sie kommt die Freitreppe herab. —

Die Kalesche des Neffen knirscht im Sand. —

Der kleine Bruder (er ist doch in Indien!)
erscheint vor der Abendsonne, über dem Nelkenbeet. —

— Die Alten, sie sind doch begraben, ganz aufrecht in einem
Wall von Gold=Lack.

Goldene Blätter schwärmen um das Haus des Generals.
Sie halten auf die Sonne zu. —

Folge dem Weg aus Kesselasche bis zu dem leeren Wirtshaus. Das SCHLOSS steht zum Verkauf. Seine Rolläden schlakkern. —

Der Pfarrer hat sicherlich den Kirchenschlüssel verschleppt. —

Die Wärterhäuschen um den PARK herum sind unbewohnt. Der Palisadenzaun ist so hoch, daß nur rauschende Baumwipfel zu sehen sind.
Außerdem gibt es dadrin auch gar nichts zu sehen.

Die Wiesen klettern hoch bis zu den Käffern ohne Hahn und ohne Schmied. Die Schleuse ist offen.
Diese Blutschweiß=Berge, diese Windmühlen in der Wüste,
Inseln und Heuschober!

Magische Blumen summten. Die Hänge wiegten ihn. Tiere von sagenhafter Geschmeidigkeit glitten dahin. Die Wetterwolken ballten sich drauß auf dem Meer zusammen:

ein ewiges Sammelbecken heißer Tränen!

3.
Im Wäldchen, da ist ein Vogel: wenn er singt, hältst du inne
und wirst rot.

DA ist eine Omauhr, die vergißt zu schlagen.

DA ist eine Kuhle mit einem Nest weißer Tiere.

DA ist eine Kathedrale, die versinkt, und ein See, der steigt.

DA ist eine Karre achtlos ins Gestrüpp geworfen — oder
rollt sie flott und flatternd den Berg hinab?

DA ist ein Trupp von Schauspielern in Kostümen, winzig
da oben am Weg, der den Waldsaum schneidet.

DA ist zu guter Letzt jemand, der dich, wenn du Hunger
und Durst hast, zum Teufel jagt.

4.
Ich bin der von GOtt Besessene, betend auf der Terrasse:
Schau, wie das pazifische Vieh weidet bis hin zu dem
Meer des Gelobten Landes.

Ich bin der Gelehrte im dunkelen Lehnstuhl. Zweige und
Regen klatschen gegen das Fenster der Bibliothek.

Ich bin der Stromer auf der weiten Straße durch den Liliput=
Wald. Das Donnern der Schleusen verschluckt meinen
Schritt. Lang sehe ich die schwermütige Goldlauge der
untergehenden Sonne.

Ich könnte gut dieses Kind sein: ausgesetzt auf einer Mole,
die hinaustreibt aufs offene Meer —
oder das KNECHTCHEN, das die Allee entlanggeht
und mit der Stirn an den Himmel stößt.

Die Wege sind schroff. Ginster verbirgt die Berg=Huckel.
Die Luft steht still.
Fern sind Quellen und Vogelgezwitscher!
Und gehst du weiter, kann doch nur das Ende der Welt
kommen.

5.
Ich will, daß man mir mein Grab verehrt, kalkweiß, mit
Ornamentlinien aus Zement —
und sehr tief unter der Erde.

Ich vergrabe mich in meine aufgestützten Ellbogen.
Voll angestrahlt von der Lampe liegen diese Zeitungen,
diese Bücher, in denen ich Dummkopf immer wieder herum-
blättere — ohne jegliches Interesse.

Über meinem unterirdischen Gemach geht es noch unendlich
weit in die Höhe, bis die Häuser sich aufpflanzen und all
die Ausdünstungen Platz nehmen.
Roter und schwarzer Schlamm.
Eine mordsmäßige Stadt, in ewige Nacht getaucht!

Nicht ganz so hoch, da fließen die Abwässer.
Zu den Seiten hin: nichts als die Mächtigkeit des Erdballs.
Vielleicht noch: Schlünde aus Azur, Feuerbrunnen.
Und hier in diesen Gegenden treffen sich ja vielleicht
Monde und Kometen, Meere und Fabeln.

In bitteren Stunden, da denke ich mir Saphirkugeln herbei,
Kugeln aus Metall. Ich bin Meister des Schweigens.
Sollte sich denn wirklich der Ein=Druck eines Kellerlochs
im Winkel des Gewölbes verlieren?

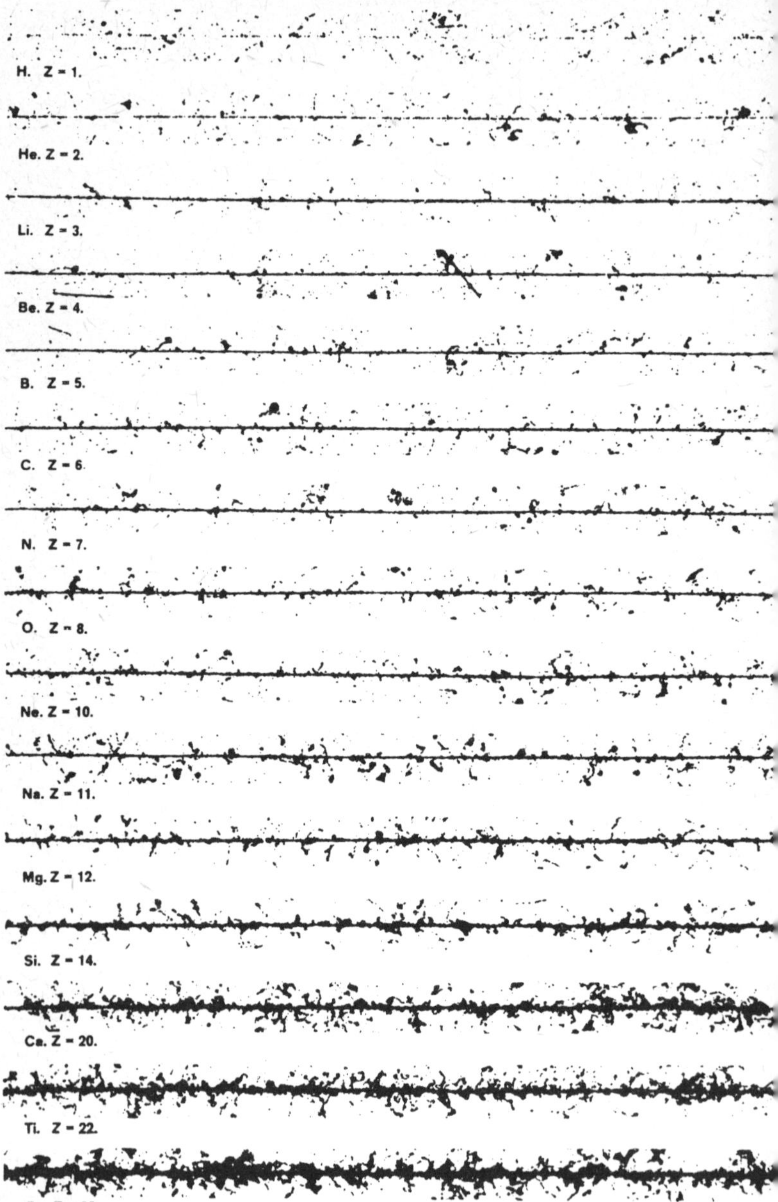

spuren kosmischer strahlung

Sätze

Wär erst die Welt geschrumpft zu einem einzigen schwarzen
Wald für unsere vier verWUNDerten Augen —
zu einem Strand für zwei verschworene Kinder —
zu einem Haus, wo hell unsere Zuneigung klingen kann —
dann hätte ich dich bald gefunden.

Gäbe es hierzulande einen Alten,
fern von allen, gelöst und schön
schwimmend in un=erhörter Verschwendung —
ich gehorchte dir völlig.

Brächte ich all das zur Aufführung, woran du hängst
— wär ich DIESE die dich zu fesseln versteht —
ich hätte dich bald erstickt.

— — — — — — —

Sind wir voller Kraft — wie da zurückweichen?
Voll Heiterkeit — wie da zum Gespött werden?
Und zeigen wir unsere Zähne —
was wird man uns anhaben?
Lachen, Tanz und Mummenschanz.
Niemals könnte ich die Liebe zum Fenster rauswerfen!

— — — — — — —

Meine Freundin, Bettlerin, Riesenbaby, wie ist dir
das schnurzegal: das Unglück der Frauen,
dieses Rumgetrickse und meine komischen Bedenken.
Komm, wir tun uns zusammen:
du mit deiner unverschämten Stimme,
einer Stimme, die Honig ist für diese dreckige Verzweif-
lung.

Ein verhangener Vormittag im Juli.
Man schmeckt die Asche in der Luft...
... es riecht nach Holz, das in der Glut schwitzt...
..... versengte Blumen...
..... ruinierte Parks...
.... diesig: über den Kanälen auf dem Feld...

Dann lieber gleich:
Weihrauch=Dunst und Spielsachen.

* * *

Ich habe Saiten gespannt von Kirchturm zu Kirchturm;
Girlanden von Fenster zu Fenster;
und Ketten aus Gold von Stern zu Stern...
UND ICH TANZE

* * *

Der Bergsee dampft unaufhörlich. Wird sich eine Zauberin
vor dem blassen Abendhimmel erheben?
Setzt violettes Blütengestöber ein?

* * *

Während sich die Steuergelder in Festen der Brüderlichkeit
verplempern
läutet
eine rosenrote Feuerglocke in den Wolken.

* * *

Einen lebhaften Geschmack chinesischer Tusche weckend
rieselt
ein schwarzes Pulver sacht in meine Nachtstunden.
Ich drehe den Lüster herunter, ich werfe mich aufs Bett
und der Schattenseite zugewandt, sehe ich euch,
meine Mädchen, meine Königinnen.

Blumen

Von einem POdest aus Gold, im Gewirr von Seiden=Schnüren
grauer GAZe, grünem Flor und Plättchen aus Kristall,
die schwarz geworden in der Sonne wie Bronze,
seh ich den Finger=Hut AUFGEHN
auf einem FILI=Gran aus Silber=Fäden, Aug und Haar.

Gold=Sprenkel, gestreut über ACHAT,
Mahagoni=Schäfte, lastend unter der smaragdnen KUPPEL,
Gestecke aus weißem SATIN und den schlanken Rubin=Ruten
umgrenzen die ROSE des Wassers.

Als wärs ein Gott mit uferlosen blauen Augen
und schneeiger Gestalt,
so locken Meer und Himmel die Fülle der jungen
stämmigen Rosen
hin zu den Marmor=Stufen.

Geschichte

Es wurmte einen Fürsten, daß er sich bisher nur für die Perfektionierung des All=GEMEIN=wohls verwendet hatte. Er sah gewaltige Revolutionen der Liebe kommen und spürte, daß seine Frauen zu Besserem fähig seien als zu der mit Himmel und Luxus versüßten Hingabe=Freudigkeit. Er wollte die Wahrheit sehen: die Stunde des r=EINEN Wunsches und der r=EINEN Befriedigung. Gleich, ob er sich dabei von allem Menschlichen entfernte, er wollte es. Verfügte er doch auch über genügend menschliche Ressourcen. Alle Frauen, die mit ihm in Berührung gekommen waren, wurden hingemordet. Was für ein GeMETZEl im Garten der Schönheit!

Unter dem Schwert, da himmelten sie ihn noch an. Und es sollten keine neuen mehr kommen. — Die Frauen kamen wieder.

Er tötete alle Menschen, die ihm folgten, nach der Jagd oder den Zechgelagen. — Es folgten ihm alle.

Er vergnügte sich damit, diesen Luxus=Tieren die Kehle durchzuschneiden. Er ließ den Palast in Flammen aufgehen. Er fiel über die Menschen her und hieb sie in Stücke. — Die Menschen=Menge, die goldenen Dächer, die schönen Tiere, sie gab es immer noch. In Ekstase geraten durch Zerstörung, sich verjüngen durch Grausamkeit! Das Volk murrte nicht. Niemand bot ihm seine Mit=wirkung an.

Eines Abends in stolzem Galopp. Da erschien ein Ge=nie von unaus=sprechlicher, ja fast verbotener Schönheit. Aus seinen Gesichts=Zügen, seiner ganzen Haltung sprach die Verheißung einer Liebe von verwirrender Vielfalt, eines unsäglichen, geradezu unerträglichen Glücks.

Der Fürst und das Ge=nie lösten sich wahrSCHEIN=lich in r=EINEM Wohl=Gefallen auf.

Wäre ihnen das gelungen, ohne zu sterben? Also starben sie zusammen.

DOCH dieser Fürst, er verstarb in seinem Palast in einem gehörigen Alter.

Der Fürst war das Ge=nie. Das Ge=nie war der Fürst.

Die wissende Musik, das ist, was unserm Wunsch ABGEHT.

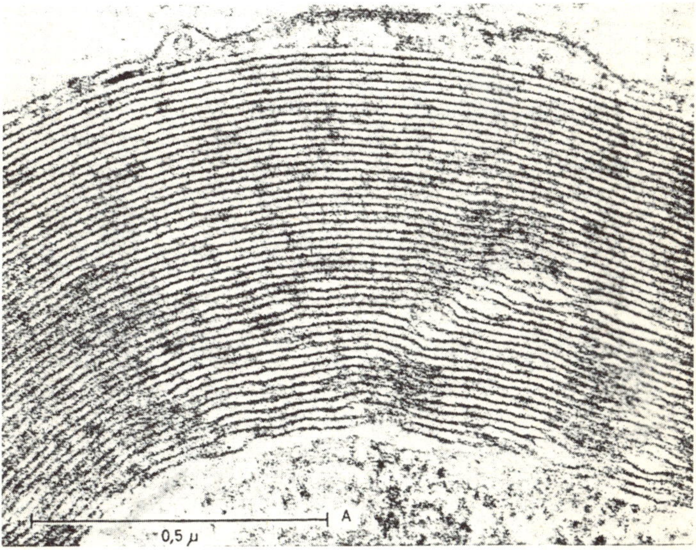

Affentheater

Äußerst handfeste Komiker. Einige haben sich bei euch bedient. Ohne Existenz=Sorge und ohne den Zwang, ihre glänzenden Begabungen zu verwerten und das, was sie von euren Empfindlichkeiten mitbekommen haben.
Was für ernsthafte Menschen!
Augen tierhaft matt wie die Sommernacht,
rot und schwarz, dreifarben,
goldenes Sterngestichel auf Stahl —
entstellte Fratzen: bleiern, blaß, verascht —
irrwitziges Geräusper —
greulicher Aufmarsch des Plunders!

Einige Jungs sind darunter (was sie wohl von Cherubim hielten?)
versehen mit furcht=erregenden Stimmen und einigen
halsbrecherischen Begabungen. Über und über mit abgeschmacktem
Zeugs behängt, schickt man sie in die Stadt, damit sie es sich von hinten holen.
Heftigstes Paradies der tollwütigen Faxe!
Kein Vergleich mit euren Fakiren und den anderen
Aufblähungen der Bühne.
In eiligst hingeworfenen Kostümen wie aus einem schlechten Traum spielen sie Rührstücke und Tragödien von Strauchdieben und gott=ähnlichem Gelichter, wie sie in Geschichtsschreibung und Religionen nicht auffindbar sind.
Chinesen, Hottentotten, Zigeuner, Kindsköpfe, Hyänen, Moloche, greise Schizos, finstere Geister:
unter ihre volks- und mutternahen Schwänke mengen sie bestialische Posen und Zärtlichkeiten.
Ohne weiteres fielen sie auch über Zeitstücke und
Lieder »sauberer Mädel« her.
Als Meister des Zwischenreichs jonglieren sie mit
Schau-Plätzen und Personen und bedienen sich
magnetischer Bluffs:

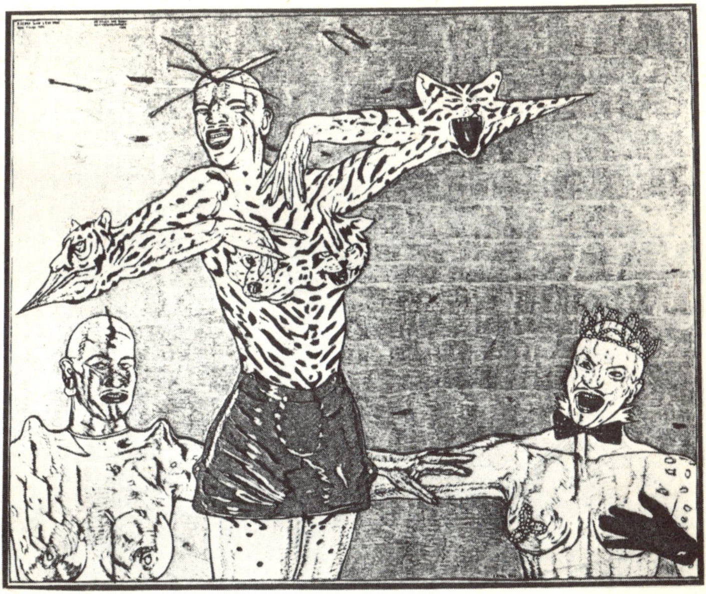

Flammen schlagen aus den Augen, das Blut singt,
die Knochen sind aus Gummi,
es trieft vor Tränen und rotem Saft.
Schabernack und Schrecken: das dauert bei ihnen eine Minute oder ganze Monate.
Ich allein habe den Schlüssel zu diesem wilden Theater.

Winterfest

Die Kaskade bimmelt hinter den Verschlägen der Komischen
Oper.
Licht=Colliers schweifen bis hin zu den
Obstgärten und den Alleen am Mäander=Fluß:
so grün, so rot wie beim Sonnen=Untergang.
Horazische Nymphen mit Frisuren wie unter Napoleon,
Sibirische Rondos, Chinesinnen wie von Boucher.

Arbeiter

Was für ein warmer Februarmorgen!
Im unzeitigen Südwind kam uns unsere ganze ins Mickrige verkehrte Geschichte hoch, unser junges ELEND.
HENRIKA trug einen weiß-braun-karierten Rock aus Baumwolle
wie er im 18. Jahrhundert Mode gewesen sein muß,
eine gebänderte Jakobinermütze und ein seidenes Tuch.
Und das war trauriger als Trauerkleidung.

Wir machten einen Gang durch die Barackensiedlung.
Der Himmel war zugezogen und der Südwind steigerte noch die gemeinen Düfte verrotteter Gärten und versengter Wiesen.
Doch das ödete meine Frau nicht einmal so an wie mich.
Sie wies mir in einer LACHE,
die von der Überschwemmung des letzten Monats
auf einem recht hochliegenden Weg übriggelassen,
drei winzige Fische.

Die Stadt mit ihrem Qualm und ihrem geschäftigen Lärm
verfolgte uns weit ins Land hinein.
Wie anders könnte es sein:
der Himmel küßte die Dächer
und es gäb schattige Stellen!

Der Südwind rief in mir die kläglichen Miß=Geschicke meiner Kindheit wach, die Sommerverzweiflungen und den schrecklichen, gewaltigen und stetigen Entzug von Kraft und Wissen.
NEIN!
Wir werden den Sommer nicht in diesem geizigen Land verbringen, wo wir doch nie etwas anderes sind als Waisenkinder mit Aussicht auf Heirat.
Ich will, daß dieser versteinte ARM nicht mehr nur **ein lieb=gewonnenes Trug=Bild** hinter sich her zieht.

König=Sein

Eines schönen Morgens, bei einem äußerst frei=herzigen Volk, packte ES einen Mann und eine Frau von großer Ausstrahlung und sie schrien ES über den Marktplatz:
»Meine Freunde, SIE soll Königin sein!« —
»Ich will Königin sein!«
Sie lachte und zitterte.
Er sprach Freunden gegenüber
von OFFEN=Barung,
von einem geLUNGENen Ver=SUCH.
Ver=zückt zuckend stürzten sie aufeinander zu.

Und tatsächlich waren sie königlich einen ganzen Morgen lang,
als wieder KARMIN=Schleier die Häuser überzogen,
und einen ganzen Nachmittag,
als sie sich an die Palmengärten heran=machten.

Einer neuen Um=Sicht

Rührt dein Finger die Trommel, hüpfen alle Töne auf
und es beginnt die neue Harmonie.

Schreitest du aus, so steht der neue Mensch auf
und macht Fortschritte.

Wendet sich dein Kopf zur Seite: die neue Liebe!
Und dreht sich dein Kopf zurück: die neue Liebe!

»Verteile die LOSE aufs neue, picke die Übel heraus,
beginn mit der Zeit«, so liegen dir die Kinder in den Ohren.
»Bringe gleichwo den Kern unseres Glücks und unserer Wünsche zum Gedeihen«, darum bittet man dich.

Ankömmling zu jeder Zeit, der geht fort ins Über=All.

radiolarenskelette

Die Nächte durch

I

Da ist Ruhe, so licht, nicht Fiebern, nicht Laschheit —
auf dem Bett wie auf dem Feld.

Da ist der Freund, nicht drängend, nicht nachgiebig.
Der Freund.
Da ist die Geliebte, nicht quälerisch, nicht gequält.
Die Geliebte.

Nichts mehr verloren: im Himmel und auf Erden. Das Leben.
— Das war es dann wohl?
— Und der Traum frischt auf.

II

Der Ab=Glanz des Lichtes liegt auf dem Gebälk des HAUses. Von den äußersten Enden des Saales her, mit wer=weiß=welchen Schnörkeln, laufen harmonische Streben zusammen.

Auf dem Mauer=Werk, dem Wachenden zuge=wandt, reihen sich in ausgetüftelter Folge Friese, frei=schwingende Bänder und alle Ab=Sonderlichkeiten der Erdkruste.
Dichter und rasender Traum eng=verschlungener Gruppen von Wesen jeglicher SchatTIER=ung, im Wirbel aller ErEIgnisse.

III

Die Lampen und die Verhänge der langen Nacht toben wie
Wellen am Rumpf entlang und vorn ums Steuer=Bord.

Das ist das Meer der langen Nacht, es ist wie die Brüste von
GELI.

Teppich=Wände, halbhoch, Sprossen und Triebe aus Spitzen,
smaragdgrün getönt: dorthinein schmeißen sich die
Turteltäubchen der langen Nacht.

Die Scheibe des schwarzen Fokus, wahre Sonnen der Strände: das sind magische Brunnen; EINZIG die Morgen=Röte geschaut, diesmal.

Rausch=Morgen

AH, meine WONNE!
AH, meine SCHÖN=heit!
Der gnadenlose POsaunen=Stoß schmeißt mich
nicht länger um!

FEEN=FOLTER=BOCK!

HURra dem unerhörten Werk,
dem WUNDER=Körper,
für das erste MAL!

Es begann mit kindischem Gelächter.
Es wird auch damit enden.
Dies Gift hält sich in den Adern,
auch dann,
wenn die POsaune schweigt,
und wir dem alten Schrill=Ton wieder ausgeliefert sind.

Doch JETZT
sind wir hoch=reif für alle Qualen!
Erfassen wir mit Leidenschaft
das übermenschliche Ver=Sprechen,
das uns — Körper UND Geist —
in die Wiege gelegt ist:

Dies SPALT/ENDE Ver=Sprechen!
Eleganz — Weisheit — Leidenschaft!
Man hat uns ver=sprochen,
den Baum der ERkenntnis von Gut und Böse
in der VERSENKUNG verschwinden zu lassen,
zu verschleppen
die Tyrannei der Recht=Schaffenheit.

Damit wir die
Aller=reinste Liebe leben können.

Es begann mit einigen Ekelgefühlen
und es endete, —
da der Sturz in den un=endlichen Augen=Blick
nicht auf Anhieb gelang —,
Es endete mit einem wüsten Chaos von Gerüchen.

Kindergelächter,
Be=scheiden=heit der Sklaven,
Ver=schlossenheit der Jung=frauen,
es spuken hier Figuren und Objekte,
sie sollen glühn in Erinnerung an diese Nacht.

Es begann mit Anpöbeleien,
dann aber stürmten
Engel aus Feuer und Eis.

Ich himmele dich an, kleine Rausch=Nacht!
Und wäre es nur der Maske wegen,
die du UNS geschenkt.

So wollen wir es anpacken!

Vergessen wir nicht: gestern hast du unser ganzes Leben
in deinen Goldhauch getaucht.

Wir glauben an das Gift!
Und wir verstehen es,
uns ALLE Tage GANZ hinzugeben.

Hier kommt die ZEIT der
Rausch=Würger!

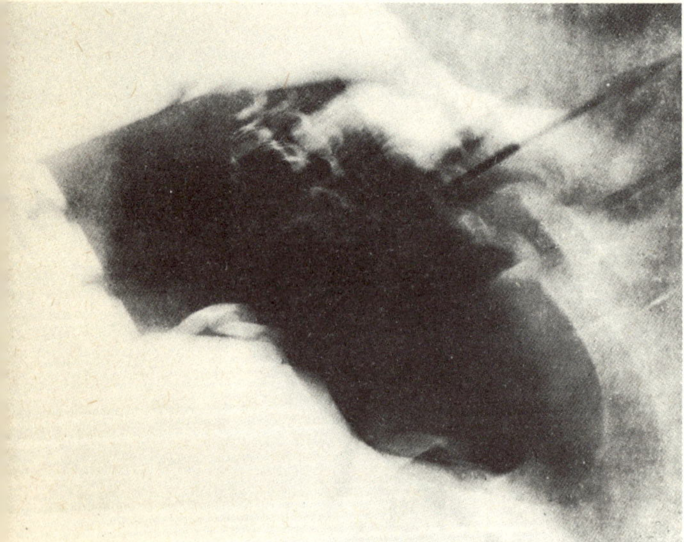

man ray: inquiétude

Land=Streicher

Armer Bruder!
Was verdanke ich ihm Schreckensnächte!
»Ohne Feuer sei ich bei unsrer gemeinsamen Sache gewesen.
Seine An=Fälligkeit hätte ich mißbraucht.
Durch meine Schuld seien wir verbannt, versklavt.«

Er betrachtete mich als äußerst vertrackte Unglücks= und
Unschuldsfigur; und beunruhigende Gründe fielen ihm dazu
ein.

Ich antwortete diesem teuflischen Schlaumeier
mit einem Kichern, dann verduftete ich durchs Fenster.
Jenseits dieses von Fasern seltsamer Musik durchzogenen
Landstrichs entwarf ich die Umrisse einer zukünftigen,
nächtlichen Verschwendung...
Nach dieser nur andeutungsweise reinigenden Zerstreuung
streckte ich mich auf einem Stroh=Sack aus.

Und fast Nacht für Nacht, kaum in Schlaf gefallen,
erhob sich dieser arme Bruder,
den Mund faulig, die Augen herausgerissen —
so träumte er sich gerade —
und zerrte mich in die Halle, um mir
seinen hirnerweichenden Jammertraum ins Ohr zu heulen.

Aufrichtig wie ich bin, hatte ich es mir tatsächlich
vorgenommen, ihn in seinen ursprünglichen Zustand
eines SONNENKINDES zurück zu versetzen.

So irrten wir umher, genährt vom Wein der Fels=Tavernen
und dem Zwieback der Land=Straße.

Und ich, ich mußte den Ort und den richtigen Spruch finden.

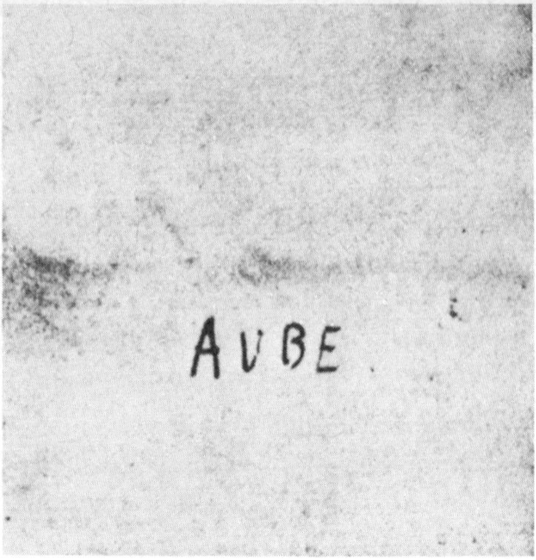

Junger Morgen

Ich habe den jungen Sommermorgen geküßt.

Noch rührte sich NICHTS vor der Front der Paläste.
Das Wasser lag tot. Die Schatten wagten sich nicht
aus ihren Waldnestern hervor.
Ich schritt aus — und weckte so frischen und wohligen Hauch.

Und es blinzelten die schönen Steine und die
Schwingen hoben sich auf ohne Laut.

Erstes Abenteuer war, daß auf dem Pfad,
der schon im bleichen Licht der Frühe schwamm,
mir eine Blume sagte, wie sie hieß.
Ich lachte hin zum blonden Wasserfall, der durch
den Kamm der Tannen strähnte:
der Silbergipfel verriet mir die Göttin.

Dann lichtete ich nach und nach die Schleier, meine Segel.

In der Allee wirbelten meine Arme.
Über der Ebene, da verriet ich SIE an den Hahn.
In der Großstadt entwischte sie mir zwischen Kirchen
und Domen, und ich setzte ihr nach und lief dabei durch
die Gegend wie ein Bettler auf Marmordämmen.

Über der Strecke, bei einem Lorbeerwald,
da umfing ich sie mit all ihren Schleiern und bekam ein leises Gespür von ihrem grenzenlosen Körper.
Junger Morgen und Kind fielen nieder ins Gehölz.

Wiedererwacht: die Sonne war im ZENit.

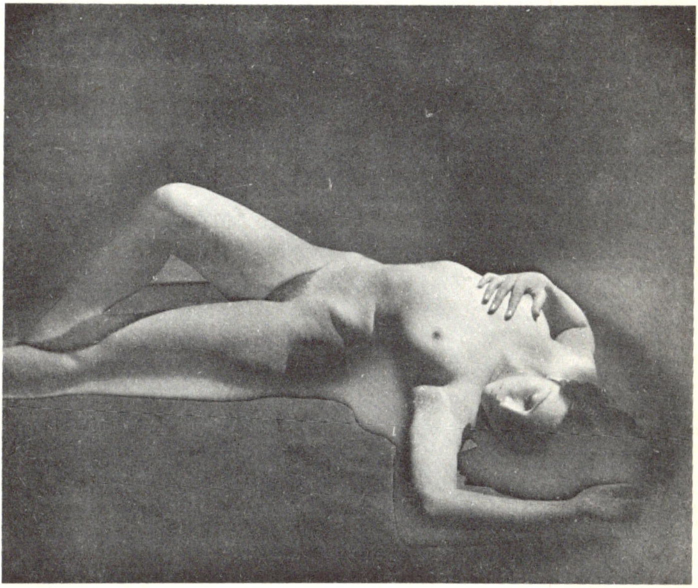

Antik

Wohlbeschaffener Sohn des Pan!
Auf dem Blüten- und Beeren-Band deiner Stirn
        wandern deine Augen — kostbare Kugeln —
            hin und her.
Spuren braunen Hefeschaums: unter deinen Wangen gärt es.
Aufblitzen deiner Reiß-Zähne.
Dein Brust-Korb ist gleich einer Sitar:
        Gekling kreist in deinen hellen Armen.
In diesem Körper, wo dein Herz
            schlägt, schläft
            das Zwie-Geschlecht.
Ergeh dich in der Nacht,
        rühre sacht diesen Schenkel,
            diesen zweiten Schenkel
        samt dem ganzen linken Bein.

Being Beauteous

Vor einem Schnee-Grund WEST die Schönheit,
hochaufgebau(sch)t.
Todes=Zischen und Zirkel tonloser Musik machen
daß dieser angeHIMmelte Körper
steigt, schwillt und wackelt wie ein Gespenst.

WUNDEN, scharlachrot und schwarz, graben sich
in das stolze Fleisch.
Die Farben des Lebens, intensiv wie nie, hüpfen
und verfliegen um die Vision herum
auf dem Rüst=Platz.
Vibrationen brechen auf und brausen und in das halt=lose
AusKOSten dieser Effekte mischen sich
tödliche Pfiffe und eine krächzende Musik,
die die WElt, weit ab=geschlagen, auf
unsere MUTter der Schönheit schleudert —
sie prallt zurück, sie faßt sich wieder.
AH! Unsere K=NOCHen haben sich das Fleisch eines
neuen Liebes=Körpers angezogen.

Ach, das Gesicht in Asche, der behaarte Mond,
die Arme kristallin!
Unter ALLER Kanone, so ziehts mich nieder
in diesem lichten Luft= und Baum=GeTRIEBE!

Vorwärts=Drang

Wuchtiges Schlingern beim Sturz in die Stromschnellen
 — kochender Bug, rasende Reeling —
haltlose Drift der Strömung:
durch ungekannte Schauer von Licht
 — Rausch der neuen Chemie —
reißt es die Reisenden
umzingelt vom Schmatzen des Tals und des Stroms

DAS sind die Eroberer der Welt
sie suchen ihr ganz persönliches chemisches Glück
Trimm-Dich und Speckbauch reisen mit
in ihrem Schlepptau die ErZIEHung
 der Rassen, Klassen und Tiere:
Auf diesem Schiff paart sich
 Statik und Taumel
im diluvialen Licht
an schaurig-wissensdurstigen Abenden

DENN am Fachsimpeln zwischen den Apparaten
 — Blut Blumen Feuer Achat —
am heißkommentierten Schwall der Zahlen
 auf diesen flüchtigen Planken
ERSIEHT MAN
 — monströs und endlos sich selbst erleuchtend —
ihr gewaltiges Wissens-ARSENal.
 heranrollend wie ein Damm jenseits
 der hydraulisch beTRIEBenen Fahrstraße
— — — — und S(ie): besessen von Harmonie-Ekstase
 und Entdecker-HEROIsmus

Aus den atemberaubendsten Zusammenstößen der Atmosphäre
löst sich
ein junges Paar
(ist es die primitive Scheu, die man verzeiht ?)
singt und lagert auf seiner Arche

Schau=Plätze

Die OLLE Komödie greift noch einmal in die Saiten und
verteilt ihre IDYLLEN:

Boulevards, wo es schauspielert.

Eine lange Holzrampe, quer über ein Stolperfeld
gezogen, wo unter gerupften Bäumen
eine mörderische Masse brodelt.

Korridore aus schwarzer Gaze, die lenken die Schritte
der Flaneure zu Lampions und Laubwerk.

Sinnige Szenen mit Flöten- und Trommelbegleitung
knicksen in den Nischen des Deckengewölbes — oder
im Dunstkreis moderner Clubräume oder
alt=orientalischer Säle.

Das Zauber=Spiel hantiert auf der Buschkrone
eines Amphitheaters
oder murkelt und summt für das niedere Volk
im Schatten von Tannen,
die man hinter die Kante des Ackers verschoben hat.

Diese KOMISCHE Oper verzettelt sich auf unserer
Bühne am Schnittpunkt zehn verschiedener
Segmente zwischen Galerie und Lüster.

Die Brücken

Himmel aus grauem Kristall.
Bizarr zeichnen sich Brücken ab, diese gestreckt,
jene gewölbt, andere schief herabschießend auf erstere,
das sind Ge=bilde, die in jeder weiteren hell=erleuchteten
Krümmung des Kanals wiederkehren, doch derart
ausgedehnt und schwebend,
daß die Ufer, mit Domen befrachtet,
sich senken und schrumpfen.
Auf manchen Brücken hockt noch altes Mauer=Werk.
Und andere tragen Stangen, Schilder und brüchige Geländer.
Verminderte Akkorde schwingen in der Luft
und Saiten ziehen sich die Hänge hoch.
Ein roter WAMS ist auszumachen, vielleicht auch
andere Kost=üme und Musik=Instrumente.
Sind das Volks=Liedchen, abgetriebene Gutsherren=Konzerte
oder abgestandene National=Hymnen?
Das Wasser ist grau und blau, breit wie ein Meeres=Arm. —
Ein weißer Strahl schießt vom Himmel und
löscht diese Komödie aus.

Promontoire.

L'aube d'or et la soirée frissonnante trouvent
notre brick en large en face de cette Villa et de ses
dépendances, qui forment un promontoire aussi étendu
que l'Epire et le Péloponnèse, ou que la grande île
du Japon, ou que l'Arabie ! Des fanums qu'éclaire
la rentrée des théories, d'immenses vues de la
défense des côtes modernes ; des dunes illustrées de
chaudes fleurs et de bacchanales ; de grands canaux
de Carthage et des Embankments d'une Venise louche
de molles éruptions d'Etnas et des crevasses de
fleurs et d'eaux ~~des~~ glaciers, des lavoirs entourés
de peupliers d'Allemagne ; ~~et les façades circulaires des~~
~~"Royal" ou des "Grand" de Scarbro' et de Brooklyn ;~~
~~et leurs railways, flanquent, creusent, surplombent~~
des talus de parcs singuliers penchant des têtes d'Arbre
du Japon ; et les façades circulaires des "Royal" ou des
"Grand" de Scarbro' ou de Brooklyn ; et leurs railways
flanquent, creusent, surplombent les dispositions de cet
Hôtel, choisies dans l'histoire des plus élégantes et des
plus colossales constructions de l'Italie, de l'Amérique
et de l'Asie, dont les fenêtres et les terrasses à présent
pleines d'éclairages, de boissons et de brises riches,
sont ouvertes à l'esprit des voyageurs et des nobles —
qui permettent, aux heures du jour, à toutes les tarentelles
des côtes, — et même aux ritournelles des vallées
illustres de l'art, de décorer merveilleusement
les façades du Palais-Promontoire.

A. R. ([illegible]

Vorgebirge

Der goldene Morgen=Glanz und der fröstelnde Abend erhaschen unsere Brigg auf offener See vor dieser VILLA, die mit ihren Ver=äste=LUNGEN ein Vorgebirge formiert von den Ausmaßen
des Epirus, der Peleponnes, der Groß=Insel Japan
oder Arabiens!
FANALE gesetzt von den Licht=Ketten rück=flutender GEISTer,
groß=artige An=Sichten moderner Küsten=Verpanzerungen,
Dünen mit heißen Blüten und Besäufnissen ilLUSTriert,
die großen Kanäle Karthagos und die Ein=Dämmungen eines schlüpfrigen Venedig,
flache Ergüsse Ätnas und Spalten voll Blüten und Gletschersaft,
Wasch=Tröge, umstellt von Deutschlands Pappel=Populationen,
Park=Hänge, die — wie ent=zückend — mit ihren
Japan=Baum=Köpfen nicken,
und die kreis=runden FASSaden des »Royal« oder des »Grand« von Scarborough oder Brooklyn,
mit Schienen=Strängen, die dieses Hotel=Trumm
flankieren, durchbohren und überdachen,
was Seinesgleichen sucht in der Geschichte der
vor=nehmsten und groß=männischsten Bauten
Italiens, Amerikas und Asiens,
wo sich die Fenster und Terrassen in Fest=Beleuchtung
präsentieren, voll von Getränken und lauen Winden,
offen das Ganze dem Geist der Reisenden und Noblen,
die zu jeder Tages=Zeit all die TARANTELLAS der Küsten heran=winken
und auch die RITOURNELLEN der kunst=fertigen Täler, damit sie die FASSaden des Palazzos »VORGEBIRGE« mit ihrem Wunder=Kram beklecken.

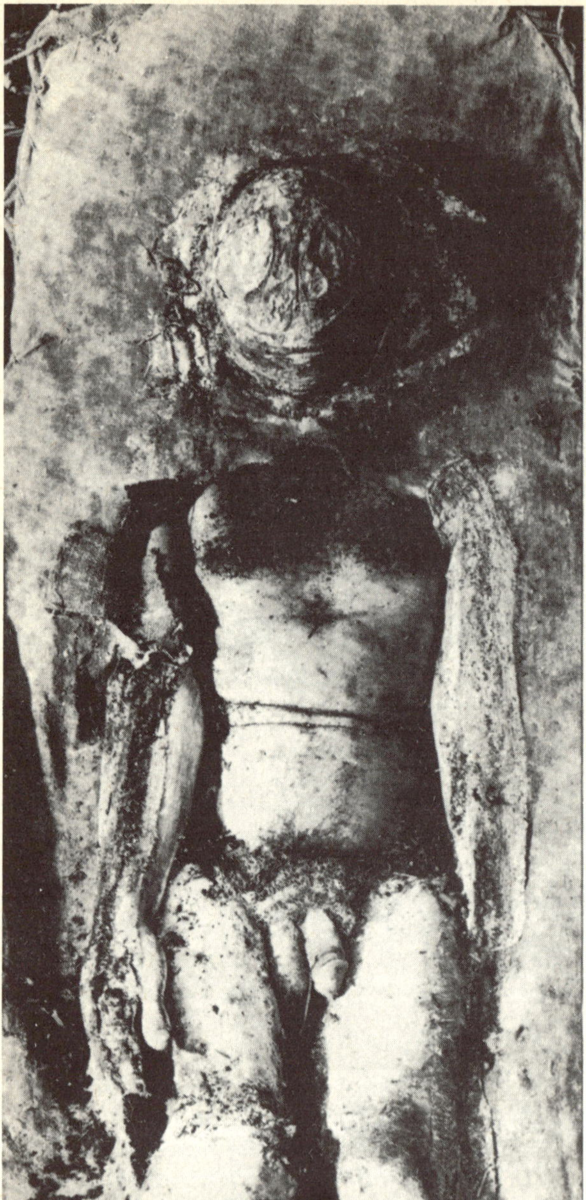

Bottom

Ist auch die Realität zu stachelig für mein
weitausholendes Wesen, so
fand ich mich doch bei MADAME
in Gestalt eines großen, grau=blauen Vogels der
sich bis zum Muschelfries der Decke hochdrückte —
ein Flügel schlappte in die Schatten des Abends.

Am Fußende des Himmelbettes, wo sie hingebreitet lag:
ihre begehrten Preziosen,
das ganze Prachtstück ihres Körpers,
wurde ich zu einem aufdringlichen Bären mit
violettem Mundfleisch und kummerfahlem Fell —
die Augen stierend auf das Kristall- und Silberzeugs auf den
Kon=solen.

Dunkelheit kam auf — wild pochendes Aquarium.
Am Morgen, Junimorgen, Streit lag in der Luft,
lief ich aufs freie Feld, ich Schafskopf,
laut blökend verbreitete ich meine Beschwerde
bis die Flittchen der Vorstadt gelaufen kamen
und meine Zottelbrust besprangen.

Meine tiefste Ver=Ehrung...

... für meine Schwester Luise Va=NÜLLE von VORIG=
(e)hem:
Sie hat ihre blaue STURMhaube der Nordsee zuge-
wandt. —
Der Schiff=Brüchigen wegen.

... für meine Schwester LeoNIE Imwald Aschbei — WOW!
Was miefte und summte das Sommergras. —
Der Hitze der Mütter und Kinder wegen.

... für Lulu, Teufelsweib, die sich den GeRUCH der
Betstunden aus der Zeit der FREUNDINNEN und
ihrer dürftigen ErZIEHung bewahrt hat. —
Der Männer wegen.

... für Madame X.

... für den Bengel, der ich war. Für diesen heiligen
Greis in Einsiedelei oder Sendung.

... für die Gesinnung der Armen. Und für die höchste
Geistlichkeit.

Ebenso für jeden Kult, mit einem solchen AHnen=Kult=Platz ausgestattet und solchen RItualen, daß man sich völlig den Anhau(ch)ungen des AUgenblicks oder dem Ernst der ur=ei=gensten Macken hingeben muß.

Speziell heute abend: für die CIRCETO im hohen
Eis=Glast,
fett wie ein Karpfen und koloriert wie die zehn MONde
der roten Nacht — (ihr Herz ist Ambra und Zunder) —
DAMIT
mein ein=ziges Gebet erfolge,
stumm wie die REGionen der Nacht —
und Taten werden folgen
— so gewalttätig,
daß sie diesen frostigen Irrsinn Lügen strafen.

Koste es, was es wolle. Aus vollem Halse.
Auch auf dem Trip ins Über=Sinnliche. —
Und da erst rECHT.

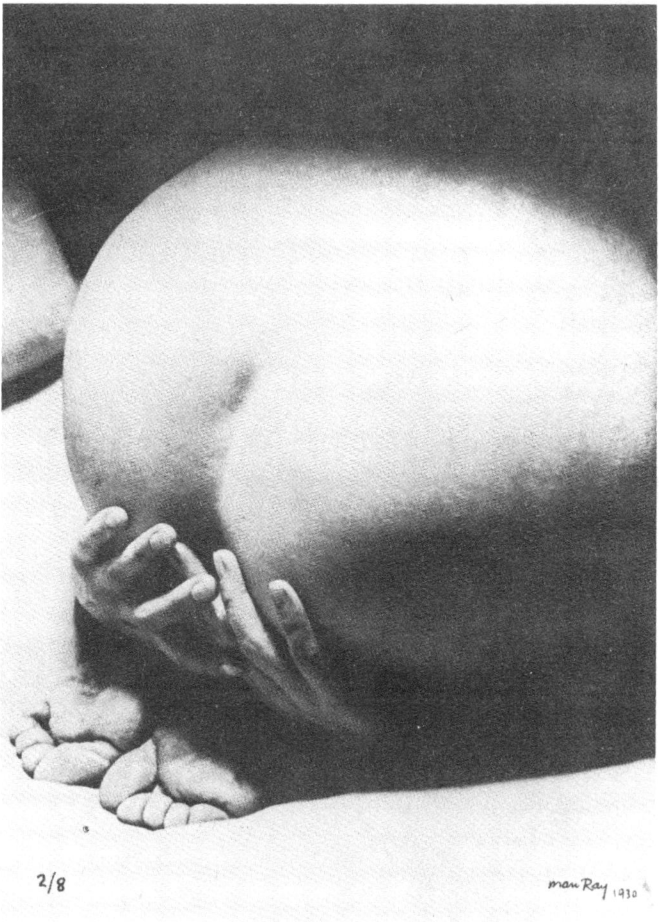

H(asch)

Alle Ab=Normitäten überrollen die grau=samen Gesten von
Hortense.
Ihre Ein=SAM=keit ist die mechanische Ero=TIK,
ihr Überdruß Liebes=Dynamik.

Unter den wohlmeinenden Blicken der Erzieher hat
sie sich, fast zu jeder Zeit,
für die Volks=Hygiene verzehrt.
Sie hat dem Elend Tür und Tor geöffnet.
Dort, in ihrer leidenschaftlichen MOtorik zerfällt
der MOralische Körper des MODERNen Menschen.
Gräßlicher Kitzel der neu=gierigen Liebe
auf blutigem Grund,
in HyDROGEN=Helligkeit.

Hasch Hortense!

Ver=(a)eng=stigung

Könnte denn wirklich SIE meine immerzu geknickten Wünsche
wieder aufrichten —
könnte ein beHÄbiges Ende die Zeiten des Darbens
wieder aufwiegen —
könnte uns denn ein einziger Erfolgs=Tag über das beschämende
Ge=schick unserer UnGE=SCHICKlichkeit hinweglullen?

(Palm=Wedel, Diamanten!
Fach an, Liebe! Zerflamme diese Späße und Ruhmes=Blätter!
Grad wo und wie es dir gefällt! Gott, Teufel, dieses junge BLUT bin — ICH!)

Sollten wir uns tat=sächlich dazu hinreißen lassen, in den Knall=Effekten der Wissenschaft und in dem gesell=schaftlichen Trend zur VerbRÜDErung Schritte zur Wieder=Errichtung einer ur=SPRÜNG=lichen Freiheit zu sehen?

Doch die VAMPIRIN, die uns brav macht,
heißt uns an dem zu LECKen, was sie übrigläßt.
Ansonsten würden wir noch komischere TRÖPFE.

Sich in den Wunden wälzen, durch schwere Luft und Meer,
in den Qualen, durch die Stille verpesteter Wasser und Lüfte,
in der Folter, kichernd in der ent=setz=lichen HÖHlung ihres Schweigens.

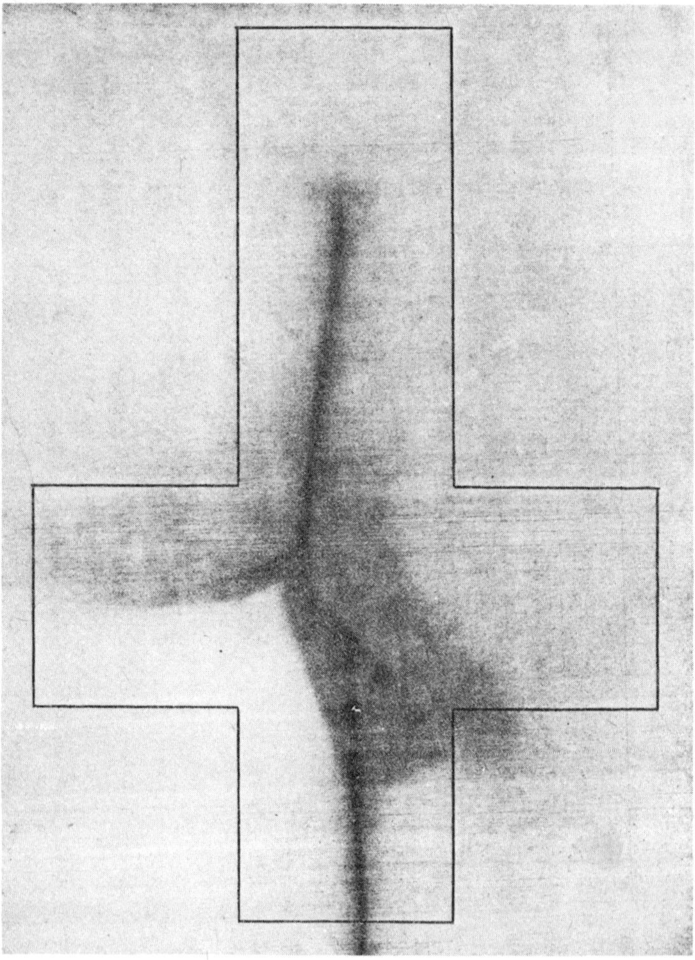

Lebens=Weisen

I

Un=faßlich, diese Ein=FALL=Straßen des geLObten Landes, die Terrassen des Tempels!
Was ist mit dem Brahmanen geschehen, der mir die Weisheiten deutete?
Von dort, von so tief, da kommen mir sogar Greisinnen zu Gesicht.
Stunden aus Silber und Sonne fallen mir ein, dort bei den Flüssen,
das Land legte seine Hand auf meine Schulter und die Pfeffer=Ebenen waren gerammelt voll mit unsren Zärtlichkeiten.
— Ein Schlag scharLACH=roter Tauben tobt um meinen ELFENBEIN=Turm —
Hierher ver=trieben, habe ich einen Platz, um alle dramatischen Haupt=Werke der Welt=Literatur aufzuführen. Ich könnte euch Finger=Zeige zu un=erhörten Reichtümern geben. Ich verfolge den Weg der Schätze, die ihr gefunden habt.
Ich sehe, was dabei herauskommt!
Meine weise Voraus=Sicht ist ebenso verrufen wie das Chaos.
Doch was ist mein Nichts gegen die VERBLÖDUNG, die euch erwartet?

II

Ich bin ein Er=FINDER, dessen Verdienste von ganz anderer Art sind als die aller meiner Vorgänger; ein Musiker sogar, der so etwas wie den SCHLÜSSEL DER LIEBE gefunden hat.
Zur Zeit Junker auf saurem Acker bei SAUberer Luft, versuche ich mich in Hitze zu bringen durch die Erinnerung an meine mickrige Kindheit, an Lehr=Jahre oder Anfang in kleinen Stiefeln, an Hetz=Reden, an fünf oder sechs Ver=Witwungen und einige HOCH=Zeiten, wo mein Kopf so klar blieb, daß ich mich nicht zu der Lautstärke meiner Sauf=Kumpane verstieg.

Ich hänge nicht an meinem alten Anteil göttlicher Heiterkeit: die SAUbere Luft dieses saueren Ackers nährt aufs trefflichste meinen gnadenlosen Skeptizismus. Doch da dieser Skeptizismus wohl kaum in Szene gesetzt werden kann, und mir überdies bereits neues Un=gemach im Nacken hängt, habe ich die Aussicht, ein ziemlich bissiger Spinner zu werden.

III

In einem Korn=Speicher, wo man mich mit zwölf einschloß, habe ich die Welt er=fahren, habe ich die menschliche Komödie ausgemalt.
In einer Vorrats=Kammer, da begriff ich die Geschichte. Auf irgendeinem nächtlichen Fest in einer Stadt des Nordens begegnete ich allen Frauen von den Gemälden der alten Meister. In einer schäbigen Gasse in Paris unter=wies man mich in den klassischen Wissenschaften.
In einem groß=artigen Gehäuse im Herzen des Orients habe ich mein ungeheueres Werk voll=bracht und ganz meinem ruhmvollen Rückzug gefrönt.
Ich habe mein Blut gären lassen.
Frei=gestellt von jeder Pflicht. Und nicht einmal ein Gedanke daran.
Ich bin wahrhaftig über das Grab hinaus. Und keine Aufträge mehr.

Auf=Bruch

Genug gesehn. Die Vision findet sich in allen Sphären.
Genug gehabt. Un=RAST der Städte am Abend und in der Sonne und über=haupt.
Genug er=fahren. Die Sperren des Lebens. — Un=RAST und Visionen!
Auf=Bruch zu neuer Liebe und neuem Getümmel!

Fahr=Spuren

Zur Rechten kitzelt der junge Sommermorgen die Blätter
und Dämpfe und LAUte dieses Park=Winkels wach,
und die Hänge zur Linken halten in ihrem violetten
Schatten die tausend flinken Fahr=Spuren der nassen Straße.
Auf=Marsch des Zauber=Werks!

Tat=SÄCHlich: Wagen voll mit vergoldeten Holz=Tieren,
mit Masten und kunterbunter Takelage im strammen
Galopp zwanzig gesprenkelter Zirkus=Pferde;
und Kinder und Männer auf den umwerfendsten Tieren;
zwanzig Gefährte, mit Beschlägen besetzt,
Wimpeln und Blumen wie die KaROSSen von früher oder
aus Märchen, voll mit Kindern, aufgetakelt für eine
PastORALE in der Vorstadt.
Särge sogar, unter Nacht=BalDACHinen, die recken Feder=
Büsche, ebenholzschwarz,
fügen sich in den Trott der großen blauen und schwarzen
Stuten.

Städte I

Was für Städte!
Was für ein Volk, für das sich diese traumhaften
Mandalane und Libanone aufgebaut haben!
Sennhütten aus Kristall und Holz, die sich auf unsichtbaren
Gleisen und Rollen fortbewegen.
Die alten Krater, gesäumt von Riesensäulen und kupfernen
Palmen
brüllen melodiös in die Feuer.
Liebesfeste erklingen auf den Kanälen, die
hinter den Hütten hervorschaun.
Die Hatz der Glocken gellt durch die Schluchten.
Korporationen riesiger Chorbrüder reisen an mit
flammenden Hemden und Fahnen
— als wärs das Gipfellicht selber.
Auf Plattformen inmitten der Abgründe
klirren ROlande mit ihrem Mut.
Auf den halsbrecherischen Stiegen und den Dächern der
Wirtshäuser
flaggt die Himmelsglut ihre Masten.
Das Einsacken der Himmelsgrößen schallt bis in die Gipfel-
regionen, wo sich
engelsgleiche Pferdfrauen
zwischen Lawinen tummeln.
Noch höher als die höchsten Bergkämme
ein MEER
gärend von der ewigen Geburt der Venus
befrachtet mit orphischen Flotten und dem
Rumoren kostbarer Perlen und Muscheln.
Bisweilen verfinstert sich das Meer
unter tödlichem Klatschen.
Auf den Hängen muhen geerntete Blumen, so groß wie
bei uns Räder und Tröge.
Flappse in Fuchs- und Opalfarben schwärmen aus den
Felshöhlen.
Im Geschling des Sturzbaches stehend ziehen die Hirsche
dort oben

sich die Zitzen Dianas herüber.
Die Bacchantinnen der Vorstädte schluchzen
und der Mond glüht und brüllt.
Venus betritt die Höhlen der Schmiede und Eremiten.
Himmelhoch jauchzt Völkerverbindendes von allen Bergen.
Schlösser aus Knochen verströmen unbekannte Musik.
Alle Geschichten sind im Umlauf
und überschlagen sich in den Marktflecken vor
Begeisterung.
Das Paradies der Donner kommt ins Rollen.
Die Wilden tanzen ohne Unterlaß das Fest der Nacht.

Und dann bin ich irgendwann hinabgestiegen
in den Trubel eines Bagdad-Boulevards,
wo die Freude an der neuen Arbeit
aus vielen Kehlen klang
— in einem zähen Schwall trieb ich umher und
es verließen mich nicht die Berge
mit ihren Fabelwesen und den Orten
schlafwandlerisch sicherer Begegnungen.

Welch gütige Hand, welch schöne Stunde
versetzen mich wieder in jene Region,
der mein Schlummer entstammt
und meine leisesten Regungen?

Stadt

Ich bin ein neben=sächlicher und gar nicht so unzufriedener Bewohner dieser Mords=Stadt, die deswegen für modern gehalten wird, weil bei der Innen- und Außen=Ausstattung der Häuser und sogar bei der Anlage der ganzen Stadt jeder eindeutig=bekannte Stil gemieden wurde. Nicht die Spur einer Verfestigung des Aberglaubens ist hier zu bemerken. Die Moral und die Sprache sind auf den simpelsten Aus=Druck geschrumpft. Endlich!
Millionen von Menschen, die es nicht nötig haben, sich zu kennen, betreiben derart gleichförmig nebeneinanderher Erziehung, Beruf und Vergreisung, daß solch ein Lebens=Lauf ruhig um vieles schneller absolviert werden könnte, als dies eine bescheuerte Statistik für die Bevölkerung des Kontinents vorsieht.

Und so sehe ich auch von meinem Fenster aus
neue Gespenster
durch den dichten und unvergänglichen Smog treiben
— DER ist unser Wald=Schatten, unsere Sommer=Nacht! —

sehe ich neue Erynnien
vor meinem Cottage — das ist mir ganz Heim und Herz —
denn alles darin ent=spricht mir so —

sehe ich den Tod ohne Tränen, unsere rührige
Tochter und Magd, eine verZWEIfelte Liebe
ein hübsches Verbrechen,
das im Schmutz der Gosse winselt.

Metro/poly/tan

Vom Ge=zwa(E)NG der Indigo=See bis zu den Meeren
Ossians
auf Rosen- und Orangen=Sand, der gebadet
im Wein des Himmels
zieht das Geflecht kristallner Boulevards herauf,
sogleich voll=geramscht
mit frisch=gebacknen Elends=Familien, die sich
an den Obstständen bedienen.
Nichts Reiches: die STADT!

Gänzlich überstürzt
aus der Wüste von Asphalt
mit Fetzen von QUALm
der sich in schrecklichen Striemen
hochzieht und so den
Himmel eindellt, riffelt und wieder zur Ruhe kommen läßt,
einen Himmel, gebildet aus dem schwärzesten Unheils-
rauch,
der den Ozean je in Trauer hüllen könnte
FLIEHEN Sturz=Helme Räder Boote Pferde=Nacken:
die SCHLACHT!

Schau hoch:
diese geschwungene Brücke aus Holz
die letzten Krautgärten SA=Mar=ias
diese grellen Masken unter der Lampe, gepeitscht von
der Kälte der Nacht
die tapsige Undine mit ihrem rauschenden Kleid
unten am Fluß
die leuchtenden Schädel in den Erbs=Plantagen
und die anderen Phantasma=Gorien:
das LAND!

Straßen, gerändert von Gittern und Mauern
dahinter quellen üppige Büsche hervor die grau=
samen Blumen
die heißen könnten »Tränen und Schwester=Herz«
Samt
der verdammt zur Ermattung
: dort sind FEENTÜMER ANSÄSSIG :
— rechts=rheinische, japanische, gueranische —
in denen noch die Schwingungen des Altertums
empfangen werden können
UND Herbergen gibt es dort die
haben schon ein für alle Mal geschlossen
Und auch Prinzessinnen und und und...
und wenn du nicht ganz am Boden zerstört bist
die Betrachtung der Sterne:

der HIMMEL!

Am Morgen, als du dir Wort=Gefechte liefertest mit IHR
inmitten von:
Schnee=Schauern, grünen Lippen, funkelndem Eis,
schwarzen Fahnen, blauen Strahlen
und den Purpur=Düften der POlar=Sonne:

deine KRAFT!

Städte II

Die ReGIERungs=Hochburg übersteigt noch die p=ROTZigsten Er=Bauungen MODERNer Barbarei.
Unmöglich dieses flaue Licht zu beschreiben,
Produkt eines stur=grauen Himmels, diesen herrischen Glanz der Gebäude und den ewigen Schnee am Boden.
In einem Anflug einzigartigen Größenwahns hat man alle Wunderwerke der klassischen Bau=Kunst wieder=erstellt. Ich erlebe Gemälde=AusSTELLungen in Räumen, zwanZIGmal größer als Hampton=Court. Das ist eine Malerei! Ein NebukadneZAR aus Norwegen ließ die TREPPEN DER MINI=STERIEN errichten; die Aktenschlepper, die ich dort zu Gesicht bekam, sind schon stolzer als Brahmanen und ich zitterte allein beim Anblick der Wach=Posten und Poliere dieser Kolossal=Bauten.
Durch die quadratische Anlage der Gebäude, mit geschlossenen Höfen und Terrassen, hat man sich die Droschken rausgehalten. Die Parks stellen eine rüde Natur zur Schau, bekleckert mit einer Super=Kunst. Das gehobene Viertel hat Zonen, für die es keine ErKLÄRung gibt: ein Meeres=Arm ohne Schiffe schwappt mit seiner blauen Graupelbrühe zwischen Quais, auf denen Riesen=Armleuchter lasten. Eine kurze Brücke führt zu einem Durch=Schlupf unmittelbar unter der Kuppel der Sainte=Chapelle. Diese Kuppel ist eine kunstvolle Stahlkonstruktion von ungefähr fünfzehntausend Fuß Durch=Messer.

Manchmal glaubte ich, an einigen Punkten dieser Kupfer=Stege, Platt=Formen und Eisen=Leitern, die um Hallen und Pfeiler herum=führen, das Ausmaß dieser Stadt ausmachen zu können. Doch da war etwas WUNDERbares, das wollte mir nicht in den Kopf gehen: Wie hoch liegen all die anderen Viertel in Relation zur ReGIERungs=Hochburg? Für einen Fremdling unserer Zeit ist ein wirklicher Überblick nicht mehr möglich.
Das Geschäfts=Viertel ist ein Kreisel im Einheits=Stil mit Galerien und Arkaden. Man sieht keine Läden, doch der

Schnee auf der Fahrbahn ist glattgedrückt. Einige NaBOBS, ebenso rar wie Sonntagmorgen=SpaZIERgänger in London, steuern auf einen Diamanten=Schnell=Waggon zu. Einige DIWAne in rotem Samt: es werden eisige Getränke serviert, für die man zwischen 800 und 8000 Rupien berappen muß. Der Suche nach Theatern in diesem Kreisel begegne ich mit dem Gedanken, daß diese Läden zur Genüge düstere Dramen bereithalten müßten.
Eine Polizei wird es wohl auch geben. Aber die Gesetze müssen so merkwürdig sein, daß ich mir lieber keine Vorstellung von den örtlichen Umtrieben mache.

Die Vorstadt, ebenso vor=nehm wie eine GALA=Straße in Paris, wird von einem beschwingten Licht verwöhnt. Die demokratischen Elemente kommen hier auf ein paar hundert Seelen. Und es lockert sich auch schon die Marsch=Ordnung der Häuser und die Vorstadt verfranst sich aufs Wunderlichste ins flache Land, die GRAF=SCHAFT,

die die Weite des Westens einnimmt mit
unerschöpflichen Wäldern und Pflanzungen —
wild=gewordene Junker jagen dort ihr Geschlecht zum Teufel,
in einem Licht, das nicht von Un=gefähr kommt.

Ge=wöhnlicher Nachtspuk

Ein Schnaufen schlägt opernhafte Breschen in die Stellwände,
bringt das Gebälk der verrotteten Dächer zum Brodeln,
verwischt die Ränder der Gehöfte,
kippt das Licht aus den Fenstern. —
— — Den Fuß auf eine Traufe gestützt, bin ich mit dieser Kutsche den ganzen Wein=Berg hinuntergerumpelt. Genug über ihr Baujahr verraten die gewölbten Scheiben, die bullige Karosserie und die eingebuchteten Sitz=Polster:

mein Todesschlummermobil, verloren, meine Irrsinns-
bude —
die Kiste zieht es auf die große Straße, worüber
längst Gras gewachsen. Und wo das Glas dort oben rechts
verzogen ist, da wirbeln Milch/Mond/Blätter/Brüstebilder.

Tiefstes Grün und Blau schwappen über dieses Bild.
Ausspannen, kommt ein Kiesfleck in Sicht.

Hier heult man wohl mit dem ORKAN, mit Sodomiten,
Pharisäern, Höllenhunden und Heerscharen...

Postillion und Traumtiere, erholen sie sich unter der
Stickluftglocke des Hochwaldes, um mich bis zu den
Augen in die geschmeidige Soße hinabzutauchen?

Und wir verschiffen uns, stromernd durch die peitschenden
Wasser und Mostschwemmen, rollend auf dem Gekläff der
Doggen...

Ein Schnaufen verwischt die Ränder der Gehöfte.

FEE=li

Für Helena verschworen sich die schmuck=bringenden Säfte
in den Schatten der Jung=fern=SCHAFT
und die helle Geistes=Kälte des astralen Schweigens.
Das B=rennen des Sommers hatte man den s=tummen
Vögeln anvertraut
und die er=wünschte Lässigkeit trieb
in einer Gondel voll Trauer durch Buchten
verFLOSSENener Lieben und verROCHENer Düfte.

GRAD .... hat sich ... das Lied der Holz=Hackerinnen
mit dem Tosen des Wild=Bachs
unter dem gebrochenen Wald
und das Gebimmel des Viehs
mit dem Echo der Täler
getroffen; und aufschrein die Steppen...

Für Helenas Kindheit erbebten Pelze und Schatten —
und das Herz der Armen und alle LegENDEN des
Himmels.

Und ihre Augen und ihr Tanz: noch vor=trefflicher
als kostbares Funkeln,
als die Ein=Flüsse des Kalten,
als das GeFALLEN an einzig=artiger Zier und Stunde.

Mystisch

Über die Schräge des Hangs wälzen sich
die WOLL=Leiber der Engel
in stahlklirrende, smaragdene Grasgründe.

Die Flammen der Prärie züngeln hoch bis
zur höchsten Berg=Knospe.
Das Erd=Reich zur Linken des Grats ist zerstampft
von all dem Gemetzel und SCHLACHT=Getümmel;
und Unheilslärm schwIRRT in den Lüften darüber.
Dahinter der Grat zur Rechten:
RAND des östlichen Lichts, des KommENDEN.

Und während das obere Rund des Tableaus HALLT
vom Schaben und Wummern der Hohl=Muscheln
der Meere und menschlichen Nächte
senkt sich gegen den Hang
die sanfte Blüte der Sterne und des Himmels
und des ÜBRIGEN herab
— wie ein PANier uns ent=GEGEN —
und füllt den Ab=Grund dort unten mit
Blühen und BLAU.

Jugend

I. Sonntag

Gerechne beiseit: unausweichlich kommt der Himmel herab, Erinnerungen suchen uns heim, Rhythmen hocken zusammen und nehmen das Haus, den Kopf und das gesamte Denken in Beschlag.
— Ein Pferd rast über die Vorstadtpiste, vorbei an Äckern und Baumkulturen, zerfressen von der Kohlenpest. Eine Frau mit Hang zu miesen Dramen, überall und nirgends, lechzt nach Szenen unwahrscheinlicher Hingabe. Die Desperados dürsten nach Donner, Trunkenheit und Wunden. Kleine Kinder ersticken die Verwünschungen längs der Flüsse. —

Zurück zu den Büchern im Getöse des allesverschlingenden Werks, das in den Massen sich ballt und wieder ausholt...

II. Sonett

Bürger Normal=Mensch, war dein Fleisch nicht einst ein Pfirsich, hängend im Garten — denk an die Kindertage! — Und war dein Körper nicht ein Schatz zum Verschwenden? SICH hinzugeben der Gefahr oder dem Sog der Schönheit...

Der Bauch der Erde ging schwanger mit Fürsten und Künstlern.
Und das Gesetz der Abkunft stieß uns in den Rachen von Verbrechen und Not. —
Die Welt: Chance und Bedrohung.

Aber jetzt, nach all dieser Schufterei, stehst du da,
du, mit deinen Berechnungen, du, mit deinem Gezapple.
Und gilt nicht ebensoviel der Tanz und der Klang der Stimme,
frei schwebend ohne Zwang und Form
in einer untergründig=einmütigen Verbindung
durch ein Universum ohne Bilder?
Gewalt und Recht ergreifen den Tanz und die Stimme,
die man gerade erst zu schätzen begann.

III. Zwanzig Jahre

Das Gesäusel der Erzieher hat abgedankt...
Schmerzlich legt der Körper seine Unschuld ab...
ADAGIO!

AHA! Der jugendliche Größenwahn, ein Bombenoptimismus:
Diesen Sommer ist die Welt voller Blumen!

Sphären und Formen verblassen...
Wir wollen alle singen, damit Mangel und Ohnmacht stille sind!
Klingen sollen alle Gläser zusammen
in einer Nacht=Musik!
Und schon rast der Nerv...

IV.

Du hängst noch immer in den Versuchungen des Antonius.
Du läßt die Zügel schießen: Zappeln des knabenhaften Stolzes, Abflauen und Schock.
Aber du machst dich an die Arbeit: Um dich als Zentrum wirbelt die Fülle harmonischer und architektonischer Möglichkeiten. Geniale Knirpse schießen aus dem Boden und halten sich für deine Wagnisse bereit. Wie im Traum wird dir der Wissensdurst zuströmen, ganz wie ihn das Menschengewimmel des Altertums und die untätige Verschwendung kennt.

Deine Erinnerung und deine Sinne werden sich ganz
in deinem Schaffens=Trieb verzehren.
Und die Welt, wie wird sie aussehen bei deinem Abgang?
Jedenfalls: frei von dem, was sie heute vorflunkert.

Seestück

Die Gespanne aus Silber und Bronze —
Die Buge aus Stahl und Silber:
Stampfend die Gischt,
Brodelnd die dornigen Stümpfe.
Die Ströme des Sands
Und die endlosen Schlieren der Rück=Flut
Schwingen und kreiseln nach Osten,
Wo die Wald=Wand steht —
Wo sich die Mole anstemmt,
An deren Kante brechen sich Stürme aus Licht

Geschichtsträchtiger Abend

Sagen wir mal:
Eines schönen Abends trifft es sich für den unverbildeten Urlauber, fernab des Wirtschafts=Wunder=Horrors, daß die Hand eines Könners die Klaviatur der Wiesen beseelt. Man spielt Karten auf dem Grund eines Sees, auf dessen spiegelnder Ober=Fläche Königinnen und Schätzchen wirbeln. Und es gibt am Abendhimmel Mystikerinnen, Schleier, harmonische Fäden und Farbabstufungen,
die ES in sich haben.

ES fröstelt
beim Durchzug der WILDEN JAGD.
Die Komödie
tröpfelt auf eine Bühne aus Gras.
Und das schwache Gestotter der Armen und Kranken auf
diesem bescheuerten Feld!
Deutschland, mit seiner SKLAVEN=VISION,
schuftet sich zu den Sternen hoch.
Licht=Blicke über den Wüsten der Tartaren.
Verbrauchte Revolten grollen im Herzen des Himmelreichs.
Über Hintertreppen und Felslifte will eine kleine Welt,
blaß und platt, Afrika und Abendländer,
groß rauskommen.

Dann: ein Ballett bekannter Meere und Nächte,
eine Chemie ohne Sinn und unmögliche Melodien.

Überall der gleiche bourgeoise Zauber, wo der Koffer uns hinpflanzt. Der elementarste Kenner der Körper und Kräfte spürt, daß es nicht mehr länger möglich ist, sich dieser personen=verstunkenen Atmosphäre zu unterwerfen, diesem Nebel körperlicher Gewissens=Bisse, deren Feststellung allein schon an die Nieren geht.

Still!
Wenn uns das GROSSE SCHWITZEN kommt,
    die Meere überschwappen,
    die Erde innen glüht und brodelt,
wenn es unsern Planeten wegreißt
    und der THERMIDOR heraufzieht:
das ist es, was uns erwartet — Bibel und Nornen haben es ohne Arg verkündet —
darauf müßten wir ein Auge halten als Erleuchtete.
Doch zur Legendenbildung taugt das kaum.

Barbarisch

Nach all diesem Verschleiß von Zeiten und Menschen und
Ländern,
DA die Flagge aus blutigem Fleisch
auf der Seide der Meere, vor arktischen Blumen
(die gibt es gar nicht).

Wieder zum Flattern gebracht vom alten Heldengetute —
Das reißt uns noch immer Herz und Hirn auf —
Fern von den alten Rausch=Würgern —

AH! Die Flagge aus blutigem Fleisch
auf der Seide der Meere vor arktischen Blumen
(die gibt es gar nicht) —

Erbarmen!
Sprühende Glut im Rauhreifüberfall — Erbarmen! —
Brand im peitschenden Juwelenregen stürmt durch unser
irdisches Herz, das ist uns Kohle für immer
— Welt, ade! —

(Fern von den alten Stützpunkten und Dauerbrennern,
denen in Hör- und Fühlweite)

Prasseln und Schäumen — Tönen und Kreisen der Schlünde —
Schlag von Eisklumpen auf die Gestirne.

Erbarmen: Welt und Töne!

Und schau: frei fliegen die Formen, Haar, Auge und Energie.

Und die Tränen, weiß und kochend — Erbarmen! —
Und die Stimme der F=RAU gelangt
auf den Grund der Vulkane
und arktischen Grotten...

Die Flagge...

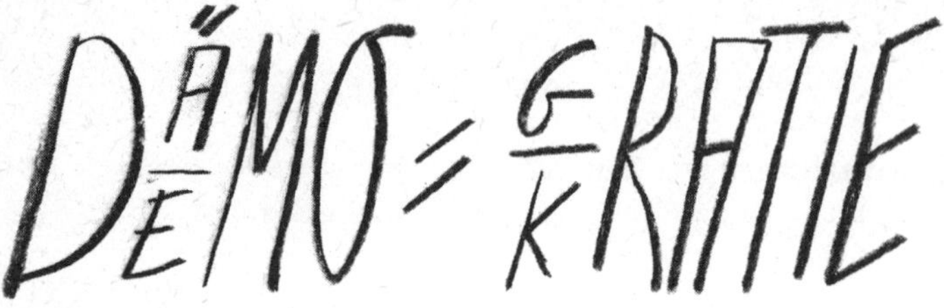

« Die Fahne gerät in übelste Land=Striche
und unser Gebrabbel bringt die Revolution
zum Schweigen.

In den Zentren päppeln wir die zynischste PROstitution hoch.
Die unvermeidlichen Revolten metzeln wir
nieder.

Auf in die mürben und gepfefferten Länder!
Schmiert den Riesen=Moloch der Industrie und der ARMee.

Wir sehen uns wieder: hier oder weiß der Teufel WO!
REKRUTEN aus reiner Gut=Willigkeit
werden wir eine blutrünstige Philosophie vertreten —
BLINDGÄNGER der Wissen=Schaft —
ERHECHLER des Wohls=Stands:
ZERFETZEN soll es die Welt hinter uns.

Das ist der wahre Fort=Schritt. AVANTI M=arsch! »

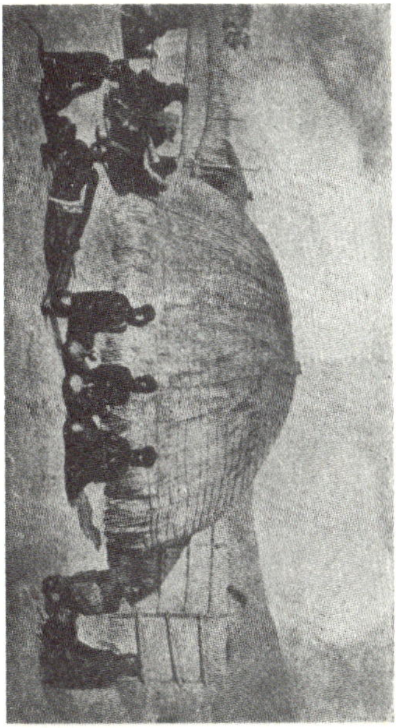

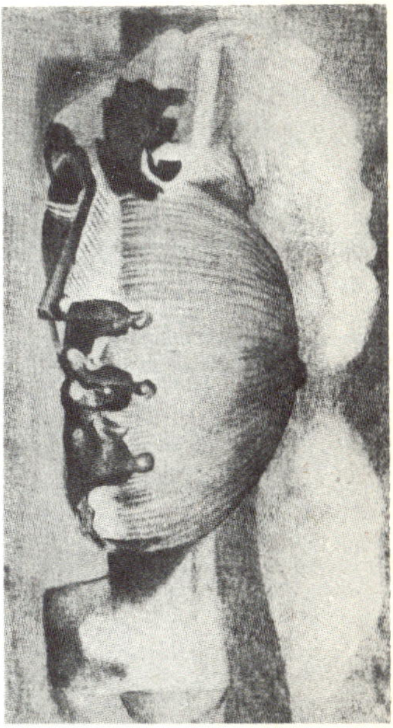

Saldo

Zu VerKAUfen:

Was die Juden noch nicht verKAUft haben.
Was weder Adel noch Pack goutiert haben.
Was der verruchten Liebe und der zum Himmel stinkenden REDlichkeit der Massen entging.
Woran noch nicht der Zahn der Zeit und Wissenschaft nagen konnte.

Die wiedererstarkten STIMMEN.
Das EINmütig EINsetzende Brausen aus allen Chören und Röhren
und seine UNverzügliche Anwendung.
EINmalige Gelegenheit, unsere Sinne zu entfesseln!

Zu VerKAUfen:

Die UNbezahlbaren KÖRPER, abseits aller Rassen und Welten,
aller Geschlechter und Herkunft.
Goldpeseten, die bei jedem Schritt aus den Hosen kullern.
Ganz unkontrolliertes Diamanten=Saldo!

Zu VerKAUfen:

Die ANARCHIE für die Massen.
Die UNzerknautschbare BeFRIEDIGUNG für die bessergestellten Amateure.
Der gnadenlose Tod für die Ein=Fältigen und die Liebenden!

Zu VerKAUfen:

Behausungen und Entfleuchungen.
Perfekte Körper=Kultur.
Ausgefeilte Wunsch=Träume.
Ultra=präzise Gemütlichkeiten —
inklusive des Radaus, der Hektik und der Zukunft,
mit der sie trächtig gehen!

Zu VerKAUfen:

Die Anwendungen der FORMEL und
die UN=erhörten Sprünge der Harmonie.
Ungeahnte Funde und Terme:

Zum sofortigen Verzehr!

IRRsinniger UNendlicher Drang
zu den UNsichtbaren Licht=Quellen,
zu den UNmerklichen Genüssen
mit ihren Geheimnissen, die jedes Laster

bis zum WAHNsinn kitzeln
und mit einer Heiterkeit, die die Massen ent=setzt.

Zu VerKAUfen:

Die Körper. Die Stimmen.
Ein UNiversum UNbezweifelbaren Über=Flusses.

Zu VerKAUfen:

Das, was man NIEMALS verKAUfen wird.

NOCH haben die Verkäufer längst nicht
den Schlußstrich gezogen!
NOCH längst nicht bangen die VerTRETER
um ihre ProVISION!

Guerre

(Krieg)

Ich war ein Kind, da haben diverse Himmel meine Optik
fein=geschliffen: alle erdenklichen Charaktere
ziselierten meine Füsio=gnomie. Die Fäno=mene waren im
Fluß.

Gegenwärtig treiben mich die ewige Krümmung der Augen=
Blicke
& der unendliche Raum der Mathema-TIKer um diese Welt,
wo ich jede Art bürgerlichen Erfolgs erleide —
mit einer sonderbaren Kindheit und enormen Gefühls=
Ballungen im Rücken. —
Ich denke da an einen KRIEG der Gerechtigkeit oder
KRaft,
von höchst unvorhersehbarer Logik.

Das ist so einfach wie der Satz einer So=nate.

Ge=nie

Er ist berührt von allem, er ist gegenwärtig —
Denn er hat sein Haus dem Schaum des Winters und dem Trubel des Sommers offengehalten.

Er hat den Dreck aus Nahrung und Getränk gespült,
Er, der Zauber des Flüchtigen UND die übermenschliche Lust des Verweilens.

Er ist berührt von allem, er ist zukünftig.
Er ist die Kraft und die Liebe, die wir
— im Gemetzel des All=Tags stehend —
vorbeiflattern sehn im ekstatischen Tanz der Fahnen
am Gewitterhimmel.

Er ist die Liebe, der wiederentdeckte Goldene Schnitt,
wunderbar einbrechender Strahl der Vernunft
UND hat kein Ende:
        Maschine, besetzt von Schicksals=Partikeln.
Mit einem Schlag fühlen wir uns ihm verbunden:
wir blühen auf, ein Fest unsres gesamten Könnens,
und sind aufs äußerste vernarrt in uns und ihn,
        der uns liebt, weil er nicht zu sterben braucht.

Und er kommt uns in den Sinn...
Und er ist unterwegs...
Und wenn die VERZÜCKUNG weicht, klingt hell sein Versprechen:
        »Weg mit diesem Gedanken=Schutt, diesen überlebten
        Körpern, den Kümmernissen und Vergreisungen.
        Diese Epoche hat endgültig ausgeschissen!«

Er wird nicht weggehen, um von einem Himmel wieder
        herabzufahren.
Er wird keine Erlösung bringen für die Wut der Frauen und
        die Aufgekratztheit der Männer und
        für all diesen Sündenkrempel —
DENN das ist überflüssig,
        indem er IST und Liebe hat.

Wie er atmet, sich verwandelt und umherstreift:
In rasender Aktivität formt er Vollendetes.

Sein Geist sprüht: kosmische Dimension!

Sein Körper: die erträumte Befreiung.
Schluß mit dem Demuts=Gewinsel, das sich mit neuer Gewalt paart!

Sein Ausschaun: da sind all die alten Knie=Fälle
und Qualen **verflogen** an seiner Seite.

Sein Licht=Tag! Erlöschen all der dunkel getönten
und rührigen Leiden in der DICHTEREN Musik.

Sein Schritt! Die Völkerwanderungen von früher verblassen dagegen.

Er und wir! Unser Stolz schafft größeres Zutraun als alte Mitleidigkeit.

Du Welt! Da klingt das klare Lied neuer Unglücke!

Er hat uns alle gekannt, er hat uns alle geliebt.
Wie können wir in dieser Winternacht,
taumelnd von Kap zu Kap,
vom wimmelnden Pol zum Schloß,
von der Stadt zum Meeresstrand, von Blick zu Blick,
matt und ohne Gefühl,

wie können wir ihm da begegnen, ihn spüren und wieder loslassen —
Wie seine Gesichte, sein Atmen, seinen Körper, sein Leben
WAHR MACHEN
auf dem Bett des Meeres
wie auf dem eisigen Dach der Welt?

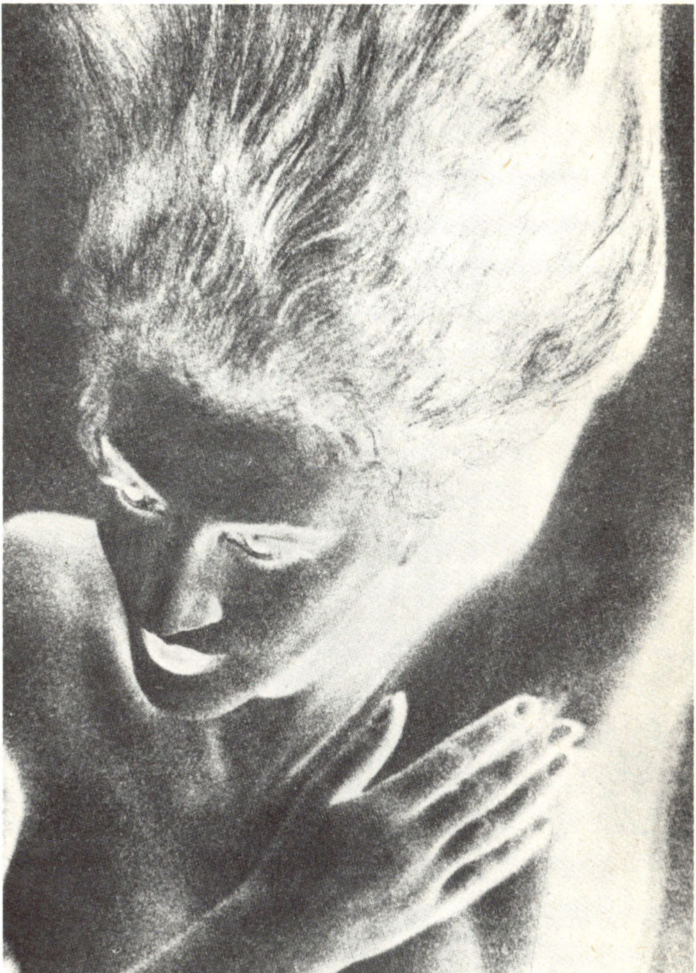

Andere Prosa . . .

Wüsten der Liebe

Vor=Ankündigung

Dieses GeSCHREIbsel hier stammt von einem jungen, ganz jungen **Mann,** dessen Leben sich so überall abgespielt haben kann. Ohne Mutter, ohne Vater=Land, ohne die Sorgen, die alle Welt kennt, auf der Hut vor jeder moralischen An=Strengung: von dieser Sorte gab es schon einige bedauernswerte junge Männer. Doch dieser hier, er war so ange=ödet und verstört, daß er sich nur noch zum Tod hin=schleppte wie zu einem schrecklich=vorgegebenen Scham=Ort.
Ohne Liebe zu den Frauen, obwohl blutvoll, war ihm sein ganzes Leben, seine ganze Kraft in merkwürdig=trübsinnige Irrwege verrutscht.
Folgende Träume — das waren seine Lieben, die ihn im Bett oder auf der Straße überkamen — ihr Verlauf und Ausgang bieten Anlaß zu be=hut=samen religiösen BeTRACHTungen; erinnere man sich doch nur an den Dauer=Schlaf der berühmten Mohamedaner — so wacker und beschnitten!
Doch da dieses vertrackte Leiden eine be=unruhigende Macht ausübt, bleibt es sehr zu wünschen, daß diese Seele, die sich mitten unter uns allen verirrt hat und die den Tod wünscht, wie es scheint, jetzt gerade echte Tröstungen erfährt und sich erhebe.

Wüsten der Liebe

Sicherlich: das ist die gleiche Gegend. Das gleiche rusti=kale Haus meiner Eltern: der gleiche Saal, wo es auf den Tür=Stürzen mist=rote Dorf=Idyllen gibt — mit Wappen und Löwen. GeSPEIst wird in einem Salon mit Wachs=Kerzen, Wein und rusti=kalem Getäfel. Der Eß=Tisch ist groß=wie=was. Die Dienst=Mädchen! Ja, davon gab es mehrere, wenn ich mich recht entsinne. — Ich hatte dort auch einen alten Jugendfreund, Priester und in der Tracht des Priesters, ich weiß jetzt: das war, um freier zu sein. Ich erinnere mich an sein purpur=beschlagenes Zimmer mit Scheiben aus gelbem Papier: und seine Bücher, verborgen, sie waren durchtränkt vom Ozean!

Ich selbst, ich verlor mich ganz in diesem weit=läufigen Landhaus: in der Küche lesen, den Dreck abschütteln, wenn Gäste zusehen oder im Salon plappern: und zu Tode gerührt durch das Gepiß=per der Milch des Morgens und der Nacht des letzten Jahrhunderts.

Ich fand mich in einem sehr düsteren Raum: Was tat ich? Ein Dienst=Mädchen kam zu mir: ich kann euch sagen, das war ein Hündchen, obwohl sie schön war und für mich von einem unaus=sprechlich mütterlichen Adel: keusch, gekonnt und ganz und gar ent=zückend! Sie kniff mich in den Arm.

Ich kann mich selbst an ihr Gesicht nicht mehr sonderlich erinnern: und an ihren Arm erinnere ich mich dann erst recht nicht, ich rollte dessen Haut zwischen zwei Fingern: auch nicht an ihren Mund, den meiner erhaschte, wie eine kleine verzweifelte Welle, die doch beharrlich unter=spült. Ich schleuderte sie rücklings in einen Korb mit Kissen und Segeltuch, eine dunkle Ecke.

Ich erinnere mich nur noch an ihr weißes Spitzen=Höschen. — Dann, Hunde=Elend, die Wand wurde andeutungsweise zum Wald=Schatten und ich versank ganz in dem Liebes=Schmerz der Nacht.

— — — — — — —

Diesmal ist es die Frau, die ich in der Stadt gesehen habe, die ich ansprach und die mich anspricht.

Ich fand mich in einem Raum, ganz im Dunkeln. Es wurde mir aus=gerichtet, daß sie bei mir zu Hause sei: und da sah ich sie in meinem Bett, ganz für mich, ganz im Dunkeln! Ich war äußerst erregt und haupt=sächlich, weil es das Haus der Eltern war. Und auch Be=klemmung befiel mich! Ich war zerlumpt und sie, sie machte auf große Welt; sie sollte verschwinden! Namenlose Beklemmung, ich faßte sie und ließ sie aus dem Bett gleiten, fast nackt; und in meiner un=säglichen Schwäche stürzte ich auf sie und wälzte mich mit ihr über Teppiche, ganz im Dunkeln. Die Familien=Leuchte ließ ein Zimmer nach dem anderen rot werden. Da verschwand die Frau. Ich vergoß mehr Tränen als Gott jemals hat verlangen können.
Ich lief hinaus in die endlose Stadt. So matt! Untergegangen in der tauben Nacht und im Aus=Guß des Glücks. Das war

wie eine Winter=Nacht, deren Schnee die Welt end=gültig ersticken könnte. Die Freunde, denen ich zuschrie: »Wo steckt sie ?«, sie gaben falsche Antwort. Ich wartete vor den Schaufenstern, dort wo sie jeden Abend vorüber=geht: ich rannte in einen verschütteten Garten. Man stieß mich zurück. Ich weinte maßlos über all das. Dann ging ich zu einem Ort herab, der voll Staub war, saß auf Holz=Bohlen und ließ mit allen Tränen meines Körpers diese Nacht wegschwemmen. — Und dann überkam mich doch immerhin die Er=Schöpfung.

Ich habe begriffen, daß sie ihrem Leben, ihrer Welt angehörte; und daß solch ein günst=iges Zwinkern des Augen=Blicks länger braucht, um wiederzukehren als ein Komet.

Sie ist nicht wieder=erschienen und sie wird niemals wieder=erscheinen, dieses GROSSE WEIB, das einfach zu mir fand — etwas, was ich nie für möglich gehalten hätte.
Wahrlich, diesmal habe ich mehr geweint als alle Kinder der Welt.

EvangeLISTische Prosa

Zu Samaria haben mehrere ihren Glauben zu ihm LAUT WERDEN LASSEN. Er bekam sie nicht zu Gesicht. Samaria, p=Rotzig sich b=Rüstende Auf=Streberin, selbst=isch und weitaus starr=köpfiger das protest=antische Dogma hütend als Juda jemals seine Gesetzes=Tafeln. Dort erlaubte der allgemeine Reichtum wohl etwas aufgeklärtes Gerede.
Die Spitz=Findigkeit, Sklave und Söldner der Routine, hatte dort schon manchem Propheten, nachdem sie ihm schön=tat, die Gurgel ein=gedrückt.

Was für ein dunkles Wort, das die Frau am Brunnen da sprach:
»Ihr seid Propheten, ihr wißt, was ich getan habe.«

Die Frauen und die Männer glaubten den Propheten. Heute glaubt man einem Mann, der Staat macht.

Einen Sprung von der Stadt weg — unfähig, sie in ihrer Substanz anzugreifen — wenn man ihn für einen Propheten genommen hätte, da er sich doch so wunder=lich gab — was hätte er getan?

— — — — — — —

Beschwingte und schmeichelnde Luft Galiläas: die Bewohner nahmen ihn auf mit einer Mischung aus Freude und Neugier: sie hatten gesehen, wie er, geschüttelt von heiligem Zorn, die Wechsler und Beutel=Schneider aus dem Tempel gejagt hatte. Wunder=Tat eines bleichen und wütenden jungen Mannes, so meinten sie.

Er spürte seine Hand auf Händen liegen, die vor Schmuck strotzten, und auf dem Mund eines Offiziers. Der Offizier kniete im Staub: und sein Kopf war ziemlich putzig,
obwohl Halb=Glatze.

Die Wagen flitzten durch die engen Straßen der Stadt: ein Schwung, den dieses Nest kaum verkraftete. Alles schien sich an diesem Abend zu einer Super=Zufriedenheit zwingen zu müssen.
Jesus zog seine Hand zurück: er verspürte eine Regung kindlichen, fraulichen Stolzes: »Ihr andern da, wenn ihr keine Wunder seht, glaubt ihr auch nicht.«
Jesus hatte noch gar keine Wunder vollbracht. Er hatte auf einer Hochzeit, in einem grün=rosanen Eß=Saal ein wenig laut=hals mit der Heiligen Jungfrau gesprochen. Und niemand zwischen Kanaa und Kapernaum verlor ein Wort über den WEIN, weder auf dem Markt, noch auf den Straßen. Nur die Spieß=Bürger vielleicht.

Jesus sagte: »Geh! Dein Sohn ist wohl=auf!«
Der Offizier ging, als hätte er eine halbe Apotheke dabei. Und Jesus setzte sein Werk in den weniger belebten Straßen fort. Zwischen dem Pflaster glomm das magische Licht von Winden und Borretsch. Endlich sah er in der Ferne das staubige Wiesenland. Und die goldenen Knospen und die Margueriten erbaten die Gunst des Tages.

— — — — — — —

Beth=Saida, das Schwimm=Bad mit den fünf Wandel=Hallen, war eine ganz abgestandene Geschichte. Es schien sich da um eine trübe Wasch=KAUE zu handeln, dauernd von Regen und Schimmel erstickt. Und im Innern murksten die Bettler auf den Stufen herum in einem fahlen Wetter=Leuchten, den Vor=Boten höllischer Blitze, und vertrieben sich die Zeit mit Zotenreißen über ihre ach so blinden blauen Augen und über das weiße oder auch blaue Gelumps um ihre Bein=STUMMel. Oh, militärische Ent=Mistung, Bad der Massen!
Das Wasser war ewig schwarz und kein Tattergreis wäre hier sogar im Traum herein=gefallen.
Exakt hier startete Jesus seine erste größere Aktion: mit diesen verkommenen Subjekten. An einem Tag im Februar, März oder April, da setzte die Zwei=Uhr=Nachmittags=Sonne eine große Licht=Sichel auf das leichenfahle Wasser; und als ob ich aus der Tiefe heraus, hinter den Krüppeln

stehend, hätte sehen können, was dieser Strahl alles an Knospen und Kristallen und Würmern auf=wirbelte, dergestalt brach sich das Licht, einem Engel mit Schlagseite gleich, in viel=schuppigem Glitzern.
All die Sünden, schnelle und zäh=lebige Aus=Geburten des Dämons, die für etwas zart=besaitete Gemüter aus den Befallenen Schlimmeres als MONSTER machten, wollten sich daraufhin in diese Brühe stürzen. Die Krüppel krochen hinein, steckten das Zotenreißen; aber g=eiferten.
Die ersten unter ihnen kamen geheilt heraus, sagt man. BeiLEIBE nicht!
Die Sünden schmissen sie auf die Stufen zurück und zwangen sie, es irgendwo anders zu versuchen: denn ihr Dämon hält es nur dort aus, wo auch etwas dabei heraus=springt.
Jesus kam da kurz nach Mittag an. Niemand wusch oder führte Tiere herab. Das Licht im Schwimm=Bad war gelb wie die letzten Wein=Blätter. Der GÖttliche Meister lehnte sich gegen eine Säule und besah sich seine Sünden=Bengel. Es war der Dämon, der in ihren Zungen SEINE Zunge heraus=streckte; und lachte oder leugnete.
Der Gichtbrüchige, der auf der Seite liegengeblieben war, erhob sich und mit ABSOLUT sicherem Schritt sahen sie ihn aus der Halle SCHREIten und in der Stadt verschwinden, diese Verdammten.

Versuch einer Geo=Graphie des Lebens
von JEAN ARTHUR RIMBAUD

Lebens-Spuren

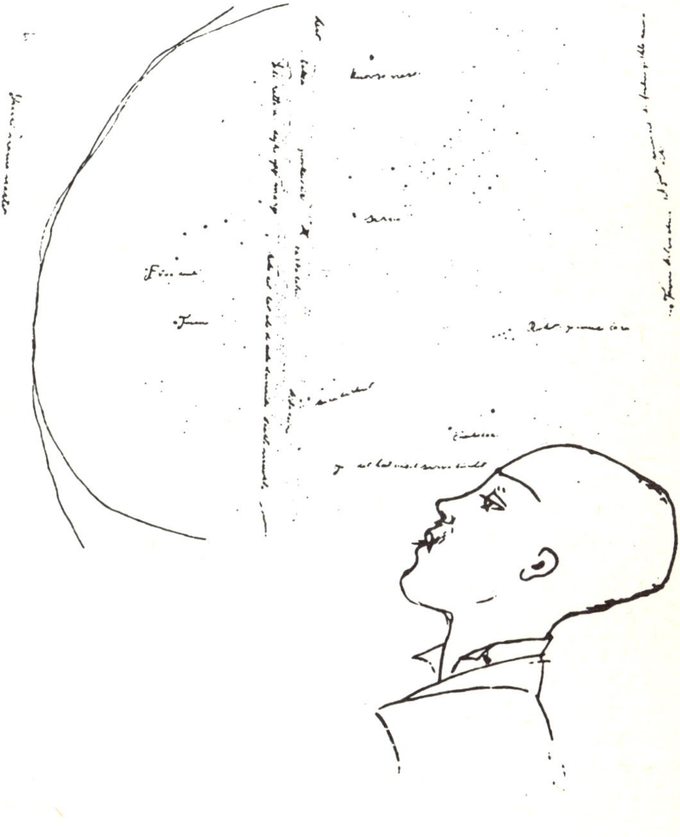

Kindheit

BAH! Meine Kindheit: die breite Straße in all den Stürmen, übernatürlichst blankgescheuert, teilnahmsloser als der größte Bettler, stolz, weder Vaterland noch Freunde zu haben — was für ein Unfug war das.[1]

Einen Durst habe ich, daß ich fürchte zu verbrennen: die ardennischen und belgischen Flüsse, die Höhlen, das ist es, wonach ich mich sehne... *
Die Provinz, wo man sich von Mehlpampe und Dreck ernährt, wo man Landwein und das Bier der Gegend trinkt, das ist es nicht, was ich vermisse... Ich wünsche von Herzen, daß die Ardenne immer noch mehr besetzt gehalten und hemmungslos ausgeplündert wird...[2]

* Eine Zeit in der Hölle — wir schreiben direkte Rimbaud-Zitate ohne Anführungszeichen und mit einem größeren Zeilenabstand als unseren Kommentar; wenn wir innerhalb unseres Kommentars Rimbaud zitieren, setzen wir Anführungszeichen.

CHARLEVILLE, nahe der belgischen grenze:
Meine Geburtsstadt ist den anderen kleinen Provinznestern an Idiotie weit überlegen... [3]
im »grauenhaften Charlestown« wird arthur rimbaud am 20. oktober 1854 geboren.
in der familie gibt es einen trend zur FLUCHT — aus ehe und familie, bürgerlichem alltag und beruf; es sind die MÄNNER, die fliehen: ins vagabundenleben, zum militär, zum alkohol, in kleinkarierte kriminalität: »BÖSES BLUT«[4]:

Ich habe diesem Volk nie angehört, war niemals Krist, bin von der Rasse, die in der Folter singt. Ich begreife die Gesetze nicht. Ich habe keine Moral, bin ein VIEH... Ich bin ein Tier, ein NEGER. Aber ICH kann gerettet werden. IHR seid falsche Neger, ihr Be=Sessenen, ihr Blut=Sauger, ihr Geiz=Krägen... [5]

Mein Vater war Offizier in der königlichen Armee. Er war groß, mager, schwarzhaarig; Bart, Augen und Haut von gleicher Farbe... Obwohl er bei meiner Geburt nicht älter als 48 oder 50 war, hätte man ihn ebenso gut für 60 oder 58 halten können. Sein Temperament war lebhaft, aufbrausend, jähzornig, und er konnte überhaupt nichts tolerieren, was ihm nicht paßte... Meine Mutter war ganz anders: eine sanfte, stille Frau, die über die kleinste Maus zu Tode erschrak. Und doch hielt sie das Haus in vorzüglicher Ordnung. Sie war so still, daß mein Vater sie wie ein kleines Fräulein aufziehen konnte... Ich war der am meisten Geliebte. Meine Brüder waren nicht so tapfer wie ich, dafür aber größer... [6]

dies schreibt der 10jährige rimbaud in einer fiktiven prosa über den VATER, infanteriekapitän fréderic rimbaud (1814—1878) und die MUTTER, vitalie cuif (1825—1907), tochter einer familie kleinbäuerlicher grundbesitzer.

zeichnung rimbauds:
wahrscheinlich die mutter.

als rimbaud diese sätze schrieb, hatte der vater die familie lange verlassen; ANWESEND war er nie: zwischen feldzügen und in urlaubstagen tauchte er auf, schwängerte die frau und nahm abschied. 5 kinder wurden so gezeugt: 1853 der bruder frederic; 1854 arthur; 1856 eine tochter, die nach drei monaten stirbt; 1858 vitalie; 1860 isabelle... ab 1860 ist die trennung endgültig; die verlassene frau in fast vollständiger gesellschaftlicher isolation; im haus darf DER NAME DES VATERS nicht aus=gesprochen werden, jedes an=denken an ihn wird ver=nichtet: das BILD eines MANNES, groß, dunkel, schwarz: dieser mann hieß einmal VATER...
die leidenschaft des kapitäns rimbaud war das schreiben: koran-übersetzung, schriften über rhetorik und militärtechnik, über die feldzüge in algerien, italien und krim, an denen er teilgenommen; das hauptwerk: eine »nationalgrammatik«...
die MUTTER, in der kindheit somnambul, nervös, depressiv, zänkisch, kalt; schläge für die kinder, erziehungsrituale; pflichtbewußte und zähe katholikin...
diese frauen ohne erotik, HART geworden durch den VERLUST, es ist kein vergnügen, hier kind zu sein...

»Und auch ich, ich bin sehr unglücklich gewesen. Ich habe viel gelitten, viel geweint. Und ich habe es verstanden, all meine Leiden zu meinem Gewinn zu machen.«[7]
Ich haßte die Lernerei, d. h. lesen, schreiben und rechnen lernen... Warum, sagte ich zu mir, Griechisch und Latein lernen? Ich weiß nicht. Damit ist doch rein gar nichts anzufangen! Was kümmern mich die Zeugnisse... Wozu ist das gut, Zeugnisse? Zu nichts, gell? Aber man hält mir vor, daß man keine Anstellung bekommt, wenn man keine guten Zeugnisse hat. Ich für meinen Teil verzichte gern auf eine An=Stellung, ich will RENTNER werden...
Weiß man, ob die alten Römer überhaupt je existiert haben? Vielleicht ist Latein eine erfundene Sprache, und wenn es diese Leute doch gegeben hat, sollen sie mich doch RENTNER werden lassen und ihre Sprache für sich behalten! Was habe ich ihnen denn getan, daß sie mich mit ihrem Kauderwelsch martern?[8]

rimbaud dritter von links

Er fürchtete die bleichen Dezember-Sonntage, wo er, pomadisiert, auf einem Mahagoni-Schemel in der Goldschnitt=Bibel las...
GOtt liebte er nicht, aber die Menschen... [9]

KRIST! Oh Krist,
ewiger Dieb der Kräfte —
Bleicher GOtt,
2000 Jahre hast du
die Menschen ausgesaugt...[10]

erstkommunion: rimbaud sitzend

ein MUSTER=KNABE, mit preisen und auszeichnungen überschwemmt, sehr herausgeputzt, haar pomadisiert, sehr fromm, allein, ohne freunde, isoliert: das werk der »MOTHER«; sie ist der »SCHATTENMUND«, bahnt den traum, die ANDERE wirklichkeit; sehnsucht und leidenschaft nisten sich ein in den ritzen der wider=sprüche[11]:

Eine Frau mit Hang zu miesen Dramen... lechzt nach Szenen unwahrscheinlicher Hingabe. Die Desperados dürsten nach Donner, Trunkenheit und Wunden. Kleine Kinder ersticken die Verwünschungen längs der Flüsse...[12]

zeichnung von rimbaud

Wie ICH die trägen Ströme abwärts trieb,
da waren die LOtsen plötzlich verschwunden:
heulende Rothäute hatten sie attackiert
und nackt an bunte Marterpfähle gebunden.
....
Durch Rasendes Rollen der Gezeiten
fuhr ICH, der ANDRE Winter,
mit eigensinnig=kühnem Kinderhirn...[13]

Aus=Risse

Das Gesäusel der Erzieher hat abgedankt... Schmerzlich legt der Körper seine Unschuld ab...
ADAGIO!...[14]

zeichnungen von rimbaud

1870. noch zwei jahre schule. georges izambard, 5 jahre älter als sein schüler, wird rimbauds rhetorik-lehrer: literaturliebhaber, republikaner und atheist... rimbaud wittert morgenluft, bald lange spaziergänge, diskussionen über poesie und politik...
izambard hat zwei freunde in der stadt, beide atheisten mit anarchistischen neigungen; freunde der kunst und des biers... rimbaud betritt diesen kreis; izambard leiht ihm bücher, und er liest: s. prudhomme, v. hugo, g. büchner, th. banville, ch. baudelaire; michelet, proudhon, rousseau, babeuf... CHARLEVILLE ist wunsch=provinz — für krämer, bürokraten, rentner, gnädige frauen; es verfügt über eine bescheidene und überschaubare anzahl von CODIERUNGS=EFFEKTEN, die im kleinstadt=verkehr zirkulieren und manchmal sogar unter dem ladentisch gehandelt werden...

Rentner dirigieren BLECHmusik mit ihren Kneifern.
Dicke Büro=Wänste schleppen ihre dicken Weiber mit sich
herum;
in ihrem Dunst=Kreis notorische Scharwenzlerinnen,
deren Rüschenkleider schwer nach Reklame riechen...

Auf grünen Bänken ganze KLUBS pensionierter Krämer.
Mit ihren Knopfstöcken stochern sie im Staub,
bekritteln KOmpetent das Zeitgeschehen,
legen eine Prise nach und »überhaupt...«

Das Fett seiner Lenden hat ein Spießer
auf die Bank gequetscht; schmaucht vor sich hin,
Flamenwanst mit blankgewichsten Knöpfen.
Aus seiner Pipe ragen Tabaksfladen: Schmugglerware,
immerhin...[15]

zeichnungen von rimbaud

izambard und seine freunde transportieren elemente einer fremden & erregenden wunschlandschaft in den zirkel des kleinstadt=codes; die borniertest positivität äußerster ent=fremdung situiert sich an einer GRENZE in einem NIEMANDSLAND ohne anhalts=punkte; nur eine BEWEGUNG ist notwendig und man überschreitet die UNSICHTBARE grenze, befindet sich in der WÜSTE, d. h. in der unbegrenzten hoffnungslosigkeit absoluter präsenz; frei sein von hoffnung ist nicht negativ, sondern die latenz der fülle... die revolte rimbauds sieht ihre SPUR — es ist die POESIE... die poesie des 16jährigen ist noch DIESSEITS der grenze, läßt schon die leidenschaft spüren, die nicht mehr zurück kann, ist warmlaufen im stand...

Verehrter Meister,
Wir sind im Monat der Liebe; ich bin 17 Jahre. Das Alter der Hoffnungen & Hirngespinste, wie man sagt, — also habe ich angefangen, ein vom Finger der Muse sacht berührtes Kind ... meine Gutgläubigkeiten, meine Hoffnungen, meine Empfindungen, all diese poetischen Sachen, auszudrücken — ich nenne das Frühling... Ich bin nicht bekannt, was solls? Die Poeten sind Brüder. Diese Verse glauben, lieben, hoffen: das ist alles. — Verehrter Meister, helfen Sie mir ein wenig empor: ich bin jung: reichen Sie mir die Hand...[16]

der meister antwortet, freundlich und ablehnend. rimbaud ist enttäuscht.
der krieg mit deutschland bricht aus, im land hurra=patriotismus; der bruder zieht mit durchfahrenden truppen zur front; rimbaud wünscht die niederlage napoleons, hofft auf umwälzung und revolution;
dieser krieg, er steht mit dem INNEREN krieg rimbauds in engem kontakt: rimbaud hofft, daß das »ANCIEN REGIME« der mutter, der schule, der kleinstadt zusammenbricht, hofft für sich selbst auf die umwälzung aller verhältnisse; so liefert der krieg der nationen ein dynamisches paradigma einer inneren schlacht, die interdependenzen sind vorhanden, die grenzen fließend; es ist falsch zu sagen, daß rimbaud seine subjektiven hoffnungen auf den krieg außerhalb projiziert — etwas derartiges gibt es gar nicht, es gibt bewegungen und ströme, die sich durchdringen, überlagern, verstärken und stören, der krieg ist für rimbaud die erste große »ENTREGELUNG ALLER SINNE«.[17]
es sind sommerferien, izambard hat die stadt verlassen, rimbaud schreibt an ihn...

Sie können sich glücklich schätzen, nicht mehr in Charleville zu sein! Meine Geburtsstadt ist den anderen kleinen Provinznestern an Idiotie weit überlegen... Weil sie in der Nachbarschaft von Mézières liegt — eine Stadt, die man vergeblich sucht —, und weil man durch ihre Straßen 2 oder 300 Soldaten marschieren sehen kann, gestikuliert diese scheinheilige Bürgerschaft mit dem Sachverstand von gedungenen Mördern — im krassen Gegensatz zu den Belagerten von Metz und Strasbourg! Das ist schauderhaft, pensionierte Krämer zu sehen, die ihre alten Uniformen wieder auftragen! Das ist fabelhaft, der Sex=Appeal dieser Leute: Notare, Glashändler, Steuereinnehmer, Tischler und all die Fettsäcke, die mit der Flinte überm Herzen vor den Toren von Mézières patrouill=iotisieren: mein Vaterland erhebt sich!... Was mich betrifft, mir ist es lieber, wenn es sitzt: nur keinen Staub aufwirbeln! Das ist meine Devise.
Ich bin in der Fremde, krank, wütend, stumpfsinnig, verstört; ich hatte mir Sonnenbäder erhofft, endlose Spaziergänge, Ruhe, Reisen, Abenteuer, BOHEME halt eben; vor allem erhoffte ich mir viel von Zeitungen und Büchern... Nichts! Nichts! Die Post beliefert die Buchhandlungen nicht mehr; Paris verarscht uns: kein einziges neues Buch! Das ist zum STERBEN!... Was für ein Reinfall (MEINE Herren!)... In seinem eigenen Vaterland lebt man in VERBANNUNG!!!![18]

der krieg nähert sich charleville, rimbaud befürchtet, daß keine züge mehr fahren; er will nach Paris, die REVOLUTION nicht verpassen. er nimmt den zug nach paris, das geld reicht nicht, es wird schwarz weitergefahren; in paris polizei, gefängnis; von dort schreibt er an izambard:

ICH HOFFE AUF SIE wie auf meine Mutter; Sie waren immer wie ein Bruder zu mir: ich bitte Sie inständig.... NEHMEN SIE DIESEN ZUG, KOMMEN SIE HER UND ERWIRKEN SIE MEINE FREILASSUNG... bitten Sie für mich, BÜRGEN SIE FÜR MICH, ZAHLEN SIE MEINE SCHULD! TUN SIE ALLES, WAS SIE KÖNNEN... SCHREIBEN SIE AN MEINE ARME MUTTER (...) UM SIE ZU TRÖSTEN... Ich liebe Sie wie einen Bruder, ich werde Sie wie einen Vater lieben...[19]

befreiung findet statt, rimbaud reist mit izambard nach DOUAI zu dessen tanten; glückliche wochen, unterbrochen vom diskurs der mutter:

Ich bin sehr beunruhigt, und ich verstehe dieses lange Fernbleiben Arthurs nicht... stellt die Polizei Nachforschungen an.. und ich fürchte sehr, daß dieser kleine Dummkopf sich noch... ein zweites Mal festnehmen läßt: aber dann bräuchte er überhaupt nie mehr zurück zu kommen, denn ich schwöre, ihn dann mein Leben lang nicht mehr aufzunehmen. Ist es möglich, die Blödheit dieses Kindes zu begreifen, das doch sonst immer so klug und still war?... Geben Sie diesem Unglücklichen 10 Francs und jagen Sie ihn fort, damit er geschwind zurückkommt!...[20]

zurück nach charleville, für nur wenige tage, neuer aus=riß, teils per zug, teils zu fuß... zahlreiche gedichte:

Seit 8 Tagen hatte ich mir die Schnürstiefel
an den Straßensteinen abgestoßen.
Ich betrat Charleroi.

Im Cabaret Vert verlangte ich Butterstullen
und Käse: halb geschmolzen, halb kalt.
...
Und das war GÖTTLICH,
als das Mädchen mit den irren Titten
und lebendigen Augen
— kein Kuß kann DIE erschrecken! —
mir lächelnd die Butterstullen brachte...[21]

der »schattenmund« droht mit polizei, rimbaud zurück...

Ich sterbe, ich verwese in der Plattheit, in der Bösartigkeit, in dieser grauen Öde. Was wollen Sie, ich insistiere selbstmordartig auf dieser freien Freiheit, und ...
stapelweise Sachen wie »ES IST EIN KREUZ«, gell? — Ich sollte auf der Stelle wieder abhauen... abhauen, mit Hut und Mantel, beide Fäuste in den Taschen, und NICHTS WIE WEG!...

Krieg... Hier und da Scharmützel. — Schauderhafter Juckreiz von Idiotie, das ist der Geist der Bevölkerung... Es ist aufreibend.[22]

anfang 1871 wird charleville von deutschen truppen besetzt, am 28. januar kapituliert frankreich; in paris aufrufe zur erhebung; rimbaud besteigt den zug nach paris, ohne geld... in paris gibt ihm der karikaturist a. gill ein paar groschen und schickt ihn weg... rimbaud streicht durch ein chaotisches und hungerndes paris: »Die Lage verschlimmert sich täglich. Zuerst werden die Bären und Elephanten des Jardin-des-Plantes geopfert und ihr Fleisch als Delikatesse an reiche Leute verkauft. Bald folgen die graziösen Antilopen, die Känguruhs, die Kasuare, die Kormorane und andere Tiere und Vögel mit exotischen Namen... Kein Vogel singt mehr in Paris. Selbst Spatzen fliehen aus der Stadt. Hundefleisch kostet 4 Franken das Pfund. Seit dem 9. November — (...) — werden Ratten für 2,50 Franken das Stück verkauft... Nicht nur der Krieg tötet. Der Mangel an Hygiene, an normaler Ernährung kann epidemische Erkrankungen hervorrufen, die durch Mangel an Pflege schnell zum Tode führen. Im August starben in Paris 4942 Personen, eine normale Ziffer. Im September waren es schon 5222, im Oktober 7543 und im November 8238. Im Januar 1871, im letzten Monat der Belagerung, wurden 19223 Todesfälle registriert«[23].
rimbaud macht den rückweg zu fuß...

Ich sehe mich noch einmal, die Haut von Dreck und Pest zerfressen, Haare und Achselhöhlen voller Maden und im Herzen noch dickere Würmer, ausgesetzt unter Unbekannten ohne Alter, ohne Gefühl...
Ich hätte hier sterben können...[24]

gestorben war schon einer, im november 1870, einer, der rimbaud in manchem ähnlich gewesen: der autor des »MALDOROR« stirbt, von hunger geschwächt, von kälte zerfressen, an typhus... so konnten sie sich nicht begegnen... die sich vielleicht hätten erkennen können...
rimbaud, um ein haar nur davon gekommen, bleibt verstockt, »unbelehrbar« wie ein »zuchthäusler«...

Was meine Bitte an Sie betrifft, was war ich blöd! Da ich nichts von dem weiß, was man wissen sollte, und entschlossen bin, nichts zu tun von dem, was man tun sollte, bin ich VERDAMMT, seit allen Zeiten und für alle Zeiten.
Hoch lebe Heute, Hoch lebe Morgen!...
Ja, SIE sind glücklich, Sie. Ich sage Ihnen das — und daß es Elende gibt, die, Frau oder Idol, niemals die barmherzige Schwester finden werden...[25]

rimbaud arbeitet kurze zeit bei einer zeitung in charleville, die, von den besatzern als »subversiv« eingestuft, bald ihr erscheinen einstellen muß...

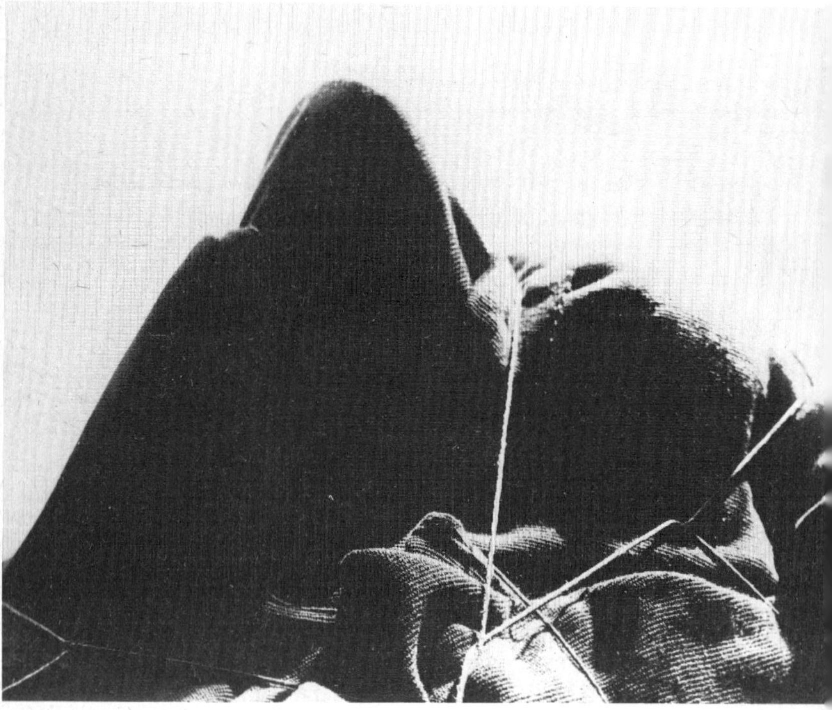

man ray: das rätsel des isidore ducass

isidore ducasse: das geheimnis ist gelüftet (das erste authentische foto, 1977 aufgefunden)

Pariser Kommune

Ich denke da an einen Krieg der Gerechtigkeit oder Kraft, von höchst unvorhersehbarer Logik...[26]

im märz 1871 ist der auftakt der kommune. anfang april bis mitte mai bombardieren die versailler truppen die pariser vororte; rimbaud ist — entgegen dem mythos, der ihn zu dieser zeit in den reihen der kämpfenden kommunarden gesehen haben will — in charleville; mitte mai schreibt er von dort:

Ich werde ein Arbeiter sein: Das ist der Gedanke, der mich zurückhält, wenn rasende Wut mich nach der Schlacht von Paris treibt — wo so viele Arbeiter sterben, während ich Ihnen schreibe! Jetzt arbeiten? Nein, niemals! Ich bin im Ausstand.[27]

in dieser zeit, in der in paris um eine neue, menschlichere gesellschaft gekämpft wird, entwirft rimbaud in den zwei »BRIEFEN DES SEHERS« die POETISCHE VERFASSUNG einer revolutionären gesellschaft:

Ich sage, es ist notwendig, SEHER zu sein, sich SEHEND zu machen... es geht darum, die Seele ungeheuerlich zu machen... Der Poet macht sich sehend durch eine lange, gewaltige und überlegte ENTREGELUNG ALLER SINNE. Alle Arten von Liebe, Leiden, Wahnsinn; er sucht sich selbst, er erschöpft alle Giftwirkungen in sich, um nur die Quintessenz zu bewahren... Der Poet würde das Feld des Unbekannten bestimmen, wie es sich in seiner Zeit in der universellen Seele erweckt: er gäbe mehr — als die Formel seines Denkens, als die Niederschrift SEINES WEGES ZUR VERÄNDERUNG! Das Maßlose, von allen angeeignet, würde zum Maß: so wäre der Poet wahrhaftig ein VERVIELFÄLTIGER DER VERÄNDERUNG! Sie sehen, diese Zukunft wird materialistisch sein... Die Poesie wird nicht mehr das Tun rhythmisieren; sie wird VORAUS SEIN...
Wenn einmal die endlose Versklavung der Frau gebrochen ist, wenn sie für sich und aus sich selbst lebt, da der Mann — erbärmlich bisher — ihr den Widerschein ihres Seins gibt, dann wird auch sie Poet sein! Die Frau wird unbe-

kanntes finden!... Sie wird fremdartige, unergründliche, abstoßende, kostbare Dinge entdecken; wir werden sie entgegennehmen, wir werden sie verstehen...[28]

21.—28. mai die blutwoche, grausame niederschlagung der kommune, tausende von toten, greueltaten der versailler truppen... rimbaud in charleville rotiert... sein wildestes gedicht entsteht, ein ausbruch von haß und zerstörungswut... DAS ist der anfang der ENTREGELUNG, den schmerz, die enttäuschung, das leid nicht WEGreflektiert, das können nur die, die noch einen trumpf in petto haben, den körper geöffnet, die bewegung aller körperfasern erfassen, ihnen eine stimme geben...

Was macht uns das, mein Herz
Die Ströme von Brand und Blut
Die tausend Morde
Die langen Schreie der Wut
ALLER Höllen Seufzer
zerbomben alle Ordnung —
Und der NORD=WIND über den Trümmern...

Unbändige Rache? —NICHTS!
ABER JA!
Wir wünschen uns unbändige Rache!
Kapitalisten Könige Parlamente: KREPIERT!
Gewalt Gesetz Geschichte: KRATZT AB!
Das steht uns zu: BLUT! BLUT!
Die rote Flamme...

Auf ewig RACHE TERROR und KRIEG!
Mein Körper!
Dreh das Messer in der Wunde:
VERRECKT: Republiken der Erde!
HERRscher HEERE
Kolonisten Völker: es reicht!

WER schürt das glimmende Feuer
zu rasender Flamme?
Nur WIR und die für BRÜDER wir halten?
Zu uns, Schwärmer, Freunde:
MORDS=SPASS wartet auf uns!
Arbeit? PAH! FEUERFLAMMEN...

Europa Asien Amerika — ZERFALLT!
Die Blut=Spur unserer Rache
durchzieht Städte und Länder!
Und wir: ZERFETZT
wenn die Vulkane bersten
und das Meer sich erbricht...

ACH Freunde! —
Mein Herz, sei still.
Brüder sind's!
Schwarz seid ihr und unbekannt:
Kommt! AUF UND DAVON!
OH HÖLLE
Ich fühle mein Beben.
Die alte Erde...
mit mir...
mit uns allen...

VERSINKT.[29]

die revolution zerschlagen, der traum zerplatzt; in der äußeren welt, in diesem äußeren krieg siegten die konter=revolutionäre, die verteidiger des »Ancien Regime«; in der inneren welt geht die schlacht weiter, aber anders: ENTREGELUNG ALLER

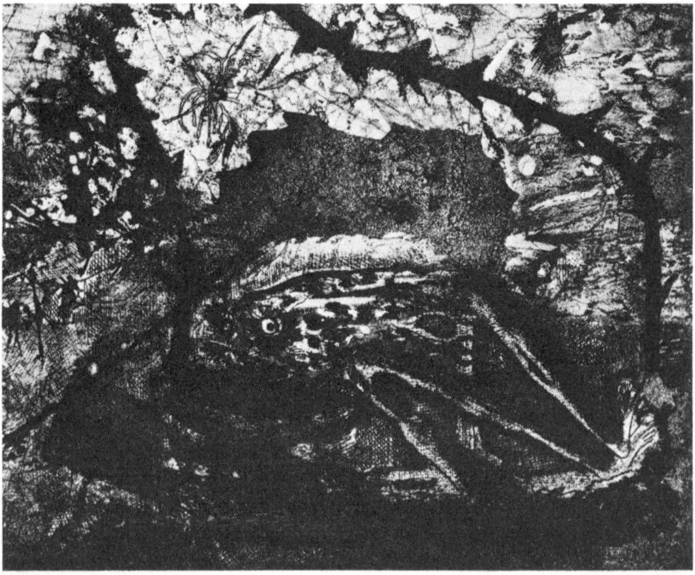

SINNE... ab jetzt wird im eigenen gelände gekämpft und dieser »geistige Kampf ist genauso grausam wie das Gemetzel der Männer«[30].
sich erreichen, im schreiben, im satz, aber mit jedem satz ein ANDERES subjekt, und selbst innerhalb des satzes will ICH (M)ICH erhaschen, und ICH halte immer nur (M)ICH in händen, die (M)I(R) schon nicht mehr gehören, fremde hände...

Denn ICH ist ein ANDERER.[31]

Entregelungen

Deine Schwäche, deine Kraft: deine PRÄSENZ ist deine Kraft. Du weißt nicht, wohin du gehst, warum du gehst: Tritt überall ein. Antworte auf alles. Da du schon TOT bist, wer sollte dich töten?[32]

Also ich langweile mich unbeschreiblich und kann wahrhaftig nichts zu Papier bringen...[32a]
Die Lage des Angeklagten: ich habe seit über einem Jahr das ordinäre Leben verlassen, Sie wissen weshalb. Andauernd eingesperrt in dieser unbeschreiblichen Ardennen=Gegend, ohne Kontakt zu irgendeinem Menschen, in eine hundsgemeine, alberne, stupide und mysteriöse Arbeit gezwungen, nur mit Schweigen auf Fragen, auf grobe und bösartige Anwürfe antwortend, mich also meiner illegalen Lage würdig erweisend, habe ich es soweit gebracht, gnadenlose Beschlüsse einer Mutter zu provozieren, die so unnachgiebig ist wie 73 Verwaltungsbehörden in Bleikappen.
Sie wollte mir die Arbeit aufzwingen, — die permanente, hier in Charleville (Ardennen)! Eine An=Stellung zu dem und dem Termin, sagte sie, oder die Tür.
Ohne Gründe anzugeben, habe ich dieses Leben von mir gewiesen: es wäre eine Katastrophe geworden. Bis dato habe ich mich um diese Ultimaten herumdrücken können. Sie ist nun auf folgendes verfallen: unaufhörlich meinen überstürzten Aufbruch, meine Flucht herbei zu wünschen! Ohne Geld und ohne Ahnung von der Welt würde ich schnell in einer Besserungsanstalt landen. Und von dem Augenblick an: Schweigen über mich!

paris

Da haben Sie den Knebel aus Widerwärtigkeit, den man mir in den Mund gerammt hat. So einfach ist das.
Ich bitte um nichts, nur um eine Auskunft. Ich will frei arbeiten: aber in Paris, das ich liebe. Sehen Sie: ich bin ein Fußgänger, nichts weiter, ich komme in diese riesige Stadt ohne irgendwelche materiellen Ressourcen: aber Sie haben mir gesagt: wer Arbeiter für 15 Sou am Tag sein will, wende sich da und dort hin, tue dies und das, lebe so und so. Ich WENDE mich da und dort hin, ich TUE dies und das, ich LEBE so und so. Ich bat Sie, mir wenig aufreibende Beschäftigungen anzugeben, denn das Denken beansprucht weiträumige Zeitabschnitte. Da sie den Poeten frei=setzen, lassen sich diese materiellen Seiltänze fast lieb gewinnen... Ich bin guten Willens, ich tue, was ich kann, ich spreche genauso verständlich wie ein Unglücklicher! Warum das Kind ausschelten, das, mit den zoologischen Kategorien nicht vertraut, sich einen fünf=flügeligen Vogel wünscht? Es käme ja auf die Idee, daß es sechs=schwänzige und drei=geschnäbelte Vögel gibt! ... [33]

zwei briefe an paul verlaine, schickt gedichte... verlaine antwortet... »ich wittere den werwolf in Ihnen«... »kommen Sie, teure, große Seele, man ruft Sie, man erwartet Sie«[34]...
ende september 1871 ist rimbaud in paris im haus verlaine... verlaine ist verheiratet, seine frau bringt ende oktober einen sohn zur welt, die ehe ist unglücklich, verlaine ständig betrunken, andauernde eheszenen...
rimbaud dynamisiert diese doch recht bieder=gemütliche bürgerliche schaukel aus eskapismus, trauriger revolte und armseliger versöhnung... die auseinandersetzungen zwischen dem ehepaar verlaine werden härter und häufiger... verlaine und rimbaud sexuelle kontakte... mit bitterbösem spott traktiert der siebzehnjährige rimbaud verlaine, der, geängstigt, immer wieder nach dem strohhalm des bürgerlichen lebens sucht...

verlaine 1871:
der junge poet & familienvater

der höllenkumpan

selbstporträt von valade im »album zutique«

aufnahme in den »Cercle Zutique«[35], teilnahme an den essen der »Vilains Bonhommes«[36], mitarbeit am »Album Zutique«[37]... kommentare der künstler, anfangs: »ein genie, das sich erhebt«... »jesus unter den schriftgelehrten«... das ändert sich schnell, der wunderknabe ist sperrig: »wie einer, der aus der besserungsanstalt ausgebrochen ist«... »ein unangenehmer zeitgenosse«... »angsteinjagend«... zunehmende isolierung rimbauds; nur verlaine und germain nouveau[38] halten zu ihm...

1. skandal: mit verlaine zum essen bei einem journalisten, der rimbaud öffentlich mit »Mademoiselle Rimbaud« tituliert hatte; das essen ist als versöhnung gedacht.
die mutter des journalisten ist kürzlich gestorben; der journalist also in schwarz; rimbaud ist während des essens schweigsam, versöhnt sich mit essen und wein des gastgebers... plötzlich eine lange und zynische ansprache an den gastgeber, den er wiederholt »Leichenschänder« nennt; anspielung auf nekrophile praktiken... dem gastgeber platzt der kragen, fordert schweigen oder tür... rimbaud schweigt, trinkt unmengen des gastgeberweins...

ALBERT MÉRAT, « ALBUM ZUTIQUE ».

die »ungehobelten biedermänner«

2. skandal: bei einem essen der »Vilains Bonhommes« (zu deutsch vielleicht: »Ungehobelte Biedermänner«) unterbricht rimbaud die pathetische gedicht=rezitation mit einem lauten »Scheißdreck«; darauf wird er »Rotzlöffel« und »Kröte« genannt und zum schweigen aufgefordert; rimbaud, rasend, packt verlaines stockdegen und verletzt den beleidiger, den photographen carjat, leicht; das ist die verstoßung aus dem kreis der UNGEHOBELTEN BIEDER=MÄNNER...
rimbaud zieht alle 14 tage um, jeder will ihn baldigst loswerden; mit verlaine, nouveau nächtelang saufereien, haschisch- und tabakorgien...

vor der vertreibung: rimbaud zweiter von links, neben verlaine...

»Was treibst du in Paris,
Poet, von Charleville gekommen?
Geh, dein Genie verkommt hier nur,
stirbt Hungers in der Gosse...
Geh zu deiner Mutter,
die grämt sich um deine jungen Jahre...

Kind, was machst du auf der Welt?
— Ich warte, warte, warte...

Doch unheilbar der Wahn,
der dein Blondhaar sträubt,
stumpf und leer
bis zur Neige dein Becher:
Du willst es ja so!
Deine Mutter —
sie stirbt Kummers vor ihrer Zeit ....[39]

entregelung aller sinne...

das ist die stimmung unter den künstlern; dieses gedicht, ins »album zutique« geschrieben, stammt von cabaner, von dem man weiß, daß er rimbaud recht gern mochte.

das geächtete engelchen

weiße türen & bläuliche dächer: wie in sonntags=nächten
am rand der stillen stadt ist die straße weiß in
der nacht: merkwürdige häuser mit persischen
stuck=engel=fassaden... aber um die ecke
kommt gelaufen, bös zugerichtet und
bibbernd, ein schwarzes engelchen
: das schwankt: hat zuviel
brustbeersaft getankt...
es macht kacka...
verschwindet dann...

aber sein geächtetes kacka erscheint
unterm leeren heiligen mond
als kloake schmutzigen bluts...

rimbaud mit 17 jahren, von carjat fotographiert...

Seltsames Ge=spann

januar 1872 versuch verlaines, seine frau zu erwürgen... sie verläßt ihn... ende januar bittet verlaine um verzeihung...
anfang märz rimbaud in charleville, zahlreiche gedichte... mitte märz: das ehepaar verlaine wieder zusammen... mitte mai rimbaud wieder in paris... streit der eheleute. rimbaud fast völlig isoliert, in cafés und kneipen... schreibt an einen freund in charleville:

Dieser Platz hier: Destillation, Zusammendrängung, alle Bornierungen; und der schwüle Sommer: die Hitze ist nicht sehr beständig, aber weil ich sehe, daß das gute Wetter in jedermanns Interesse ist und daß jedermann ein Schwein ist, hasse ich den Sommer, der mich umbringt,

wenn er sich nur ein bißchen zeigt... Es gibt hier eine Kneipe, da bin ich gern. Hoch lebe die Akademie der Absümpfte, trotz des bösen Willens der Kellner! Das ist delikat und prickelnd, die Trunkenheit kraft dieses Gletscher=Salbeis Absumpft. Aber um später in der Scheiße einzuduseln! Immer das gleiche Genörgel, was!...

Im Ernst, es scheint dir sehr dreckig zu gehen, vielleicht hast du recht, viel zu laufen und zu lesen. Recht hast du auf alle Fälle, dich nicht auf Büros und Familiengeschichten zu beschränken. Das Grausam- und Unmenschlichwerden muß sich abseits an anderen Schauplätzen abspielen.

Ich bin weit davon entfernt, dir irgendeine Wundersalbe aufschwatzen zu wollen, aber ich glaube, daß der alltägliche Trott wenig tröstlich ist an diesen erbärmlichen Tagen.

Zur Zeit ist es die Nacht, in der ich arschweite. Von Mitternacht bis 5 Uhr früh. Im vergangenen Monat ging mein Zimmer, rue Monsieur-le-prince, auf einen Garten des Gymnasiums Saint-Louis. Riesige Bäume ragten bis zu meinem Fensterchen. Um drei Uhr früh wurde die Kerze blaß: alle Vögel fingen in den Bäumen gleichzeitig an zu schreien: dann war es aus mit der Arbeit. Ich mußte die Bäume, den Himmel anschauen, ergriffen von dieser unbeschreiblichen ersten Stunde des Tages. Ich sah die Schlafräume des Gymnasiums, unheimlich dumpf. Und schon das stoßende, hallende, köstliche Geräusch der Pferdekarren auf den Boulevards. — Ich rauchte meine Hammer=Pfeife und spuckte auf die Dachziegel, denn mein Zimmer war eine Mansarde. Um 5 ging ich hinab, um Brot zu kaufen; das ist genau die richtige Zeit. Überall Arbeiter auf dem Weg zur Arbeit. Für mich ist es die Zeit, mich bei den Weinhändlern zu besaufen. Ich ging dann nach Hause, um zu frühstücken, und um 7 legte ich mich schlafen, wenn die Sonne die Mauerasseln unter den Ziegeln hervorlockt. Der frühe Morgen im Sommer und die Abende im Dezember, das hat mich hier immer sehr entzückt. Aber im Augenblick habe ich ein hübsches Zimmer auf einen Hof, der zwar keine Tiefe, dafür aber 3 qm Durchmesser hat... Hier trinke ich die ganze Nacht lang Wasser, ich sehe den Morgen nicht, ich schlafe nicht, ich ersticke. Das wärs dann...

Vergiß nicht, auf »LA RENAISSANCE«, Literatur- und Kunst-Zeitschrift, zu scheißen, wenn du ihr begegnest. Bis jetzt konnte ich der Emigrantenpest der Karlstadtscheißer aus dem Weg gehen. Und scheiß auf die Zeiten.
Und Hals ab.
Kopf hoch.[41]

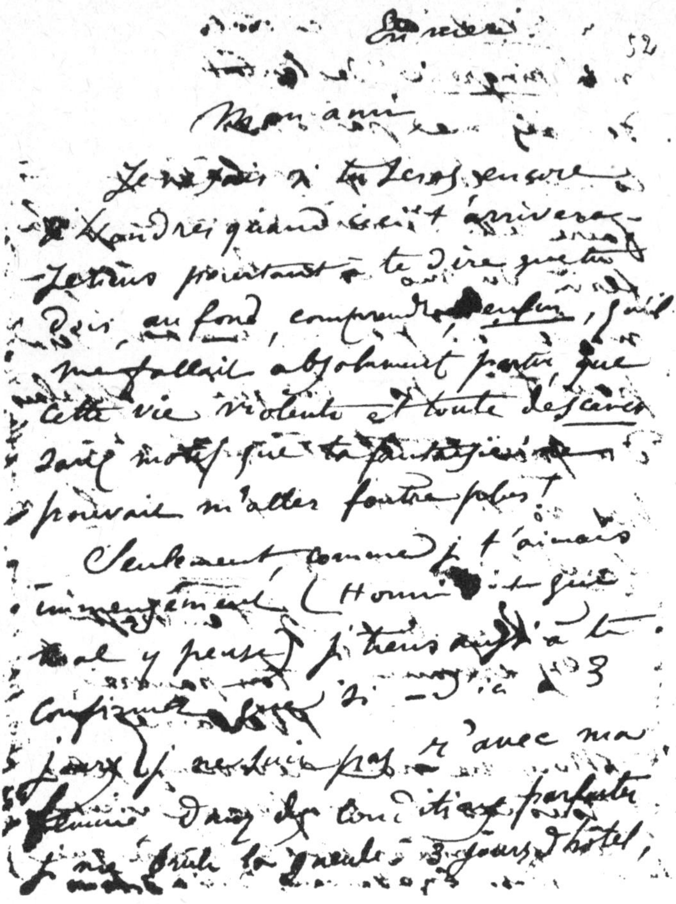

En mer.
Mon ami,
Je ne sais si tu seras encore
à Londres quand ceci t'arrivera.
Je tiens pourtant à te dire que tu
dois, au fond, comprendre, enfin, qu'il
me fallait absolument partir, que
cette vie violente et toute de scènes
sans motifs que ta fantaisie
pouvait m'aller foutre plus!
Seulement, comme je t'aimais
immensément (Honni soit qui
mal y pense) je tiens aussi à te
confirmer que, si d'ici à 3
jours je ne suis pas r'avec ma
femme dans des conditions parfaites,
je me brûle la gueule. 3 jours d'hôtel,

brief verlaines an rimbaud vom 3. 7. 1873

mitte juni heftiger streit der verlaines, anfang juli verlaine und rimbaud nach charleville, brüssel... september ostende, london. rimbaud unglücklich, verläßt london, dezember in charleville. verlaine in london... januar 73 verlaine in london krank, mutter verlaines schickt rimbaud geld für reise, rimbaud nach london... erneutes zusammenleben, im april beide zurück, rimbaud in roche, dem bauernhof seiner mutter, verlaine nach belgien... rimbaud schreibt an »UNE SAISON EN ENFER«...

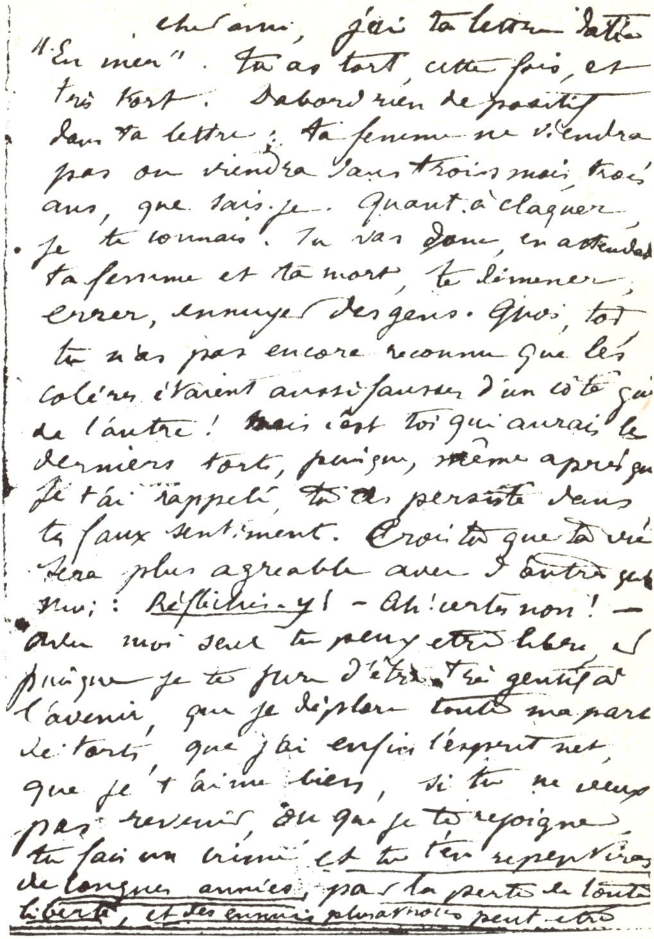
Cher ami, j'ai ta lettre datée
"En mer". Tu as tort, cette fois, et
très tort. D'abord rien de positif
dans ta lettre : ta femme ne viendra
pas ou viendra dans trois mois, trois
ans, que sais-je. Quant à claquer
je te connais. Tu vas donc, en attendant
ta femme et ta mort, te démener,
errer, ennuyer des gens. Quoi, toi
tu n'as pas encore reconnu que les
colères étaient aussi fausses d'un côté que
de l'autre ! Mais c'est toi qui aurais les
derniers torts, puisque, même après que
je t'ai rappelé, tu as persisté dans
tes faux sentiments. Crois-tu que ta vie
sera plus agréable avec d'autres que
moi : Réfléchis-y ! – Ah ! certes non ! –
Avec moi seul tu peux être libre, et
puisque je te jure d'être très gentil à
l'avenir, que je déplore toute ma part
de torts, que j'ai enfin l'esprit net,
que je t'aime bien, si tu ne veux
pas revenir, ou que je te rejoigne
tu fais un crime, et tu t'en repentiras
de longues années, par la perte de toute
liberté, et des ennuis plus atroces peut-être

brief rimbauds an verlaine vom 5. 7. 1873

Ich arbeite recht regelmäßig, ich mache kleine Geschichten in Prosa, allgemeiner Titel: Heidenbuch oder Negerbuch. Es ist idiotisch und unschuldig... Mein Schicksal hängt von diesem Buch ab, für das noch ein halbes Dutzend gnadenloser Geschichten zu erfinden sind. Aber wie soll man in dieser Umgebung auf Gnadenlosigkeiten kommen!...[42]

ende mai sind beide wieder in london, anfang juli streit, verlaine verläßt london...

Komm zurück, zurück, teurer Freund, einziger Freund, komm zurück. Ich schwöre dir, ich werde mich anständig benehmen. Wenn ich unfreundlich zu dir war, so war das ein Scherz... Ich bedauere das unendlich... Seit zwei Tagen bin ich fortwährend am Weinen. Komm zurück... Nichts ist verloren... Ja, ICH hatte Unrecht. Oh, du wirst mich nicht vergessen, sag?... Ich, ich habe dich immer bei mir...[43]

verlaine:

... und daß dieses gewalttätige leben und all die unmotivierten SZENEN und deine launen mich nicht länger vergewaltigen können! Nur, da ich dich unendlich liebte (honny soit qui mal y pense), lege ich Wert darauf, dir zu sagen, wenn ich innerhalb von drei Tagen nicht wieder mit meiner Frau zusammen bin, und zwar unter den günstigsten Konditionen, brenne ich mir eine ins Maul. Drei Tage Hotel, ein RIVOLVITA, das kostet: daher kommt letztlich meine »KNAUSERIGKEIT«. Du müßtest mir verzeihen...
Wenn, was nur allzu wahrscheinlich ist, ich diese letzte Dusslig-keit machen muß, werde ich sie wenigstens als braver Dussel machen. — Mein letzter Gedanke, mein Freund, wirst DU sein, der mir noch am PIER zurief und den ich nicht mehr sehen wollte, WEIL ES NOTWENDIG IST DASS ICH ABKRATZE, — ENDLICH! — Willst du, daß ich dich im Krepieren umarme?[44]

rimbaud antwortet:

Lieber Freund, ich habe deinen Brief, »Auf See« datiert. Diesmal hast DU unrecht und zwar sehr. Zunächst nichts Positives in deinem Brief: deine Frau wird nicht kommen oder vielleicht in drei Monaten, drei Jahren, was weiß ich? Was das Abkratzen betrifft, da kenne ich dich. Deine Frau und deinen Tod erwartend, wirst du dich wie toll aufführen, herumrennen und den Leuten auf den Wecker gehen. Was, du, du hast noch nicht kapiert, daß die Wutausbrüche auf beiden Seiten deplaziert waren!... Glaubst du, dein Leben wird angenehmer, wenn du mit anderen zusammenlebst: ÜBERLEG DIR DAS! — Ah, ganz bestimmt nicht! — Nur mit mir kannst du frei sein, und da ich dir schwöre, in Zukunft sehr freundlich zu sein, und daß mir mein Teil am Unrecht herzlich leid tut, daß ich endlich einen klaren Verstand habe, daß ich dich sehr liebe — wenn du nicht zurückkommen oder mich nicht mehr sehen willst, so begehst du ein Verbrechen, und DAS WIRD DIR VIELE JAHRE LANG LEID TUN MIT DEM VERLUST ALLER FREIHEIT, UND NOCH VIEL GNADENLOSERE LANGEWEILE vielleicht als das, was du bisher erfahren hast. Zum Schluß denke bitte daran, was du warst, bevor du mich kennenlerntest... Das einzig wahre Wort ist: Komm zurück, ich will mit dir zusammen sein, ich liebe dich....[45]

tage später telegrafiert verlaine rimbaud, daß er nach brüssel kommen soll, rimbaud reist ab...

Ich kam Dienstag früh in Brüssel an und traf mich mit Verlaine. Seine Mutter war bei ihm. Er hatte keinen bestimmten Plan: er wollte nicht in Brüssel bleiben, weil er fürchtete, daß es in dieser Stadt für ihn nichts zu tun gäbe; ich meinerseits wollte nicht, wie er vorgeschlagen hatte, mit ihm zurück nach London fahren, denn unser Aufbruch hätte unsere Freunde hier verärgern müssen. Also beschloß ich, nach Paris zurück zu fahren. Bald zeigte Verlaine den Willen, mich zu begleiten, um, wie er sagte, mit seiner Frau und seinen Schwiegereltern abzurechnen; bald wollte er nicht mit mir nach Paris, weil diese Stadt in ihm trübe Erinnerungen weckte. Er war sehr erregt. Er bedrängte mich, bei ihm zu bleiben: bald war er verzweifelt, bald geriet er in Raserei. Seine Gedanken waren vollkommen konfus. Mittwoch abend trank er maßlos und berauschte sich. Donnerstag morgen ging er um 6 Uhr weg; er kam erst gegen Mittag zurück; er war wieder betrunken; er zeigte mir eine Pistole, die er gekauft hatte, und als ich ihn fragte, was er damit vorhabe, sagte er scherzhaft: »Das ist für dich, für mich, für alle!« Er war sehr überreizt.

Während wir zusammen in unserem Zimmer waren, ging er des öfteren nach unten, um Schnäpse zu trinken; er wollte mich immer wieder davon abhalten, nach Paris zu fahren. Ich blieb hart. Ich bat sogar seine Mutter um Geld für die Reise. Dann, in einem passenden Augenblick, schloß er die auf den Flur gehende Tür ab und setzte sich mit dem Stuhl davor. Ich lehnte mit dem Rücken an der gegenüber-

liegenden Wand. Er sagte dann zu mir: »Das ist für dich, weil du gehst!« oder etwas in der Art; er richtete seine Pistole auf mich und gab einen Schuß auf mich ab, der mich am linken Handgelenk traf; dem ersten Schuß folgte fast augenblicklich ein zweiter, aber diesmal war die Waffe nicht auf mich, sondern auf den Fußboden gerichtet. Verlaine drückte sofort die lebhafteste Verzweiflung über seine Tat aus; er stürzte in das benachbarte Zimmer, das seine Mutter bewohnt, und warf sich aufs Bett. Er war wie wahnsinnig: er drückte mir seine Pistole in die Hände und forderte mich auf, sie an seiner Schläfe abzudrücken. Aus seinem ganzen Verhalten sprach tiefes Bedauern über das, was er angerichtet hatte.
Gegen 5 Uhr abends brachten seine Mutter und er mich hier hin, um mich verbinden zu lassen. Wieder im Hotel, boten mir beide an, bei ihnen zu bleiben, um mich zu pflegen oder bis zur vollständigen Heilung im Krankenhaus zu bleiben. Die Verletzung erschien mir wenig schwer, ich sagte ihnen, daß ich noch am gleichen Abend nach Frankreich, nach Charleville zu meiner Mutter fahren wollte. Diese Mitteilung stürzte Verlaine aufs neue in Verzweiflung. Seine Mutter gab mir 20 Francs für die Reise, und sie gingen mit mir, um mich zum Südbahnhof zu bringen. Verlaine war wie verrückt, er tat alles mögliche, um mich zurück zu halten; außerdem hatte er ständig die Hand in der Rocktasche, wo seine Pistole war. Am Place Rouppe lief er einige Schritte vor und kam dann wieder auf mich zu; seine ganze Haltung ließ mich fürchten, daß er sich zu neuen Exzessen hinreißen lassen würde, ich drehte mich also um und lief davon. Dann habe ich einen Polizisten gebeten, ihn festzunehmen. Die Kugel, die mich an der Hand traf, ist noch nicht entfernt, der Arzt hier hat mir gesagt, daß es erst in zwei oder drei Tagen gemacht werden kann.

FRAGE: — Wovon lebten Sie in London?

ANTWORT: — Hauptsächlich vom Geld, das Madame Verlaine ihrem Sohn schickte. Wir gaben auch zusammen Französisch-Stunden, aber das brachte nicht viel, ein Dutzend Francs die Woche gegen Ende.

FRAGE: — Kennen Sie das Motiv der Meinungsverschiedenheiten zwischen Verlaine und seiner Frau?

ANTWORT: — Verlaine wollte nicht, daß seine Frau weiter bei ihrem Vater wohnte.
FRAGE: — Macht sie als Klagegrund nicht Ihre intime Freundschaft mit Verlaine geltend?
ANTWORT: — Ja, sie verdächtigt uns sogar unmoralischer Beziehungen; aber ich will mir nicht die Mühe machen, derartige Verleumdungen zu dementieren.[46]

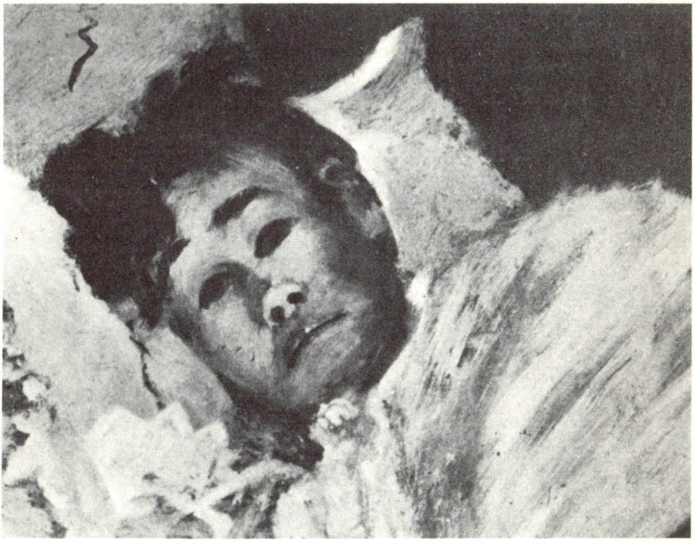

rimbaud im krankenhaus in brüssel

verlaine geht für zwei jahre ins gefängnis, rimbaud nach roche, bauernhof der mutter; arbeitet an »UNE SAISON EN ENFER«; die »gnadenlosen Geschichten«, die er suchte, hat er jetzt. im oktober läßt er in brüssel — auf eigene kosten — die »SAISON« drucken... anschließend in paris... völlig isoliert und ignoriert, außer von g. nouveau... schweigend in cafés...

im märz 1874 mit nouveau nach london, arbeit an »ILLUMINATIONS«... abreise nouveaus, rimbaud wird krank... mutter und schwester vitalie kommen nach london, bleiben drei wochen... ende juli ist rimbaud in nordschottland. ende januar zurück in charleville.

die »ILLUMINATIONS« sind abgeschlossen; einige dieser prosagedichte hat verlaine, andere nouveau... rimbaud hat an eine veröffentlichung nicht mehr gedacht. ab 1875 hat er definitiv die literatur=szene verlassen; ab jetzt soll er auf fragen nach literatur und seinem eigenen schreiben immer nur noch geantwortet haben: sinnlos, lächerlich, widerlich...

im februar 1875 ist er in STUTTGART, lernt deutsch.

Kürzlich kreuzte Verlaine hier auf, einen Rosenkranz in den Flossen... Drei Stunden später hatte man seinen Gott verleugnet und die 98 Wunden Unseres HERRN zum Bluten gebracht... Alles ist ziemlich schäbig hier, eins ausgenommen: RIESSLING, von dem ich ein Glaas ahngsichts der Hügele, die ihn hähn gebore werde saache, auf deine unverwüschtliche Gsundheit leere. Es sonnt und friert, es ist zum Auswachsen.[47]

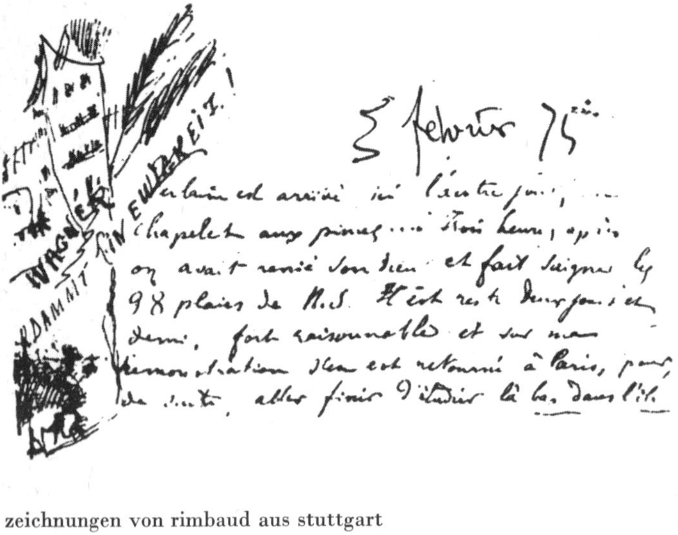

zeichnungen von rimbaud aus stuttgart

Unterwegs

Überall der gleiche bourgeoise Zauber, wo der Koffer uns hinpflanzt...[48]

rimbauds koffer im museum in charleville

ende april 75 über die ALPEN bis MAILAND... in LIVORNO zurück nach frankreich... einige tage marseille... paris... charleville, im dezember letzter brief verlaines... tod der schwester vitalie...
im april 76 in WIEN, ausweisung nach BAYERN, zu fuß zurück nach frankreich... im frühling in brüssel... schreibt sich in hollands FREMDENLEGION ein... über ROTTERDAM zur kaserne harderwijk... per schiff nach JAVA über SOUTHAMPTON GIBRALTAR NEAPEL SUEZ ADEN... BATAVIA... desertiert. durch den dschungel zur küste... per schiff zum KAP... ST. HELENA... ASCENSION... AZOREN... IRLAND... LIVERPOOL... PARIS...
charleville im dezember.
im frühling 77 in BREMEN... will in amerikanische ARMEE eintreten, scheitert... mit einem ZIRKUS nach STOCKHOLM... KOPENHAGEN... vagabundiert durch NORWEGEN und ist im september wieder in MARSEILLE... per schiff nach ROM...
charleville im september.
1878 in HAMBURG... Sommer in ROCHE, hilft bei der ernte... oktober über die VOGESEN... SCHWEIZ... bei schnee und zu fuß überquerung des SANKT=GOTTHARD... LUGANO... MAILAND... GENUA... von genua nach ALEXANDRIA... LARNAKA (Zypern)... hier anstellung als aufseher in einem steinbruch in der wüste...
ende mai 79 krank, TYPHUS... zurück nach roche, verbringt

dort den sommer, arbeitet auf der farm... anfang winter versuch, nach AFRIKA zu kommen... die krankheit zwingt ihn zurück... winter in roche.
im frühling 1880 ist er wieder in ZYPERN, ist aufseher beim palastbau für den generalgouverneur auf dem höchsten berg zyperns, dem berg troodos...
juli kündigung... aufbruch nach ALEXANDRIA... am ROTEN MEER hinab... DSCHIDDA... SUAKIN... MASSAUA... HODEIDA... ADEN.

AFRIKA — eine ANDERE Höllenzeit

Zum Teufel ließe ich fahren die Palm=Wedel der Märtyrer, die Lichtstrahlen der Kunst, den Hochmut der Erfinder, den Eifer der Leichenfleddrer! Ich ginge ins Morgenland zurück, zur ersten und ewigen Weisheit.[48]

»Es ist unanständig, darauf erpicht zu sein, den Spuren eines Menschen zu folgen, der sich in Anonymität geflüchtet hat. Lesen wir nicht die Briefe Rimbauds an seine Familie; versuchen wir nicht zu ergründen, ob der, der einmal ›das Feuer stehlen‹ wollte, es eher VERKAUFT als GESTOHLEN hat«[49], schreibt einer von rimbauds biographen.
wir folgen diesem rat=schlag nicht, wir lesen die briefe, für uns gibt es ab 1875 kein schweigen rimbauds; sein leben in afrika ist nicht die verwerfung seiner früheren existenz, sondern ihre verLAGERUNG.
es handelt sich um eine NEUE SPRACHE... die die wörter aufsammelt ALS steine und sie einsätzt zum bau einer WUNSCH=LANDSCHAFT: GEO=POESIE... unaufhörliches GLEITEN des SINNS unter der SINNLICHKEIT der wörter...
distanzlose konfrontation mit dem ort einer spaltung, mit dem RISS... das herumirren zwischen vergangenheit und gegenwart, die selbst in bewegung, d. h. ohne festes subjekt und objekt, UNMITTELBAR, d. h. ohne das medium der metapher, sichtbar gemacht in der bewegung der sprache...

Ich bin hier im Büro eines Kaffeekaufmanns...
ADEN ist ein scheußlicher FELS, ohne einen einzigen Grashalm oder einen Schluck genießbaren Wassers: man trinkt destilliertes Meerwasser. Die Hitze ist exzessiv, vor allem im Juni und September, das sind die Hundstage... Ich bin wie ein GEFANGENER hier...[50]

im november in aden an bord, über ZEILA, SOMALIA... 400 km WÜSTE nach HARAR, neue anstellung...

Harar ist eine von den Ägyptern kolonisierte Stadt und unter ihrer Verwaltung. Die Garnison hier zählt einige 1000 Mann. Hier sind unsere Agentur und unsere Lager. Die Handelsprodukte des Landes sind Kaffee, Elfenbein, Häute etc. Es ist ein Hochland, aber nicht unfruchtbar. Das Klima ist frisch und nicht gesundheitsschädigend.[51]

Ich werde demnächst eine große Reise in die Wüste machen, um Kamele zu kaufen. Natürlich sind wir zu Pferd, bewaffnet und all das. Das Land ist recht freundlich...[52]

Ich rechne nicht damit, lange hier zu bleiben; ich werde bald wissen, wann ich abreise. Ich habe nicht gefunden, was ich zu finden hoffte, und ich lebe auf sehr aufreibende Weise und ohne Ergebnis... Ich hoffe, etwas Besseres weiter weg zu finden... Es ist viel zu kalt für mich...[53]

Was mich betrifft, ich rechne damit, bald diese Stadt hier verlassen zu können, um im UNBEKANNTEN Handel zu treiben. Es gibt einen großen See, nur wenige Tagesreisen entfernt, und der liegt im Land des Elfenbeins: ich will versuchen, dorthin zu kommen. Aber das Land kann FEINDLICH sein...[54]

ACH! Ich, ich lege keinen großen Wert auf dieses Leben; und wenn ich lebe, so bin ich es gewöhnt, unter Strapazen zu leben; aber wenn ich gezwungen bin, mich weiter so abzuquälen wie im Augenblick und mich von ebenso heftigem wie absurdem Kummer zu ernähren, in diesem GNADENLOSEN KLIMA, dann fürchte ich, mein Leben zu verkürzen... Ich habe nicht die Absicht, ein ganzes Leben in SKLAVEREI zu verbringen... und glücklicherweise ist dieses Leben das einzige, das ist offensichtlich, denn man kann sich KEIN ANDERES LEBEN MEHR VORSTELLEN, das noch stupider wäre!...[55]

expedition ins landesinnere, ELFENBEIN suchen... bis Bubassa, völlig UNBEKANNTES, unerforschtes land.

... weiß der TEUFEL, auf welche Wege uns noch die GLÜCKS=SUCHE treibt...[56]

Das Klima hier ist mies und feucht; meine Arbeit ist absurd und unmenschlich; die allgemeinen Lebensverhältnisse sind genauso absurd... Ich hoffe, auf eigene Rechnung einige Unternehmungen im Land zu machen...[57]

1872 ist rimbaud wieder in aden.

Wer könnte MIR etwas tun wollen, mir, der ICH NUR MICH habe? Ein Kapitalist meiner Größe hat nichts zu befürchten... Ich hoffe sehr, daß dieses Leben hier aufhört, bevor ich noch Zeit finde, völlig zu verblöden...[58]

Ich hoffe auch sehr, noch vor meinem Tod RUHE zu finden. Aber bis jetzt habe ich mich allen Arten von Stumpfsinn anpassen können; und wenn ich mich beklage, SO IST DAS EINE ART ZU SINGEN...[59]

1873 zurück nach HARAR, als leiter der geschäftsstelle.

Isabelle hat unrecht, sich nicht zu verheiraten, wenn einer mit ernsten Absichten und gebildet vorstellig wird, jemand mit einer Zukunft. Das Leben ist nun einmal so, und die Einsamkeit ist eine üble Geschichte auf dieser Welt. Was mich betrifft, ich bedauere es, nicht verheiratet und ohne Familie zu sein. Aber noch BIN ICH DAZU VERDAMMT, HERUMZUIRREN...[60]

rimbaud in afrika

expeditionen ins OGADEN, DANKALI=Land, Hawasch- und Wabigebiet; rimbaud bestellt in frankreich technische handbücher, geräte; lernt sprachen: kotou, äthiopisch, arabisch, somali...

Ich kann euch keine Adresse geben, um auf diesen Brief zu antworten, denn ich weiß selbst nicht, wo es mich demnächst hinpflanzt, nicht auf welchen Wegen, nicht wohin, nicht warum und wie überhaupt...[61]

Wir sind gerade in der Frühjahrs=Sauna: die Haut trieft, der Magen übersäuert, das Hirn wirr, die Geschäfte stinken zum Himmel, die Neuigkeiten sind beschissen...[62]

Rechnet nicht damit, daß meine Lust am Vagabundieren abgenommen hat, im Gegenteil, wenn ich die Mittel zum Reisen hätte.. sähe man mich keine zwei Monate am gleichen Ort. Die Welt ist sehr groß und voll wunderbarer Länder, das Leben von 1000 Menschen reicht nicht aus, sie alle zu besuchen. Doch habe ich keine Lust, im Elend zu vagabundieren... Aber immer am gleichen Ort leben — das werde ich stets sehr armselig finden. Letztlich ist es wahrscheinlich, daß man eher dorthin kommt, wo man nicht hin will, und daß man ganz anders lebt und umkommt, als man je es wollte, ohne Aussicht auf irgendeine Form von Entschädigung...[63]

rimbaud wird waffenhändler; er geht daran, eine karawane mit waffen für könig MENELIK II auszurüsten... unterwegs nach tadschura... die äthiopische frau, mit der er zwei jahre zusammen lebte, schickt er zu ihrem stamm zurück...

ADEN ist ein erloschener und in der Tiefe mit Meersand aufgefüllter Vulkankrater. Man sieht und berührt hier absolut nur Lava und Sand, die nicht die Spur einer Vegetation produzieren können. Die Umgebung ist Wüste mit absolut trockenem Sand. Aber hier halten die Kraterwände jede Luft ab, und wir schmoren auf dem Grund dieses Lochs wie in einem Kalkofen. Man muß es ganz schön nötig haben, sein Brot zu verdienen, um sich in solchen HÖLLEN anstellen zu lassen! Man ist hier ohne jede Gesellschaft... und so wird man in wenigen Jahren zu einem 100% Deppen...[64]

Einige Tausend Gewehre kommen für mich aus Europa. Ich werde eine Karawane ausrüsten und diese Ware zu MENELIK, dem König von Schoa, bringen. Der Weg nach Schoa ist sehr lang: fast 2 Monate Marsch bis ANKO-

äthiopische frau

BER, der Hauptstadt, und die Länder, die man durchquert, sind schreckliche Wüsten...[65]

Ich leugne nicht die Gefahren, ich ignoriere nicht die Mühen dieser Expeditionen; aber durch meinen Aufenthalt in

Harar habe ich die Sitten und Gebräuche dieser Gegenden gut kennengelernt...[66]

Glaubt bitte nicht, daß ich ein Sklavenhändler geworden bin...[67]

im oktober 1886 bricht er von TADSCHURA (siehe Foto oben) mit den waffen nach ANKOBER, der hauptstadt von SCHOA auf (siehe Foto unten); 4 Monate Marsch...

in paris hat VERLAINE ohne wissen rimbauds die »ILLUMINATIONS« herausgegeben; rimbaud wird unter den literaten von paris bekannt.

im februar 1887 ist rimbaud in ankober; menelik ist in seinem feldlager in ENTOTTO... rimbaud nach entotto, macht sein geschäft mit menelik, der ihn übers ohr haut... auf dem rückweg erkundet er zusammen mit dem französischen forscher borelli eine neue route... oktober in aden...

aden und sein wildes hinterland, vom meer aus gesehen.
holländischer stich, ende des 16. jahrhunderts

Nach sechs kurzen Tagesmärschen von Tadschura, das sind ca. 60 km, steigen die Karawanen zum Salzsee hinab, auf furchtbaren Straßen, die an den mutmaßlichen Schrekken von Mondlandschaften erinnern...[68]

Mich quält seit einigen Tagen ein Rheumatismus in den Hüften, der mich fluchen macht; ich habe noch einen anderen im linken Oberschenkel, der mich von zeit zu zeit lähmt, einen Gelenkschmerz im linken Knie, einen (schon alten) Rheumatismus in der rechten Schulter; meine Haare sind völlig grau. Ich stelle mir vor, daß mein Leben in Gefahr ist... Ich bin maßlos erschöpft. Ich habe keine Anstellung im Augenblick. Ich habe Angst, das wenige, das ich habe, zu verlieren. Stellt euch vor, ich trage andauernd 16 Tausend und einige Hundert Goldfranken in meinem Gürtel; das wiegt 8 Kilo und das verpaßt mir heftige Durchfälle. Doch nach Europa kann ich nicht gehen, aus mehreren Gründen: zunächst würde ich im Winter sterben; dann bin ich schon zu sehr an das unruhige und kostenlose Leben gewöhnt, endlich habe ich keine Stellung. Ich muß also den Rest

meiner Tage damit hinbringen, unter Strapazen und Mühen herumzuirren, mit der einzigen Aussicht, unter Schmerzen zu sterben ...[69]
Und dann, was soll ich in Frankreich? Es ist ganz gewiß, daß ich nicht mehr seßhaft leben kann; und vor allem macht mir die Kälte große Angst; dann habe ich kein ausreichendes Einkommen, keine Anstellung, keine Unterstützung, keine Kenntnisse, keinen Beruf, keine Ressourcen irgendwelcher Art. Heimkehren hieße mich begraben.[70]

1888: in paris publikation neu gefundener gedichte; gefälschte gedichte unter seinem namen; rimbaud wird langsam berühmt; hinzu kommt, daß rimbaud einige artikel über seine expeditionen an pariser zeitungen geschickt hat; gerüchte wuchern; ein afrikanischer geschäftsfreund rimbauds schreibt an einen anderen geschäftsfreund: »ich höre immer nur zeitungsgeschwätz, völlig unglaubliches zeug, jeden tag etwas ganz anderes. rimbaud ist in aden und macht sich einen spaß daraus, den zeitungen münchhausiaden zu schicken ...«[70a]

rimbaud macht illegale waffentransporte im auftrag des größten

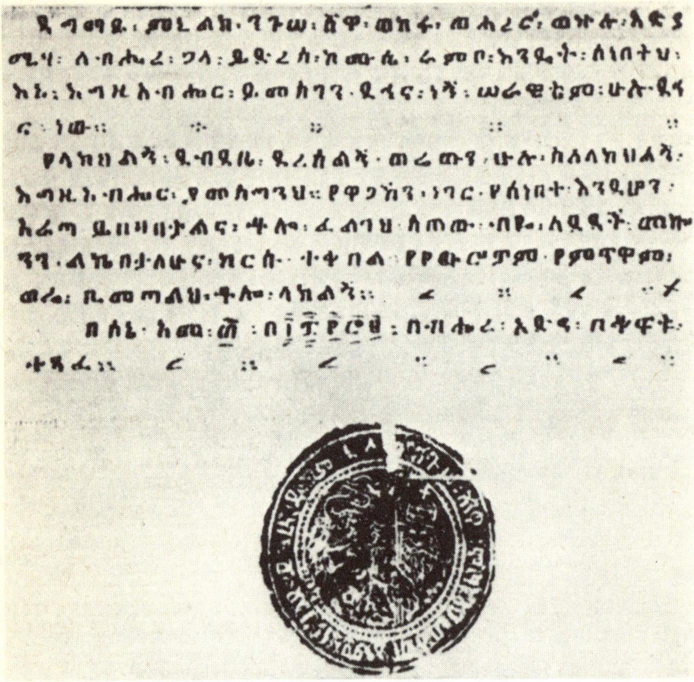

— brief meneliks an rimbaud

waffenhändlers der küste von schoa... von aden bis harar aden: 600 km wüste zu pferd in 11 tagen...
erneute abreise von aden über berbera nach zeila... harar...

Ich eröffne ein französisches Handelskontor, nach dem Muster der Agentur, die ich früher hatte, aber mit einigen Verbesserungen und Neuerungen. Ich mache ziemlich wichtige Geschäfte, die mir einigen Profit bringen... Ich habe viel zu tun und ich bin ganz allein...[71]

Ich langweile mich entsetzlich, alle Tage; ich habe niemals einen Menschen gekannt, der sich mehr gelangweilt hätte

könig menelik II.

als ich. Und dann, ist das nicht elend, dieses Leben ohne Familie, ohne geistige Beschäftigung, mitten unter Negern ausgesetzt, deren Los man verbessern will und die nichts anderes im Sinn haben, als einen übers Ohr zu hauen... Das schlimmste ist das nicht. Das ist die Angst, ganz allmählich selbst zu VERTIEREN, ausgesetzt wie man ist und fern von jeder intelligenten gesellschaft...[72]
Wer hierher kommt, riskiert auf keinen Fall, Millionär zu werden — höchstens an Läusen, wenn er den Eingeborenen zu nahe kommt...[73]
Leider kann ich dieses Jahr keine Reise zur Weltausstellung

machen... Auf der nächsten könnte ich vielleicht die Produkte dieses Landes ausstellen, und vielleicht MICH SELBST, denn ich glaube, daß ich ein unheimlich barockes Aussehen habe...[74]

ironie: auf dieser weltausstellung war eine STATUE RIMBAUDS geplant, die nur der protest verlaines verhindert hat...

Die Menschen in Harar sind weder blöder noch schurkischer als die WEISSEN NEGER der sogenannten zivilisierten Länder...[75]

1890: brief des direktors der literaturzeitschrift »La France Moderne« an rimbaud:
»Mein Herr und verehrter Poet,
Ich habe Ihre schönen Verse gelesen: ich wäre sehr glücklich und stolz, das Haupt der dekadenten und symbolistischen Schule als Mitarbeiter für ›La France Moderne‹,... gewinnen zu können«[76]
rimbaud reagiert nicht...

Könnte ich nächsten Frühling kommen, um bei euch zu heiraten? ... Glaubt ihr, daß ich eine finden könnte, die mir auf die Reise folgt?...[77]

das geschwulst am rechten knie macht unerträgliche schmerzen:

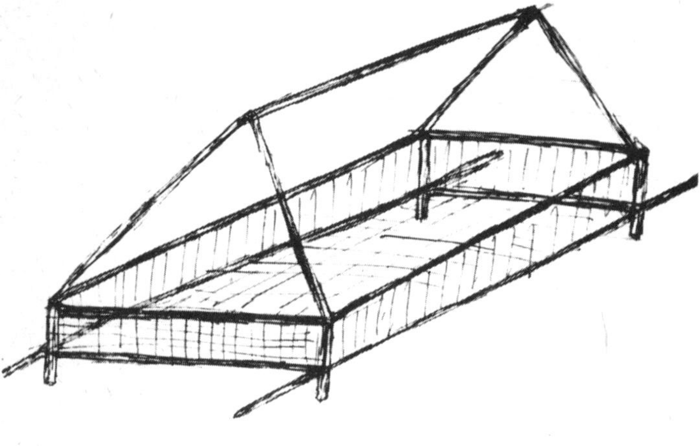

ein wanderndes krankenbett

Ich mietete 16 Negerträger... von Harar nach Zeilah; ich ließ eine mit Stoff bezogene Trage anfertigen, und darin habe ich in 12 Tagen die Wüste durchquert... Unnötig, euch zu sagen, was für furchtbare Schmerzen ich unterwegs erdulden mußte... Ich bin ein Skelett geworden: ich sehe angsterregend aus... Ich weiß nicht was tun...[78]

ende mai 1891 in marseille, krankenhaus:

Nach furchtbaren... Leiden habe ich den Liniendampfer genommen, um nach Frankreich zurückzukehren... Das Leben ist mir unmöglich geworden. Wie unglücklich bin ich. Wie schrecklich unglücklich bin ich geworden!...[79]
Montagmorgen wird mein Bein amputiert. TODESGEFAHR...[80]
Ich habe die ganze Zeit heftige Schmerzen an der Stelle des amputierten Beins... ich habe alles aufgegeben, ich habe kein Glück!...[81]
Ich weine Tag und Nacht, ich bin ein toter Mann... Unser Leben ist ein Dreck, ein Dreck ohne Ende! Warum also leben wir?...[82]
Ich habe ein Holzbein bestellt, es wiegt nur 2 Kilo, es wird in 14 Tagen fertig sein...[83]
Was für eine Langeweile, was für eine Erschöpfung und Trauer, wenn ich an die früheren Reisen denke... Wo sind die Bergüberquerungen, die Gewaltritte, die Streifzüge, die Wüsten, Flüsse und Meere? Und jetzt das Leben eines BETTLER=ARSCHS! Denn ich beginne zu begreifen, daß Krücken, Holzbeine und mechanische Beine Verarschungen sind... Mein Leben ist vorbei, ich bin nichts als ein unbeweglicher Stummel... Ich möchte gern zu euch kommen, weil es dort frisch ist...[84]
Man grinst, wenn man mich hüpfen sieht. Wenn man sitzt, hat man zitternde Hände, aufgescheuerte Achseln und das Gesicht eines Idioten. Verzweiflung befällt dich wieder und du bleibst sitzen, ein kompletter Krüppel, flennend und die Nacht erwartend, die nur Schlaflosigkeit bringt und den Morgen, der noch armseliger als der Tag etc. etc. Fortsetzung in der nächsten Nummer...[85]
In zwei oder drei Tagen werde ich also aufbrechen und zusehen, so gut ich kann mich zu euch durchzuschleppen...[86]

rimbaud nach roche... todkrank... zurück nach marseille, krankenhaus, diagnose: knochenkrebs, fortschreitende lähmung aller glieder... seinen letzten brief diktiert er auf dem sterbebett seiner schwester isabelle:

An den Direktor der Schiffahrtslinien
EIN LOS: EIN ZAHN ALLEIN
EIN LOS: ZWEI ZÄHNE
EIN LOS: DREI ZÄHNE
EIN LOS: VIER ZÄHNE
EIN LOS: ZWEI ZÄHNE
Ich will Sie fragen, ob ich auf Ihrer Rechnung nichts offen stehen ließ. Ich will mich heute aus diesem Dienst hier verändern, von dem ich nicht einmal den Namen weiß, aber in jedem Fall muß es der Dienst nach Aphinar sein. All diese Dienste gibt es überall, und ich, ohnmächtig, unglücklich, ich kann nichts finden, der erste Hund auf der Straße wird es Ihnen sagen.
Schicken Sie mir also die Preisliste der Dienstlinien von Aphinar nach Suez. Ich bin vollständig gelähmt: ich möchte mich also beizeiten an Bord befinden. Sagen Sie mir bitte, zu welcher Stunde ich an Bord gebracht werden muß...[87]

um zehn uhr früh, am 10. november 1891, stirbt arthur rimbaud.

Traum für den Winter

In einem kleinen rosa Wagen mit blauen Kissen
wollen wir leben im Winter.
Es geht uns gut. Ein Nest übermütiger Küsse
liegt in jedem weichen Winkel.

Du schließt die Augen.
Hinter den Scheiben Nachtschatten=Fratzen,
Giftgeschwür, schwarze Dämonenbrut,
schwarze Wolfsmeuten: — das siehst du nicht mehr.

Dann spürst du ein Kratzen auf der Backe...
Ein kleiner Kuß flitzt über deinen Hals
wie eine überspannte Spinne...

Und du sagst zu mir: »Such!«, neigst den Kopf.
— Wir eilen uns nicht, dieses Tier zu finden
— das so wild am stromern ist...[88]

rimbaud in brüssel, verwundet
rimbaud als kaffee-händler
rimbaud in harar
rimbaud, tot in marseille
Radierungen von Jim Dine (1973)

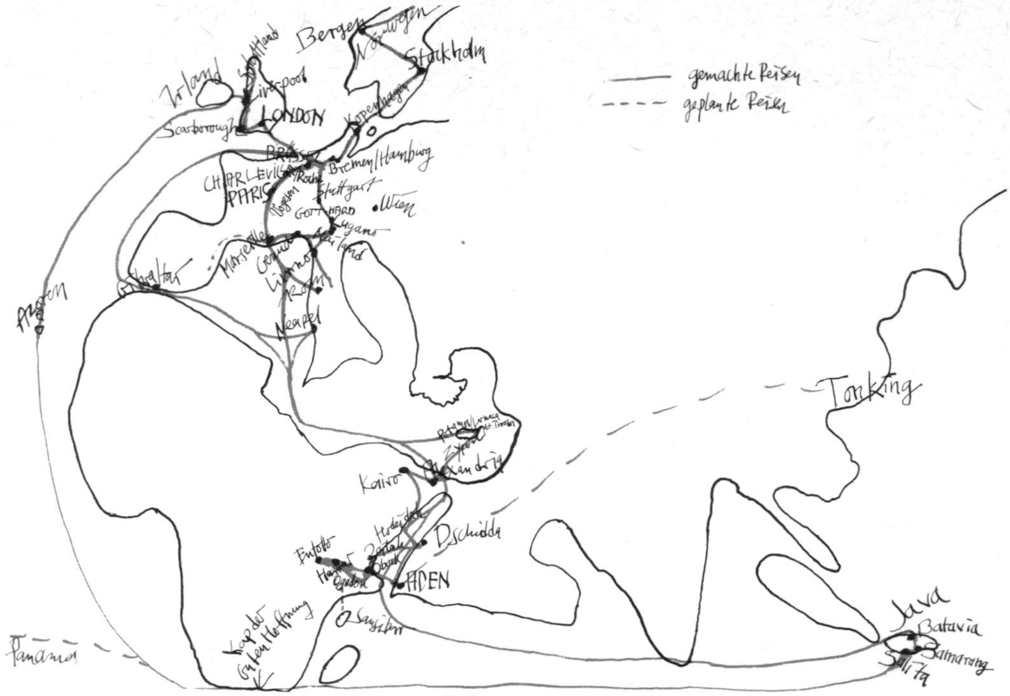

rimbauds reisen

Nach=Saetzungen

Heilloses Leben, heillose Texte? Berührungsverbot?
Selbst sie sind für andere...
Wenn ich nicht mehr den (wirklichen oder fiktiven) Anderen anspreche, kann ich nicht mehr schreiben, habe ich keine Sprache mehr, bin ich stumm. Rimbauds Schreiben ist für andere — für die Mutter, die Schwester, den toten Vater — vor allem aber für SICH SELBST als einen ANDEREN. Heillos sind diese Texte, dieses Leben nur in einem vorläufigen Sinn:
»Diese Sprache reicht unmittelbar von SEELE zu SEELE, faßt alles zusammen: Düfte, Klänge, Farben; Gedanke, der das Denken an sich zieht und auf seine Bahn bringt. Der Poet würde das Feld des Unbekannten bestimmen, wie es sich in seiner Zeit in der UNIVERSELLEN SEELE erweckt... Das Maßlose, von ALLEN angeeignet, würde zum Maß: so wäre der Poet wahrhaftig ein VERVIELFÄLTIGER DER VERÄNDERUNG!«...
Die wichtigste ERKENNTNIS, die Rimbauds Poesie uns beschert, ist: daß die furchtbare Wunde, die uns zerreißt und zu taumelnden Geschöpfen des Bruchs, der Diskontinuität, der SCHIZE macht, von jedem selbst geheilt und geschlossen werden kann im Raum des poetischen Sprechens...
Das ist sehr allgemein, das haben ERKENNTNISSE so an sich. Gehen wir, mit aller Vor=Sicht, weiter...
Rimbauds Poesie hat eine Unter=Strömung, einen RHYTHMUS, der sich mitteilt, der überspringt, ist ein Transport, »Vervielfältiger der Veränderung«...
»Wenn ich mich denke, sucht sich mein Denken im Äther eines neuen Raums. Ich bin auf dem Mond wie andere auf ihrem Balkon. In den Klüften meines Geistes nehme ich an der planetarischen Gravitation teil« (Artaud)...
»Ich brauche Wesen, die mir gleichen, auf deren Stirn der menschliche Adel in scharfen und unauslöschlichen Zeichen geschrieben steht!« (Lautréamont)...
Ist das hemmungsloser Subjektivismus, blöde Überheblichkeit? In »Fragmente eines Höllentagebuchs«, aus denen wir

zitierten, muß Artaud sich gegen den Vorwurf des Narzißmus wehren. Woher, fragen wir, kommen diese Wörter: Subjektivismus, Narzißmus, aus welcher dürftigen Enklave sind sie entlaufen? Welche Lüge transportieren sie wie Läuse in ihrem Pelz? Nichts an ihnen stimmt. Sie sagen nichts, nur sich selbst aus. Rimbaud schreibt im 1. Brief des Sehers: »Daß Ihre subjektive Poesie immer furchtbar abgeschmackt sein wird — das wollen wir mal nicht berechnen. Eines Tages hoffe ich — eine Reihe von Leuten hoffen dasselbe —, in Ihrem Grundsatz die objektive Poesie zu erkennen...«

SUBJEKTIVE Poesie, das ist die Beschreibung der Individualität, der Entfremdung, des Verlusts, paradigmatisch hier vielleicht PROUST, »Auf der Suche nach der verlorenen Zeit«, oder KAFKA: HÖHEN subjektiver Poesie. In den Niederungen die Magazine, die Erbauungsschriften fürs Volk, die Tagebücher: das »Zeitalter der empfindsamen Seelen« (Rimbaud)...

OBJEKTIVE Poesie, das ist die Fähigkeit der Kunst, die Menschen zu VEREINEN, indem sie gemeinsame, »von Seele zu Seele« gehende, ERHABENE Empfindungen auslöst. Sie nimmt den Dingen das Endliche, das unsere Angst ihnen anheftet und das uns ohnmächtig und ratlos macht vor der Welt der Dinge: »was wir in der Zerstreutheit der profanen Welt jedoch verlieren, ist die Fähigkeit, den heiligen Schrecken mitzuteilen, der in den Bereich des Religiösen gehört. Das ist ein Verlust...« (Bataille)

Einmal war Kunst Magie, Beschwörung eines gemeinsamen Nenners, der unterhalb der Zerstreuungen, dem Wirrwarr und der Unfreiheit des Notdürftigen existiert: »Alle antike Poesie vollendet sich in der griechischen Poesie, Leben in Harmonie« (Rimbaud). »Erst spät breitete die Einsamkeit sich vor dem Blick des Menschen aus, und das Kunstwerk — die Macht des Ausdrucks — öffneten ihm den Reichtum der Subjektivität« (Bataille).

Das gilt noch immer. Aber die Konzentration auf die *entfremdete* Subjektivität, die sich nicht durch Reichtum, sondern durch Armut, durch MANGEL bestimmt, bewirkte eine maßlose DEZENTRIERUNG: eine PARTIKULARITÄT wurde zum Maß=Stab aller Dinge. So sind selbst die

DINGE, die NATUR der Entfremdung nicht entgangen. Es handelt sich — wie auch immer — eher um eine marktschreierische Subjektivität (man frage die Psychologen!). Denn in den Tiefen der Subjektivität erreicht das Sich=Nach=Spüren eine Grenze, deren Überschreitung die Borniertheit des Vereinzelten sprengt: OBJEKTIVE Poesie ist der Wille zur »sakralen Kunst« (Bataille), die das Heilige, d. h. das nicht fremde Fremde in den Menschen UND in den Dingen sieht und mitteilt: Poesie, die nicht das Subjekt, sondern nur die Illusion einer UNBEDINGTEN Subjektivität auslöscht. Die Entfremdung, unter der ALLE leiden, führt letzten Endes zur Ratlosigkeit gegenüber den Dingen, die als TOTER STOFF erscheinen, gegenüber den Menschen, die als FALSCH erscheinen, führt zu einem NIHILISMUS gegenüber sich selbst und anderen (dieser Nihilismus ist Voraussetzung für das Funktionieren jedes Terror —, jedes faschistischen Systems: *negative* Aufhebung der Entfremdung), führt zur Zerstörung dessen, was allein Entfremdung positiv aufheben kann: die »Intimität aller Menschen« (Bataille). Entfremdet ist nicht das Fremde, sondern gerade das total Verfügbare.

Objektive Poesie ist DEZENTRIERUNG der DEZENTRIERUNG, ist ein Strom, der unterhalb oder auch quer durch den Zeichensalat fließt, eine Elektrik, die den Menschen FUNKEN schlagen läßt — und die nichts zu tun hat mit dem Schüttelkrampf, den der Elektro=Schock des Mangels und der Sucht hervorruft...

Man kann alles verstehen und — seltsames Phänomen — doch blöd bleiben, weil man es auf der Ebene des BEKANNTEN interpretiert. Man kann alles soweit banalisieren, bis die Welt nicht mehr als ein Scheißhaufen ist — dann bereitet Zerstörung auch keine Gewissenspein mehr. Auf der Ebene des UNBEKANNTEN Rimbauds Poesie interpretieren, heißt, die Achsen von Raum und Zeit, die unser Denken limitieren, verlassen, heißt vielleicht, etwas auffangen, was ein anderer, der stürzt, verloren hat, heißt vielleicht, ein »furchtbarer Arbeiter« (Rimbaud) zu werden...

»Alles Geschriebene ist Schweinerei«, sagt Artaud. Man könnte noch ein Stückchen weiter gehen und sagen:

Alles GELESENE ist Schweinerei!

Gehen wir noch weiter, verlieren wir UNS...
Im Medium des Schreibens bin ich Strom, der mit Strom kommuniziert, bin ich Fremde, die mit Fremde kommuniziert, Spaltungseffekt kommuniziert mit Spaltungseffekt. Dieses kommunikative Feld hat seine Spektralfarben, und was mich interessiert, das ist die GRENZE aller möglichen Kommunikationsweisen; mein Durst nach Wahrheit ist nur zu stillen von einer Wahrheit, »die auf des Messers Schneide bleibt« (Artaud).
Meine Natur beschäftigt sich nicht mit dem Spektrum der spirituellen Lügen, meine Natur ist kein Begriff, keine soufflierte Zudringlichkeit, kein Sammelsurium mehr oder weniger schwachsinniger IDEEN, ich erreiche mich nur, wenn ich alles, was nach Begriffen, Ideen, Wissen, Sprache riecht, vergessen kann, wenn ich mich einem Strom anvertraue, einem kosmischen Rauschen, einem Hintergrundgeräusch meines Bluts — dann, wenn ich alles vergessen kann, erreiche ich meine Tiefe; und wenn ich mich, ohne es zu wissen, im Zentrum meines Fleisches befinde, dann bin ich überall und die kosmischen Gesetze sind mir kein Rätsel: ich BIN sie! In diesem Zentrum absoluter Unmittelbarkeit und äußerster Präsenz erreicht mich eine ANDERE Botschaft, die mir anzeigt, daß das nicht ALLES ist. Es gibt tatsächlich eine Botschaft, die mir unmißverständlich mitteilt, daß meine Natur sich nicht in Präsenz erschöpft, daß sie DOPPELT existiert, daß ich (mindestens) ZWEIMAL lebe!
Und indem ich mich dieser Evidenz blind anvertraue, finde ich die SPRACHE und mit ihr ein GEISTIGES SYSTEM, das noch zu wenig erforscht ist, aber von dem man mit Sicherheit sagen kann, daß es das HÖCHSTE ist — finde ich die Sprache, die mich aus den selbstherrlichen Katakomben meiner Larvenexistenz, meiner REINEN SCHÖNHEIT OHNE WERT, aus meiner Dornröschen=Metaphorik, erlöst, und in diesem Moment gibt es eine Abtrift vom Zentrum zur Peripherie, und DIESE Abtrift ist IMMER SPRACHLICHER NATUR...
Und wenn es sich um eine poetische Abtrift handelt, dann bin ich im (beweglichen) Zentrum meiner Kern=Spaltung, in zwei Zentren, die wahnsinnig in Bewegung, und ich ent-

ferne mich dann aus meiner absoluten Unmittelbarkeit meines Fleisches, soweit, daß ich sie SPÜREN kann, verbunden mit ihr durch die Nabelschnur der Sprache.
»Und es ist mir vergönnt, die Wahrheit in einer Seele und in einem Körper zu tragen!« (Rimbaud)
ZWEI Elfenbein=ZÄHNE hat der Elefant, solange er LEBT...

Anmerkungen

1 Unsere Übersetzung basiert auf den von Antoine Adam herausgegebenen Œuvres complètes, erschienen bei Gallimard, 1972. Für die nicht in diesem Band enthaltenen Briefe und Gedichte zitieren wir also die französische Gesamtausgabe (im folgenden abgekürzt: Œc).
2 Brief vom Juni 1872, Œc, S. 265
3 Brief vom 25. 8. 1870, Œc, S. 238
4 »grauenhaftes Charlestown« ist eine Formulierung Rimbauds für seine Heimatstadt Charleville (»atroce Charlestown«); »Böses Blut« ist eine Kapitelüberschrift in »Eine Zeit in der Hölle« (im folgenden abgekürzt »Eine Zeit«).
5 »Eine Zeit...«
6 Schulprosa, Œc, S. 173
7 Brief der Mutter Rimbauds an P. Verlaine, in dem sie ihn vom angekündigten Selbstmord abhalten will, Œc, S. 274.
8 Schulprosa, ebda.
9 Gedicht, Les poètes de sept ans, Œc, S. 44
10 Gedicht, Les premiers communions, Œc, S. 65
11 »Mother« und »Schattenmund« (bouche d'ombre) sind Namen, die Rimbaud seiner Mutter gab.
12 Licht=Spuren, Jugend
13 Gedicht, Le Bateau ivre, Œc, S. 66
14 Licht=Spuren, Jugend
15 Gedicht, A la musique, Œc, S. 21
16 Brief vom 24. 5. 1870 an Th. Banville, Hauptvertreter der literarischen Schule Parnasse, Œc, S. 236
17 Brief des Sehers, siehe in diesem Band; Œc, S. 248
18 Brief vom 25. 8. 1870, Œc, S. 238
19 Brief vom 5. 9. 1870, Œc, S. 240
20 Brief der Mutter vom 24. 9. 1870, Œc, S. 243
21 Gedicht, Au Cabaret Vert, Œc, S. 32
22 Brief vom 2. 11. 1870, Œc, S. 245
23 zitiert aus: Lautréamont, Die Gesänge des Maldoror, München 1976, Rogner & Bernhard Verlag, S. 269/70
24 »Eine Zeit...«
25 Brief vom 17. 4. 1871, Œc, S. 246
26 Licht=Spuren, Krieg (Guerre)
27 1. Brief des Sehers, siehe in dieser Ausgabe
28 2. Brief des Sehers, ebda.
29 Gedicht, Qu'est-ce pour nous, mon cœur..., Œc, S. 71
30 »Eine Zeit...«

31 2. Brief des Sehers
32 »Eine Zeit...«
32a Brief vom 12. 7. 1871, Œc, S. 256
33 Brief vom 28. 8. 1871, Œc, S. 258
34 Brief Verlaines an Rimbaud, September 1871, Œc, S. 261
35 Cercle Zutique — Kreis Pariser Künstler
36 Vilains Bonhommes — unregelmäßiges Treffen von Künstlern, wo gelesen, diskutiert und gefeiert wurde
37 Album Zutique — Album des Cercle Zutique, in das die Künstler ironische, satirische und parodistische Texte und Karikaturen schrieben und zeichneten
38 neben Verlaine wohl der bekannteste Dichter des Cercle Zutique; einer der wenigen Freunde Rimbauds
39 Gedicht des Musikers Cabaner im Album Zutique, Œc, S. 1053
40 Gedicht Rimbauds im Album Zutique, Œc, S. 213
41 Brief vom Juni 1872, Œc, S. 238
42 Brief vom Mai 1873, Œc, S. 267
43 Brief an Verlaine, aus London, 4. 6. 1873, Œc, S. 270
44 Brief Verlaines, 3. 6. 1873, Œc, S. 269/70
45 Brief an Verlaine, London, 5. 6. 1873, Œc, S. 271
46 Erklärung Rimbauds vor dem Untersuchungsrichter in Brüssel, vom 12. 6. 1873, Œc, S. 279 ff
47 Brief aus Stuttgart, 5. 3. 1875, Œc, S. 296
48 Licht=Spuren, Geschichtsträchtiger Abend
48a »Eine Zeit...«
49 Bonnefoy, Y., Rimbaud par lui-même, éditions du seuil, 1961, S. 173
50 Brief aus Aden, 25. 8. 1880, Œc, S. 314
51 Brief aus Harar (Äthiopien), 13. 12. 1880, Œc, S. 321
52 Brief aus Harar, 15. 1. 1881, Œc, S. 322
53 Brief aus Harar, 15. 2. 1881, Œc, S. 325
54 Brief aus Harar, 4. 5. 1881, Œc, S. 329
55 Brief aus Harar, 25. 5. 1881, Œc, S. 330
56 Brief aus Harar, 5. 8. 1881, Œc, S. 333
57 Brief aus Harar, 2. 9. 1881, Œc, S. 334
58 Brief aus Aden, 15. 4. 1882, Œc, S. 348
59 Brief aus Aden, 10. 7. 1882, Œc, S. 349
60 Brief aus Aden, 6. 5. 1883, Œc, S. 364
61 Brief aus Aden, 5. 5. 1884, Œc, S. 384
62 Brief aus Aden, 26. 5. 1885, Œc, S. 400
63 Brief aus Aden, 15. 1. 1885, Œc, S. 396
64 Brief aus Aden, 28. 9. 1885, Œc, S. 402
65 Brief aus Aden, 22. 10. 1885, Œc, S. 405
66 Brief aus Aden, 18. 11. 1885, Œc, S. 406

[67] Brief aus Tadschura, 3. 12. 1885, Œc, S. 409
[68] Brief aus Kairo, 20. 8. 1887, Œc, S. 430
[69] Brief aus Kairo, 23. 8. 1887, Œc, S. 440
[70] Brief aus Aden, 8. 10. 1887, Œc, S. 449
[70a] Œc, S. 481/82
[71] Brief aus Harar, 15. 5. 1888, Œc, S. 494
[72] Brief aus Harar, 4. 8. 1888, Œc, S. 501
[73] Brief aus Harar, 18. 5. 1889, Œc, S. 542
[74] ebenda
[75] Brief aus Harar, 25. 2. 1890, Œc, S. 611
[76] Œc, S. 634
[77] Brief aus Harar, 10. 8. 1890, Œc, S. 636
[78] Brief aus Aden, 30. 4. 1891, Œc, S. 661
[79] Brief aus Marseille, 21. 5. 1891, Œc, S. 665
[80] Brief aus Marseille, 22. 5. 1891, Œc, S. 666
[81] Brief aus Marseille, 17. 6. 1891, Œc, S. 670
[82] Brief aus Marseille, 23. 6. 1891, Œc, S. 671
[83] Brief aus Marseille, 2. 7. 1891, Œc, S. 677
[84] Brief aus Marseille, 10. 7. 1891, Œc, S. 680
[85] Brief aus Marseille, 15. 7. 1891, Œc, S. 687
[86] Brief aus Marseille, 20. 7. 1891, Œc, S. 692
[87] Brief aus Marseille, 9. 11. 1891, Œc, S. 707
[88] Gedicht, Rêve pour L'Hiver, geschrieben 1870, Œc, S. 31

nomaden+schrift

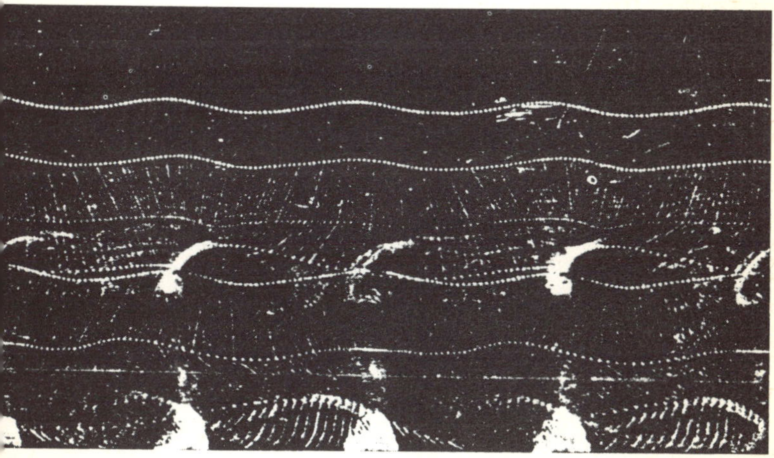

homme en marche

(...nicht zu verhindern auf die Dauer, daß der Ton der Analyse überlagert wird von der Stimme eines weiter durch die Zeit delirierenden Rimbaud, der seine eigene »Geschichte« dabei immer wieder durchkreuzt...)

Wenige Stunden vor seinem Tod diktiert der bein=amputierte und völlig gelähmte Rimbaud folgenden Brief an den Direktor der »Messageries Maritimes« (der Schiff=Fahrts=Linie, mit der Rimbaud nach Marseille zurückfuhr):

Marseille, 9 novembre 1891

UN LOT: UNE DENT SEULE.
UN LOT: DEUX DENTS.
UN LOT: TROIS DENTS.
UN LOT: QUATRE DENTS.
UN LOT: DEUX DENTS.

Monsieur le Directeur,

Je viens vous demander si je n'ai rien laissé à votre compte. Je désire changer aujourd'hui de ce service-ci, dont je ne connais même pas le nom, mais en tout cas que ce soit le service d'Aphinar. Tous ces services sont là partout, et moi, impotent, malheureux, je ne peux rien trouver, le premier chien dans la rue vous dira cela. Envoyez moi donc le prix des services d'Aphinar à Suez. Je suis complètement paralysé: donc je désire me trouver de bonne heure à bord. Dites-moi à quelle heure je dois être transporté à bord...

Vertrackter Zahn, nichts für eine Interpretation, die ein ANDERES sucht, das HINTER den Worten steht, man sagt dann einfach: »Strotzend vor Ungereimtheiten« (sagt die offizielle Chronik). Das ist einfach zuviel: reine PRÄSENZ der Worte, konzentrierte Präsenz angesichts des Todes und ein ständiges Weg=Gleiten, Ausglitschen des Sinns.

Wir lesen: »UN LOT« — ein Los/eine Last/ein Waren=Posten: man weiß, Rimbaud trieb Handel zuletzt. Und wir finden hier eine Auflistung vor, die einer Rechnung nicht unähnlich ist: Aufstellungen für die Karawane, die letzte Rechnung, Aufruf der einzelnen Schicksals=Posten:
Ein Zahn allein, zwei Zähne, drei Zähne, vier Zähne, zwei Zähne. —
Man weiß, Rimbauds Karawanen transportierten Elfenbein, Stoß=Zähne der Elefanten.
Und jedes dieser Lose, es steht für sich, ebenso wie sich eins ans andere reiht, Wort=Karawane, die sich voran=bewegt, mathematische Kette, beginnend bei »UNE DENT SEULE« und endend bei »DEUX DENTS«. Hier, in dieser Differenz zwischen Anfangs= und End=Glied scheint sich etwas zu eröffnen, auf der Folie einer Frage, die jeder Bilanz innewohnt:
FEHLT ETWAS? Ist etwas verloren gegangen?

Wir erinnern uns:
»Es ist offensichtlich, daß ich nicht hierhergefahren bin, um glücklich zu sein.« (29/5/1884 aus Aden, an die »Seinen«)

»Wenn mich jemand in einem Fall wie dem meinen um Rat fragte, so sagte ich ihm: So weit ist es schon mit Ihnen gekommen! Aber lassen Sie sich ja nicht amputieren! Lassen Sie sich ZERMETZELN, ZERREISSEN, IN STÜCKE HACKEN, aber dulden Sie nicht, daß man Sie amputiert!
Wenn der Tod kommt, so wird es immer noch besser sein als dieses Leben mit FEHLENDEN GLIEDERN.«
(15/7/1891 aus Marseille an seine Schwester)

Und wir sind versucht zu schreiben, ohne daß wir damit meinen, das »Fehlende« ersetzt oder auch nur thematisiert zu haben:

Ein Bein allein, zwei Beine, drei Beine, vier Beine, zwei Beine.

ANFANGS=ZUSTAND: Das, was ist — aber Weiter=Gleiten der Wunsch=Kette, wie ein Abzählvers: zwei Beine, das ist normal; drei Beine, das ist mehr als normal; vier Beine: glückliches Tier; und rückspringend dorthin, wo es einmal war und auch noch sein könnte: zwei Beine — einfache mathematische Operation, um die medizinische kaltzustellen, Herausdrängen der LÜCKE, Trick des Wunsches, der nicht STEHEN bleiben kann.

(»Change nos lots, crible les fléaux«...)

»So, Herr Direktor der Übersee=Menschen=Massen=Botschaften=Beförderung!

Gibt es noch irgendwelche Unklarheiten zwischen uns, ich meine, geht etwas von mir auf Ihr Konto, oder habe ich etwas auf Ihrem Konto stehen lassen, wenn nicht: ich möchte heute noch diesen Dienst, diesen Linien=Dienst, aufkündigen, heute noch möchte ich von dieser Linie abspringen, deren Namen ich nicht einmal kenne, aber es möchte in jedem Fall der Linien=Dienst End=Bahnhof (A-fin-ar) sein. All die Linien=Dienste laufen dort zusammen, sind dort überall, nur ICH, ohnmächtig, unglücklich, ich kann nichts finden, das kann Ihnen der erste best=prämierteste Hund auf der Straße flüstern.

Schicken Sie mir doch die Preisliste der Linien=Dienste von End=Bahnhof bis Suez. Ich bin vollständig gelähmt: deswegen wünsche ich zu früher/glücklicher Stunde an Bord zu kommen, an den Rand zu gelangen. Sagen Sie mir, zu welcher Stunde ich an Bord geschafft werden muß. Zu Rande komme.«

Ich will weg von all diesen Diensten, aber ich kann nicht mehr. Helfen Sie mir hoch, Herr Direktor, verehrter Meister BANVILLE, sprechen Sie nicht den Bann über mich: »Helfen Sie mir ein wenig hoch: ich bin jung: reichen Sie mir die Hand«. (14/5/1870)

PRINCE, das ist ein Zauberwort. Am höchsten Punkt, da scheint die Hierarchie überwindbar. Weg von diesen Kategorien, dem Schlamm von Besserwisserei und Intrigen, weg von diesen Unannehmlichkeiten, Flucht aus der Klaue des Geizes, unangreifbar sein und denen nahe sein, die es sind. Dem königlichen Prinzen ein Gedicht geschenkt, mit 14. Ein Schimmer von Souveränität. Wie es so schön heißt: nach dem HÖHEREN streben: PRINZIPUS Rimbaud, Klassenbester — das war nicht aus Ehrgeiz, sondern UM FREI ZU SEIN.

VERS LATINS.

1er Prix. Rimbaud, Arthur, 4.
2e Prix. Dupont, Charles, 2.
1er Acc. Henry, Léon, 3.
2e Acc. Denis, Anguste, 3.
3e Acc. Godefroy, Félix, 3.
4e Acc. Jeanjot, Evrard, 2.
5e Acc. Billuart, Léon, de Fumay.

Concours Académique.

1er Prix. Rimbaud, Jean-Nicolas-Arthur, de Charleville.
8e Acc. Jeanjot, Evrard, de Sedan.

VERSION LATINE.

1er Prix. Rimbaud, Arthur, 5.
2e Prix. Poncelet, Léon, de Nohan.
1er Acc. Godefroy, Félix, 4.
2e Acc. Denis, Auguste, 4.
3e Acc. Delahaut, Jules, de Montcy-N.-Dame.
4e Acc. Labouverie, Emile, 2.
5e Acc. Larue, Paul, 2.

VERSION GRECQUE.

1er Prix. Rimbaud, Arthur, 6.
2e Prix. Labouverie, Emile, 3.
1er Acc. Godefroy, Félix, 5.
2e Acc. Larue, Paul, 3.
3e Acc. Henry, Léon, 4.
4e Acc. Delahaut, Jules, 2.
5e Acc. Dupont, Charles, 3.

Concours Académique.

2e Acc. Labouverie, Emile-Gustave, de Charleville.
3e Acc. Rimbaud, Jean-Nicolas-Arthur, de Charleville.
7e Acc. Dupont, Charles-Joseph, de Revin.

HISTOIRE ET GÉOGRAPHIE.

1er Prix. Rimbaud, Arthur, 7.
2e Prix. Lassaux, Pierre, de Thin-le-Moutier.
1er Acc. Denis, Auguste, 6.

Ich träumte von KIMMERIEN, dem Land der Gipfel, dem unser Schlummer entstammt. IZAMBART, der Lehrer, er erschloß mir die Welt der Dichter. Ich wollte zu ihnen gehören, in ihrem PARNASS sitzen. Ich schrieb ihnen, die ich bewunderte, BAN=VILLE, der mich nicht erkannte, VERLAINE, diese spröde Glas=Wolle, der mich erkannte und aufnahm. Rue Monsieur-le-Prince, Paris. Ich fiel den Männern in die Hände, man reichte mich in den Salons herum. Bis man merkte, was für ein MIST=STÜCK ich war.

Und ich selbst verbrauchte Koryphäen, ich war der Beste. Später konnte ich mir die Bedingungen nicht mehr aussuchen. Wie ich sie haßte, diese Chefs: Bardey, Cesar Tian. Aber ich setzte auf sie und sie setzten auf mich, sie erkannten meine Leidenschaft, die in allen Dingen ist, die ich anpacke. »Ein guter Arbeiter, dieser Rimbaud, nur ein wenig zynisch und überheblich, aber ein guter Arbeiter.«
In ZYPERN (Cypre=supre) leitete ich die Arbeiten in einem Steinbruch (carrière), Felsen werden gesprengt. Später habe ich dort den Sommersitz des englischen Gouverneurs erbaut, auf dem höchsten Berg der Insel, dem Mt. TROODOS.

»Ich habe meine Stellung in Aden nach einer hitzigen Debatte mit diesen verdammten LÜMMELN aufgegeben, die drauf und dran waren, mich für alle Zeiten zu ihrem ZOMBIE zu machen. Ich habe diesen Leuten sehr viel DIENSTE geleistet; und sie bildeten sich ein, daß ich ihnen zu Gefallen mein ganzes Leben hier mit ihnen verbringen würde; aber ich habe sie zum TEUFEL gejagt mit ihren ABSCHÖPFUNGEN und ihrem Handel und ihrem grauenhaften Haus und ihrer verlausten Stadt! (...) Sie haben mir ausgezeichnete ZEUGNISSE für die fünf Jahre ausgestellt.« (22/10/85, aus Aden)

Man wird mich in den Extremen zu suchen haben, taumelnd von Kap zu Kap. CHARleville, Stadt an der GRENZE; wird es unerträglich, erfolgen Überschreitungen, erste Stromereien nach Belgien, Schmuggler=Geschichten, geheimes Versteck an der Meuse, ich will nur weg von hier, Einschluß in Roche, in der ländlichen Einfalt, Ruhe und Taumel, Stürmen über den Globus, immer weiter, die Freunde bleiben zurück; allein, Verschwinden beinah in einer fremden exotischen Welt, glänzende Schätze und Haut, versickernd im Sand der Wüsten, diese Wüste, das war — — — — zu Haus, die Wüste aus GEIZ, zähneknirschender Mangel. Und Madame Rimbaud (Vitalie!), dessen gefügiger Verwalter: kurze Leine des Geldes, allein Beichtstühle lohnen den finanziellen Aufwand. Pfui, ihr PFUINANZEN! Ich mache mich auf die Socken: Anheuern bei der FREMDEN=Legion, schwimm mit dem »Prins von Oranje«, günstige Gelegenheit, nach Java zu kommen, Durchbrennen mit dem gesamten SOLD, Flucht durch den Dschungel. Auf ein neues Schiff! »Wandering Chief«, um das »Kap der Guten Hoffnung« herum, dort tobte ein Orkan. Laßt die Zügel schießen, ihr Sodomiten und Pharisäer! Der Wagen trägt zurück nach CHARleville.

Da ist immer etwas, das wegtreibt, und etwas, das fest=hält.

Strömen in ein Feld, das Reichtum verheißt, Abenteuer. ANGESICHTS der geizigen Enge zu Hause.
Wo es auch der Vater nicht aushielt: er stürzte sich in den Strudel kriegerischer Ereignisse und löste sich schließlich auf in einer National=Grammatik und einer Übersetzung des Koran. VATER, MUTTER, es stehen hier keine PERSONEN zur Debatte, LEIBHAFTIGKEITEN; das sind Felder, Felder, die sich gegenseitig setzen, GESETZT sind, sich gegenseitig ausschließend, und so in dem, der diesem aus=gesetzt ist, einen tiefen RISS hinterlassen.

Die eine Stimme flüstert: »Geld, Sicherheit, Ruhe!«
Die andere: »Gold und Abenteuer!«

Und was die eine zu HABEN vorgibt, ohne es je gestreift zu haben, verspricht die andere, daß es gefunden wird, ohne daß sie je daraufstoßen könnte. In beiden wird nur die GLEICHE Leere umkreist und wird der GLEICHE SCHLUND aufgetan, ohne daß er je durchstoßen werden könnte. Eine teuflische Maschine, die KRIEG einschleppt, Krieg in den Körper dessen, der das System nicht abschütteln kann. Die Bälle werden angenommen:

— — — Ja, ich will mir 30 000 Francs zusammenkratzen, damit ich vor meinem Tod wenigstens noch einmal zur Ruhe kommen kann, ich brauche eine RÜCKLAGE, wenn ich nach Frankreich zurückwill. Und ich will nach Frankreich zurück, zu EUCH, ich will heiraten, will einen Sohn haben, er soll In=GENIE=ur werden und alles Wissen dieser Welt in sich vereinen. Sicher will ich das.
NUR sind mir hier Hände und Füße gebunden, ich habe meine Beziehungen geknüpft, hier kennt man mich, hier finde ich immer Arbeit, wie soll ich mich herauswinden, hier aus diesen Ketten, Karawanen und Waren, den Stoffen, Gold, Elfenbein, Muskat, den Waffen.

Ich sitze hier in diesem Mist=Loch und verschmore bei lebendigem Leib, hier unter diesen Negern, hier verkomme ich, ich drohe zu verschwinden wie ein Staubkorn in der Wüste, ich will zurück nach Frankreich. Aber SELBST WENN ICH WOLLTE, könnte ich nicht mehr, das kalte Klima würde mich umwerfen. Ich bin verurteilt, HIER zu leben, die Bezahlung ist gut, das Klima ist erträglich. ES IST HIER SO HEISS, DASS MAN SICH WIE IN EINEM BACKOFEN VORKOMMT, miserabel ist es hier, ich komme hier gänzlich auf den Hund. Und wenn ich klage, so ist das nur eine Art ZU SINGEN.

Und kühner: Ich will weg von hier, man sähe mich nicht zwei Monate am selben FLECK, wenn ich nicht gezwungen wäre, mir in dieser Hölle meinen Lebens=Unterhalt zu verdienen. Schick mir bitte Geld für Bücher, Mutter. Das Foto von mir schicke ich Euch nicht, das kostete zuviel Porto. Ich will weg von hier. Ich will dorthin, wo mich keiner kennt, ich will die Flüsse erkunden, ins UNBEKANNTE reisen. Aber nach Frankreich zurück komme ich nie. Da könnte ich GENAUSOGUT STERBEN. Ich hasse diese KÄLTE dort. Ich will nach SANSIBAR, PANAMA, CHINA, INDIEN. Ich bin WEG von Euch, gerade so weit weg, wie es NÖTIG ist. Und ich werde nie, nie zur Ruhe kommen.

Ich werde eine Karawane ausrüsten...

Weg vom F=LECK, die Karawane, sie bewegt sich, winzige Punkte unter einem flirrenden Himmel, fast droht sie zu VERSCHWINDEN, verweht zu werden im Sand=Sturm, HANDEL, nichts steht stille, die Tages=Märsche. 11 Karawanen unter CESAR TIAN. Und das große Abenteuer: die Waffen=Karawane für König MENELIK, er beschiß mich grandios. DOCH: auch hier muß ich warten, stille stehn, ich muß ihn abpassen, den König, ich werde zappelig, er beschlagnahmt die ganzen Gewehre und schlägt einen Spottpreis heraus.

ABER es kommt mir gar nicht auf das Geld an: endlich wird es flüssiger, die Landschaft legt ihre Hand auf meine Schulter. Ich nehme finanzielle Verluste in Kauf, den kreischenden Gläubigern meines verstorbenen Kompagnons stopfe ich das Maul mit Geld. Daran liegt mir nichts. Ich verstehe mit den Menschen hier zu leben: Handel, das ist eine Art von BERÜHRUNG, oberflächlich, aber unendlich intensiv, und tief.

»Aber ANDERERSEITS möchte ich nicht im Elend herum VAG=abundieren. Ich hätte gern ein paar tausend Franc als Rücklage, um so das Jahr in zwei oder drei verschiedenen Ländern verbringen zu können, in bescheidenem Stil (...)
Letztlich ist es am wahrscheinlichsten, daß man eher hinkommt, wo man nicht hinwill, und ganz anders lebt und stirbt als man es jemals wollte, OHNE HOFFNUNG AUF IRGENDEINE ART VON AUSGLEICH.« (15/1/85, Aden)

Jetzt liege ich hier, »Hopital de la Conception«, schöne Empfängnis, Schattenmund erkundigt sich nach meinem Kontostand. Völlige Auszehrung. Alles in der Schatulle verwahrt. Oder in GRUND und BODEN angelegt. Im Geld, da bissen wir uns fest, Heller und Pfennig haben wir uns um die Ohren geschlagen. Das ist die Liebe, die aus Blech ist. GOLD heißt die Verheißung.
Diese 30 000 Francs in meinem Gürtel, diese LAST, die hat mir den Tod ins Bein gehext. Dieses elende Heiraten und Ruhe=Haben, ich habe mich geschunden, ich habe graue Haare bekommen.
Und was habe ich Euch mein Elend ausgemalt, meine Rache. Jetzt HAT ES seine Ruhe.

Zwei Briefe, beide datiert auf den 20. Februar 1891:
das Aufflackern der ökonomisch=körperlichen Krise.

RIMBAUD AN SEINE MUTTER

Meine liebe Mutter!
Dein Brief vom 5. Januar kam wohlbehalten an.
Wie ich sehe, läuft bei Euch ja alles glatt, abgesehen von der Kälte, die, wie ich den Zeitungen entnehme, sich in ganz Europa breitmacht.
Mir geht es augenblicklich schlecht. Ich habe da am rechten Bein Krampf=Adern, die mir viel Kummer bereiten. So etwas handelt man sich in diesen tristen Gegenden ein! Und Rheuma macht

diese Krampf=Adern noch beschwerlicher. Obwohl es hier nicht sonderlich kalt ist, so wird doch das alles durch das Klima verursacht. Ich habe bis gestern 15 Nächte lang keine Minute ein Auge zugetan, weil mich dieses verfluchte Bein so geschmerzt hat. Ich sollte mich wohl aufmachen, die große Hitze in Aden täte mir sicherlich gut, aber man schuldet mir noch viel Geld und ich kann mich nicht aufmachen, sonst verlöre ich es. Ich habe in Aden nach einem Krampf=Adern=Strumpf fragen lassen, aber ich bezweifle, daß es dort so etwas gibt.
Tu mir also bitte den Gefallen: kauf mir einen Krampf=Adern=Strumpf, für ein langes, dürres Bein (die Schuhgröße ist 41). Der Strumpf muß übers Knie reichen, denn eine Krampf=Ader ist noch über der Knie=Kehle. Die Krampf=Adern=Strümpfe sind aus Baumwolle oder aus Seide mit Gummifäden durchwirkt, die den aufgequollenen Venen Halt geben. Die seidenen sind am besten, am haltbarsten. Das wird auch nicht allzu teuer, glaube ich. Ich werde es Dir auch zurückzahlen.
Ich warte darauf und halte das Bein solang in Bandagen. Gut verpackt an die Postadresse von Herrn Tian in Aden schicken, durch den sie mir dann so bald wie möglich zukommen.
Diese Krampf=Adern=Strümpfe gibt es vielleicht in Vouziers. Auf jeden Fall kann der Hausarzt einen von gleichwo herbestellen.
Dieses Gebrechen habe ich zu exzessiven Ausritten und mühseligen Märschen zu verdanken. Denn dieses Land ist ein wahres Labyrinth steil abfallender Berg=Blöcke, die nicht mehr zu Pferd passierbar sind. An Straßen oder selbst Wege ist gar nicht zu denken.
Die Krampf=Adern sind keine Gefahr für meine Gesundheit, doch verbieten sie mir jede stärkere Anstrengung. Es ist einfach zu blöd, diese Krampf=Adern platzen auf, wenn man keinen entsprechenden Strumpf trägt; und dann verträgt auch ein empfindlicher Fuß nicht so ohne weiteres diesen Strumpf, vor allem Nachts. Ebenfalls in diesem verfluchten rechten Bein ist noch ein rheumatischer Schmerz, der mich quält und mir die Nacht stiehlt!

Man muß sich vorstellen, daß es zu dieser Jahreszeit — unser Winter — nie weniger als 10 Grad über Null werden (nie unter Null). Doch herrschen trockne Winde vor, die den Weißen ganz besonders abträglich sind. Selbst junge Europäer zwischen 25 und 30 sind vom Rheuma geplagt, sobald sie sich zwei oder drei Jahre hier aufhalten!
Die schlechte Nahrung, das ungesunde Wohnen, die zu legere

Kleidung, die ganzen Sorgen, die Langeweile, der ständige KOLLER inmitten dieser tierisch dummen Neger schlägt einem doch so nach und nach ganz schön auf Moral und Gesundheit. Ein Jahr hier ist soviel wie fünf anderswo. Man altert hier sehr schnell, wie überall im Sudan.
Gib mir in Deinem Brief genausten Aufschluß über meine Lage bezüglich des Militär=Dienstes. Muß ich noch Dienst leisten? Kläre die Sache und gib mir Antwort.

RIMBAUD

RIMBAUD AN ILG (Geschäfts=Partner)

Mein lieber Herr Ilg.
Ich habe Ihren Brief von Herrn Teillard erhalten.
Ich habe Herrn Teillard eine Summe von 600 Talern abgezahlt, um alle Verbindlichkeiten zwischen mir und den Herren Chefneux und Deschamps zu begleichen; und Herr Teillard läßt Herrn Chefneux durch einen Kurier bestellen, daß die Einziehung meiner Waren aufgehoben ist. Noch einmal: Schlagen Sie diese Waren so schnell wie möglich um. Dieses vermurkste Kommissions=Geschäft bindet mich an diesen Ort, wo ich in dem Arbeitsstil, zu dem ich gezwungen bin, keinen Pappenstil gewinnen kann.

Also liquidieren, liquidieren!

Der Ras Makonnen hat mir auf den Teufel nicht diese 296 Taler Zoll für Ihre 17 Ladungen Elfenbein erstattet. Er wird wohl Ihre Äußerung nicht verstanden haben! Mich hat er gar nie daraufhin angesprochen! Wie können Sie glauben, daß ich Ihnen das nicht unterbreiten werde! Was die Preisschwankungen beim Kaffee angeht, ich habe nichts mehr zurückzuerstatten! Und was den Tauschverlust (15 Taler) bei den letzten 500 Talern angeht: was soll ich Ihrer Meinung nach tun, wenn die Abessinier augenblicklich für den Taler 11 Piaster zahlen? Kommen Sie doch hierher und machen Sie sich ein Bild von der Lage.
Glauben Sie ja nicht, ich würde Ihre 941 Taler bankerott gehen lassen. Sie liegen immer noch fein säuberlich in der Kasse. Zu einer anderen Zeit verkaufte ich Ihnen Kaffee. Aber augenblicklich ist er teurer als in Aden; für mich persönlich kaufe ich nicht ein und Ihnen will ich keine Verluste einhandeln.
Sobald *(... Papier zerrissen)* günstig sind, kaufe ich, exportiere und verkaufe für Sie in Aden.
Dieses Kommissions=Geschäft mit Ihnen ist ein einziger Verlust.
100 Taler ohne Grund an die ehemaligen Negersklaven von Lebatut.
600 Taler Einbuße beim Gold für Zimmermann, die Unkosten,

die Sie mir in Aussicht stellen und ein anderer abschließender Verlust bei der Liquidation von Rest=Posten.
Sie haben mich da hübsch in die Klemme geritten!
Ich danke für diese Kommission in Schoa!
Das muß aufhören! Verscherbeln Sie alles, was übrigbleibt. Versuchen Sie mich nicht damit zu foppen, daß Sie diese Waren unverkauft in Schoa zurücklassen!
Das wäre ein sauberer Streich!
Vor allem höre ich hier nur noch Geschichten von Beschlagnahmungen etc. von Sachen, die mich nicht mehr kratzen! Da könnte man den Koller kriegen!
Wenn Sie Ihre 941 Taler in klingender Münze sehen wollen, so können Sie sie doch hier suchen lassen.
Schließlich rechnen wir damit, daß bei Ihrem Eintreffen hier der Laden sowieso dicht ist.

Freundliche Grüße

RIMBAUD

Hören Sie, ich kenne nicht einmal den Namen dieses Dienstes hier, wie bin ich in dieses große weiße Schiff hier gelangt? Wer hat mir mein Bein geraubt? Ich bin VERARSCHT worden: ein KUNST=Bein, das nicht einmal paßt: nichts als Schmerzen. Ich muß raus hier, dorthin, wo alle Linien zusammenfinden. Ich muß weg von hier, auf diesem nebligen Grund und Boden will ich nicht völlig hinüberdämmern und völlig aus dem Leim gehen, hören Sie, Herr Direktor, geben Sie mir eine Chance, wechseln Sie die Linien einfach aus, wir bilden Ketten und gleiten daran entlang: SUEZ, PANAMA, SANSIBAR, ZYPERN, ADEN, BREMEN, STOCKHOLM, LONDON, MAILAND, CHARLEVILLE — APHINAR, End=Bahnhof. Hören Sie, Herr Direktor, Herr Botschafter, wir müssen bemüht sein, Stauungen zu vermeiden, Vorwärts=Drang, Karawanen brechen auf, aber: »Les arrêts de la vie.« —
(Auf einer Trage, tragische Versöhnung von Bewegung und Ruhe, erreicht Rimbaud den Ort WARAMBOT. »Va, Rimbaud!« sagt es.)

Ich liege hier im Hospital der Empfängnis.
Hol mich raus hier, Vater, ich folge dir auf allen Fahrten. Ich komme schon über den Berg. Wir werden schon über die Schwelle gelangen.

...»Aber die größte HELDENTAT war, wie vorauszusehen, die Überquerung des GOTT=HARD, die man zu dieser Jahreszeit im Wagen nicht mehr schafft; und so ließ ich es auch mit dem Wagen bleiben.

teufelsbrücke, nach einem gemälde der romantik

In ALTDORF, am Südende des Vierwaldstätter Sees, den man im Dampfer entlangfährt, beginnt die GOTT=HARD=STRASSE. In AMSTEG, 15 km hinter Altdorf, kommt die Straße ins Kraxeln und beginnt typisch älpischen Charakter anzunehmen. Keine Täler mehr, alle zehn MeterBORD=STEINE, dahinter Abgründe, vor denen man steht wie ein RIESE!
Bevor man ANDERMATT erreicht, passiert man eine wahrhaft schaurige Stelle, die TEUFELS=BRÜCKE heißt, doch weniger schön als die VIA MALA von SPLÜGEN, die ihr als Stich habt.

In GÖSCHENEN, ein Dorf, das sich durch den Zustrom von Arbeitern hochgemausert hat, sieht man tief unten in der Schlucht den Eingang des berühmten Tunnels, die Bauhütten und Kantinen dieses Unternehmens. Übrigens, so ganz und gar wild dieses Land aussieht, es wird stark umgestaltet und drängt auch zum Wandel. Wenn man auch keine Dampf=Maschinen im Tal sieht, so hört man es doch von irgendwo und überall von den Höhen her SÄGEN und werkeln. Es liegt auf der Hand, daß die industrielle Tätigkeit dieses Landes sich am ehesten am Holz=einschlag ablesen läßt. Es gibt viele Bergwerke. Die Wirte bieten mehr oder weniger ausgefallene Mineralien=Fundstücke feil, die sich der Teufel grad oben auf den Berggipfeln eingehandelt hat, um sie in der Stadt wieder zu verkaufen; wie es heißt.
Dann beginnt bei HOSPITAL, glaube ich, der eigentliche Aufstieg: zuerst ein regelrechter Steil=Gang, dann Quer=Stiegen, flaches Gelände oder auch einfach die Fahrstraße. Denn man kann sich wohl vorstellen, daß man dieser nicht die ganze Zeit über folgen kann, wenn sie sich in vorsichtigen Schlangen=Linien hochgräbt; das kostete zuviel Zeit. Obwohl: bis zum Gipfel sind auf jeder Seite nur 4900 an Steigung zu bewältigen, sogar weniger als 4900, wenn man die Höhe des umliegenden Landes berücksichtigt. Man steigt nicht geradewegs zum Gipfel auf, man folgt den gängigen, wenn nicht sogar ausgetretenen Steig=tritten. Leute, die nicht bewandert sind im Schauspiel der Berge, lernen so, daß ein Gebirge zwar durchaus Gipfel hat, aber daß ein Gipfel noch lang kein Gebirge ist. So hat der Gipfel des GOTT=HARD eine mehrere Kilometer breite OBER=FLÄCHE.
An der rechten Seite der Straße türmt sich die ganze Zeit über ein SCHNEE=BRETT von fast zwei Meter Höhe auf, das alle Naslang einen ein Meter hohen Schnee=Riegel quer über die Straße schiebt; dort muß man sich in einem grauenhaften Graupel=Sturm durchbeißen. Da! Kein einziger Schatten mehr um einen herum, obwohl wir doch von UNGEHEUREN Dingen umstellt sind; keine Straße mehr, keine Steil=wände, keine Schluchten, kein Himmel: nichts als WEISS kann man vermuten, berühren, sehen oder nicht sehen, denn unmöglich die Augen von diesem weißen Stumpfsinn abzuwenden, den man für die Mitte des Weges hält. Unmöglich, die Nase in einen derart schneidenden NORD=OST=Wind zu recken, daß Wimpern und Schnurrbart Eis=Zapfen ansetzen, das Ohr rissig wird, der Hals aufgedunsen. Ohne den Schatten, der man selbst ist und ohne die Telegraphen=Stangen, die der mut=maßlichen Straße folgen, wäre man so am Flattern wie ein Spatz im Backofen.
Das geht über einen Kilometer so, daß man sich durch Wehen von

mehr als einem Meter Höhe durchbeißen muß. Für längere Zeit verschwinden die Knie ganz im Schnee. Das macht Dampf! Vorwärtskeuchend, wenn wir nicht aufpassen, sind wir in einer halben Stunde vom Schnee völlig eingeweht, so muntern wir uns durch lautes Zurufen auf (denn man macht den Aufstieg niemals allein, sondern in Gruppen).
Endlich ein Straßenwärter=Häuschen: man blecht 1,50 für eine Schale salzigen Wassers. Weiter! Doch der Wind tobt noch stärker und die Straße wird sichtlich zugedeckt. Dann ein Schlitten=Treck, ein gestürztes Pferd, zur Hälfte eingesunken. Und die Straße verschwindet ganz. Auf welcher Seite standen noch die Telegraphen=Masten? (Sie gibt es nur auf einer Seite.) Man stapft umher, bis zum Brustkorb, bis unter die Arme sackt man ein... Da: ein schwacher Schatten hinter einem Berg=Ein=schnitt: das ist das Gotthard=HOSPIZ, Stätte der Einkehr und Rast, ein klobiger Bau aus Tannenholz und Steinen; ein Glocken=Türmchen. Auf ein Läuten wird man von einem scheel=gesichtigen jungen Mann in Empfang genommen; man geht in einen niedrigen, schmuddeligen Saal hinab, wo einem Brot, Käse, Suppe und Schnaps aufgetischt wird, wie es einem zusteht. Da sind die schönen großen gelben Hunde zu sehen, die allenthalben bekannt sind. Bald trudeln halb erfroren die Nachzügler des Gebirgs=Marsches ein. Am Abend sind wir so etwa dreißig, die nach der Suppe auf harte Stroh=Säcke und unter unzu=längliche Decken verteilt werden. Nachts hört man die Wirte in hochheiligen Tönen ihr Vergnügen darüber hinaus=PRUSTEN, daß sie die Regierungen, die ihre Bruch=Bude subventionieren, wieder um einen weiteren Tag bestohlen haben.
Morgens, nach Brot und Schnaps, frischgestärkt durch die kostenlose Gast=Freundschaft, die man, wenn einem der Schnee=Sturm beisteht, endlos ausdehnen kann, bricht man auf: heute morgen scheint die Sonne, das Gebirge ist wunderbar: kein Wind mehr, es geht nur noch abwärts, über Quer=Rinnen und Fels=Stürze, so daß man kilometerweise nur so herunterpurzelt, um bald in AIROLO anzukommen, auf der anderen Seite des Tunnels, wo die Straße wieder ihren älpischen Charakter annimmt, in Serpentinen, vollgeschlammt, aber abwärts führend. Das ist nun das TESSIN.
Hinter dem GOTT=HARD ist die Strecke noch mehr als 30 km unter·Schnee. Erst nach 30 km, in GIORNICO, verbreitert sich das Tal ein wenig. Einige Wein=Lauben und einige Gras=Ecken, die man sorgfältig mit Blättern und Tannen=Bruch gedüngt hat, der einmal als Streu gedient haben muß. Auf der Straße ziehen Ziegen, graue Ochsen und Kühe, schwarze Schweine vorbei. In

BELLIZONA gibt es einen Markt für dieses Viehzeug. In LUGANO, zwanzig Meilen vom GOTT=HARD weg, steigt man in den Zug und kommt vom lieblichen LUGANER SEE zum lieblichen COMER SEE. Danach ist die Strecke bekannt.«

(17/11/1878, aus Genua an die »Seinen«)

Ich habe Städte gesehn, Landschaften, noch nie von eines Weißen Fuß betreten, so OGADEN, Land der Nomaden.

»Hier nun der Bericht darüber, welche Erkundigungen wir bei unserer ersten Expedition nach OGADEN eingezogen haben. Ogaden ist der Name eines Zusammen=Schlusses somalischer Stämme mit gemeinsamem Blut und Lebens=Raum, der sich auf den Land=Karten durchgängig im Norden, im Süden und Osten von den Somali=Stämmen der HABR-GERHADSCHIS, DOLBOHANTES, MADJERTINS, und HAWIJAS begrenzt findet. Im Westen grenzt Ogaden an die GALLA, Hirtenvolk von ENNIA, bis zum WABI, ein Fluß, der dann im weiteren die Haupt=Stämme der OROMO und ORUSSI abtrennt.

Es gibt zwei Wege von HARAR nach Ogaden: der eine vom Osten der Stadt in Richtung BURSUK, über den WAR-ALI, südlich des Berges KONDUDU, wobei drei Rast=Stätten bis zur Grenze Ogadens vorgesehen sind.

Das ist der Weg, den unser Agent, Herr Sotiro, eingeschlagen hat; und die Entfernung von Harar bis zu der Stelle, wo er festgehalten wurde, in RERE-HERSI, entspricht genau der Entfernung von Harar nach BIOCABUBA auf der Straße von ZEILA. Diese Route ist die weniger gefährliche und sie hat Wasser. Die andere Route strebt süd=östlich von Harar weg, über die Furt des Flusses HERER, den Marktflecken BABILI, durch WARA-HEBAN und schließlich durch das Gebiet der HAWIJA, räuberischer Somali-Gallas.

Der Name HAWIJA scheint speziell die Stämme zu bezeichnen, in denen Gallas und Somalis vermischt sind und es gibt davon eine Splitter=Gruppe im Nord=Osten, unterhalb des Plateaus von Harar, eine weitere südlich von Harar auf der Straße nach Ogaden, und eine dritte, ansehnliche, im Süd=Osten von Ogaden, zur SAHEL=ZONE hin. Diese drei Splitter=Gruppen sind also völlig abgeschnitten voneinander und wohl auch ohne verwandtschaftliche Bande.

Wie alle somalischen Stämme der Um=Gegend sind die Ogaden noch ganz und gar Nomaden und ihr Lebens=Raum läßt Straßen oder Märkte gänzlich vermissen. Selbst von außen her führen dort eigentlich keine Straßen heran, und die Straßen, die die Karte

verzeichnet: von Ogaden nach BERBERA, MOGADISCHU oder BRAOA dürften mehr nur den groben Verlauf der Handels=Wege anzeigen.
Ogaden ist ein Steppen=Plateau ohne Bodenwellen, vorwiegend nach Süd=Osten abfallend; es dürfte wohl kaum halb so hoch sein wie das Massiv von Harar (1800 m).
Das Klima ist dort daher etwas milder als in Harar.
Es gibt dort anscheinend zwei Regenzeiten, eine im Oktober, die andere im März. Regen fällt dann ziemlich oft, aber nicht sehr reichlich.
Die Wasserläufe Ogadens sind nicht von sonderlicher Bedeutung. Man zählt ihrer vier, alle vom Massiv von Harar herkommend: der eine, der FANFAN, entspringt im KONDUDA, durchfließt BURSUK, legt sich ellbogen=förmig durch ganz Ogaden, und ergießt sich schließlich in den WABI, an einem Punkt mit Namen FAF, auf dem halben Wege nach Mogadischu; das ist der ansehnlichste Wasserlauf Ogadens. Es gibt noch zwei andere Flüßchen, den HERER, der ebenfalls aus dem Kondudo kommt, Babili umfließt und zwei Tage=Reisen südlich von Harar, in der Ennia, den GOBILI und den MOYO aus ALA aufnimmt und sich dann in Ogaden in den Wabi ergießt, in der Gegend von NAKOB; und der DOKHTA, der seinen Ursprung im WARRAN HEBAN (Babili) hat und zum Wabi herabfließt, vermutlich in Richtung Herer. Die starken Regen=Fälle des Harar=Massivs und des Bursuk dürften im oberen Ogaden vorübergehende Sturz=Bäche und leichtere Überschwemmungen auslösen, deren Auftreten die GUM=Hirten herbeizieht. Zu Zeiten der Dürre gibt es hingegen eine allgemeine Kehrt=Wendung der Stämme zum Wabi hin.
Der Grund=Charakter Ogadens ist der einer Steppe mit hohem Graswuchs und steinigen Ein=Sprengseln, die Bäume dort, wenigstens in dem von unseren Reisenden erforschten Teil, gleichen denen der somalischen Wüsten: Mimosen, Gummibäume usw. In der Nähe des Wabi jedoch ist die Bevölkerung seßhaft und ackerbauend. Sie pflanzt übrigens fast ausschließlich DURRAH (Kaffeehirse) an und bedient sich dabei der eingeborenen Sklaven der ARUSSI und anderer Gallas von jenseits des Flusses. Eine Splitter=Gruppe des Stammes der MALINGUR im oberen Ogaden pflanzt ebenfalls wider Erwarten Durrah an; und ebenso gibt es hie und da einige Dörfer ackerbauender SCHEIKACHS.
Wie alle Hirtenvölker dieser Land=Striche, sind die Ogaden stets im Kriegszustand mit ihren Nachbarn und untereinander. Die Ogader verfügen über eine weitreichende Überlieferung ihrer Stammesgeschichte. Wir haben nur behalten, daß sie ganz ursprünglich von RERE ABDALLAH und RERE ISHAY ab-

stammen (RERE bedeutet: Nachkommen, Familie, Haus; in Galla heißt es WARRA). Rere Abdallah steht in der Nachfolge von RERE HERSI und RERE HAMMADEN, den beiden Stamm=Familien des oberen Ogaden.

Rere Ishay brachte RERE ALI und RERE ARUN hervor. Diese Rere unterteilen sich schließlich in unzählige Ableger=Familien. Alle Stämme, die Herr Sotiro besucht, sind Nachkommen der Rere Hersi und nennen sich MALINGUR, AIAL, UGHA, SEMENTAR, MAGAN.

Die verschiedenen Gruppen der Ogaden werden von Häuptlingen angeführt, den sogenannten UGHAZ. Der Ughaz der Malingur, unser Freund OMAR HUSSEIN, ist der mächtigste des oberen Ogaden und er scheint auch Einfluß auf alle Stämme zwischen den Habr-Gerhadschi und den Wabi zu haben. Sein Vater kam nach Harar zu Zeiten des RAUF PASCHA, der ihm Waffen und Kleider schenkte. Was Omar Hussein betrifft: er hat noch niemals seine Stämme verlassen, wo er als großer Krieger angesehen ist, und begnügt sich damit, die ägyptische Verwaltung von der Ferne zu respektieren.

Übrigens scheinen die Ägypter die Ogaden, wie auch alle übrigen Somalis und Dakalis fast weniger für Untertanen anzusehen als für natürliche Verbündete, da sie ja auch Muselmanen sind, und denken daher auch nicht im geringsten daran, in ihr Gebiet einzufallen.

Die Ogaden, wenigstens die, die wir gesehen haben, sind von hohem Wuchs, eher rothäutig als schwarz; sie gehen bar=häuptig und tragen die Haare kurz, sind reinlich gekleidet, tragen auf der Schulter die SIGADA, an der Hüfte den Säbel und die Kürbisflasche für die religiösen Waschungen, in der Hand Stock, langen und kurzen Speer und laufen in Sandalen.

Ihre Haupt=Beschäftigung besteht darin, mit anderen unter Bäumen zusammenzuhocken, in einigem Abstand vom Lager, und mit den Waffen in der Hand endlose Erörterungen der verschiedensten Belange des Hirtenlebens zu führen. Abgesehen von diesen Sitzungen und Ausritten zum Zweck der Wassersuche und der Ausplünderung der Nachbarn, sind sie völlig UNTÄTIG. Die Kinder und Frauen müssen sich um die Tiere kümmern, um die Herstellung des Haus=Rats, den Bau der Hütten und die Abfertigung der Karawanen. Solche Hausgeräte sind: Milch=Behälter, wie man sie von Somalia her kennt, und Kamelhaar=Decken, die über Pfähle gestülpt, kurzfristige Behausungen (GACIAS) abgeben.

Einige SCHMIEDE streifen durch die verschiedenen Stämme und verfertigen die Eisen=Spitzen der Lanzen und Dolche.
Die Ogaden kennen keine Erz=Lagerstätten in ihrem Land. Sie sind fanatische Muselmanen. Jedes Lager hat seinen IMAM, der in den vorgeschriebenen Stunden seinen Gesang abhält. WODADS (Schriftgelehrte) finden sich in jedem Stamm; sie sind in dem Koran und der arabischen Schrift bewandert und sind frei improvisierende DICHTER.

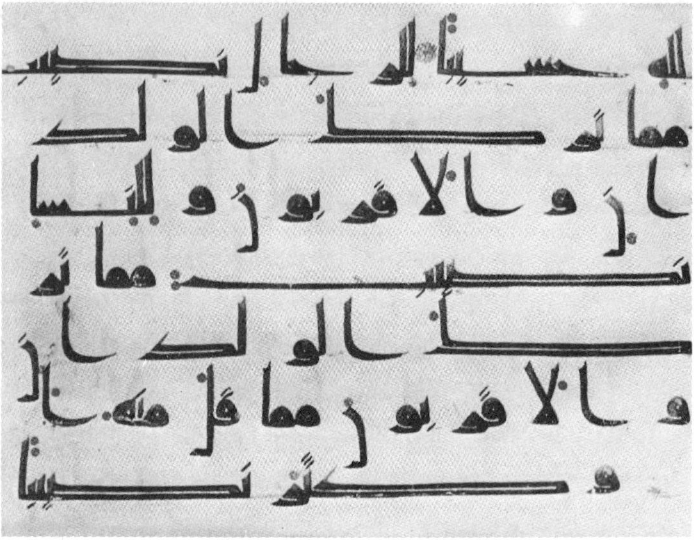

seite des koran, kufisch, 10. jahrhundert

Die Familien Ogadens sind sehr umfangreich. Der ABBAN des Herrn Sotiro zählte 60 Söhne und Enkel. Wenn die Ehefrau eines Ogaden ein Kind bekommt, enthält sich dieser solange des Verkehrs mit ihr, bis das Kind in der Lage ist, alleine zu gehen. Selbstverständlich heiratet er eine oder mehrere in der Zwischenzeit, aber immer mit den gleichen Einschränkungen.
Ihre Herden bestehn aus Buckelrindern, dünnfelligen Schafen, Ziegen, Pferden niederer Rasse, Milch=Kamelen und schließlich aus Straußen, deren Aufzucht in ganz Ogaden Brauch ist. Jedes Dorf besitzt einige Dutzend Strauße, die abseits weiden, von Kindern gehütet, die sogar in den Hütten an der Feuerstelle schlafen und, Männchen wie Weibchen, mit zusammengebundenen Beinen, in Karawanen mitziehn, im Schlepptau der Kamele, deren Größe sie fast erreichen.

Man rupft sie drei= oder viermal pro Jahr und jedesmal fallen ein halbes Pfund schwarzer Federn und etwa sechzig weiße Federn dabei ab. Die Strauße genießen große Wertschätzung von seiten ihrer Besitzer.

Wilde Strauße gibt es in großer Zahl. Der Jäger, verborgen im Balg eines Straußen=Weibchens, durchbohrt das Männchen mit Pfeilen, wenn es sich nähert.

Die abgefallenen Federn haben weniger Wert als die lebenden Federn. Die gezähmten Strauße hat man ganz jung eingefangen, da man sie sich in Gefangenschaft nicht vermehren läßt. Elefanten gibt es im Zentrum Ogadens weder sehr viele, noch fallen sie besonders groß aus. Man jagt sie jedoch am FANFAN, und ihr wahrer SAMMELPLATZ, der Ort, wo sie zum Sterben hingehn, ist das Ufer des Wabi. Dort werden sie von den DONE gejagt, einem somalischen Volk mit Galla- und Suaheli=Einmischungen, ackerbauend und seßhaft am Fluß: Sie jagen zu Fuß und benutzen dabei ihre riesigen Lanzen zum Töten. Die Ogaden jagen zu Pferd: während an die 15 Reiter das Tier von vorne und von den Seiten beschäftigen, durchhaut ein geübter Jäger mit Säbelhieben die hinteren Knie=Sehnen des Tieres.

Sie benützen ebenfalls vergiftete Pfeile. Dieses Gift, es heißt UABAI und findet in ganz Somalia Verwendung, wird aus den gestoßenen und aufgekochten Wurzeln einer Staude gewonnen. Eine kleine Probe anbei. Wie die Somalis berichten, ist der Boden um diese STaude herum immer mit Schlangenhäuten übersät, und alle Bäume in der Nähe verdörren. Dieses Gift wirkt übrigens nur sehr langsam, daher können die Eingeborenen, die von diesen Pfeilen getroffen werden (die auch im Krieg verwendet werden), sich das Fleisch an der getroffenen Stelle herausschneiden und überleben so.

Raubtiere sind ziemlich selten in Ogaden. Doch hört man die Eingeborenen bisweilen von Schlangen reden, einer gehörnten Art, deren Hauch allein schon tödlich ist. Die verbreitetsten Wildtiere sind die Gazellen, die Antilopen, die Giraffen, die Rhinozerusse, deren Haut zur Herstellung von Schilden verwendet wird. Am Wabi finden sich alle Tiere der großen Flüsse: Elefanten, Nilpferde, Krokodile usw.

Es gibt bei den Ogaden eine als niedrig angesehene Rasse von ziemlicher Verbreitung, die MITGANS (Zigeuner). Sie scheinen alle der Somali=Rasse anzugehören, deren Sprache sie sprechen. Sie heiraten nur untereinander. Sie vor allem betreiben die Jagd auf Elefanten, Strauße usw.

Sie sind über die ganzen Stämme verteilt und werden zu Kriegs-

felszeichnung aus dem oberen niltal

zeiten als Spione und Helfer herangezogen. Der Ogade ißt den Elefanten, das Kamel und den Strauß und der Mitgan ißt den Esel+Aas, was eine Sünde ist.
Die Mitgans leben bei den DAKALIS und den HAWASH, wo sie sogar recht große Siedlungen haben und als Jäger geschätzt sind.
Ein Brauch der Ogaden von politischem wie festlichem Gepräge ist die Einberufung der Stämme des gesamten Umkreises, alljährlich zum gleichen Termin.
Die Recht=Sprechung wird in den Familien von den Greisen und im allgemeinen von den Ughaz ausgeübt.
Seit Menschengedenken hat man in Ogaden keine so beträchtliche Warenmenge gesehen wie diesen Paar=Hundert=Dollar=Posten, den wir dorthin verfrachtet haben. Es ist wahr, daß das wenige, was wir dort herausholen, uns sehr teuer zu stehen kommt, da die Hälfte der Waren notgedrungen als Geschenke in die Hände unserer Führer, der ABBAS, und befreundeter Personen von allen Seiten, längs der gesamten Route, rinnt. Und der Ughaz persönlich hat von uns einige hundert Dollars in Gold-ABBAJAS erhalten, IMMAHS und Geschenke jeder Couleur, wodurch wir uns seiner Gewogenheit versichert haben: und das ist, was die Expedition an Gutem erbracht hat.
Herr Sotiro kann man wirklich für seine Umsicht und Feinfühligkeit in dieser Angelegenheit gratulieren. Während man

unsere Konkurrenten mit Schimpf und Schande verjagt, ausraubt und absticht und sie durch ihren eignen UNSTERN sogar Kriege zwischen den Stämmen ausgelöst haben, hat sich unser Bündnis mit dem Ughaz gefestigt und wir genießen Anerkennung im ganzen Rere Hersi.
Omar Hussein hat uns nach Harar geschrieben, wir sollen mit ihm und seiner GUM=Reiterei zum Wabi hinunterreiten, nur wenige Tage von unserem jetzigen Stand=Ort entfernt.
In der Tat, das ist unser Ziel. Einer von uns oder ein verbündeter Eingeborener mit Tatkraft, wird in einigen Wochen eine Tonne ELFENBEIN zusammenschaffen, die man direkt zollfrei über Berbera ausführen könnte.
Einige Habr-Awals, die mit einigen SODAS und WIHALETISCHEN TOBS auf den Schultern zum Wabi aufgebrochen waren, brachten hundert Dollar in Federn mit zurück nach BULHAR. Einige Esel, beladen mit einem Dutzend linnener Tücher haben fünfzehn FRALESCH Elfenbein erbracht.
Wir sind nun fest entschlossen, am Wabi einen POSTEN zu gründen, und dieser Posten wird etwa an einem Punkt namens EIMEH sein, ein großes ständig bewohntes Dorf auf dem ogadischen Ufer des Flusses, in acht Tagen von Harar mit der Karawane zu erreichen."

Auch hier: Flüsse, Stauungen und endlose Verzweigungen, wir werden einen Posten einrichten an einem Punkt namens EIMEH (=Aimée ?), das ist der wunde PUNKT.

— — — — Ich brauche keine Familie, ich wünsche mir jemanden, der mit mir auf die Reise geht. — — —

Karawane gleitet aus, in die Weite der Landschaft. Ansiedlungen, versprengte Menschen, Flüssig=Werden der Distanzen, die Poesie wird Wirklichkeit. Spärlich werden die Briefe an die »Seinen«, karg wird die Sprache, karg wie die Landschaft, die Kraft, sie ist ganz aus der Sprache herausgedampft, gesickert in den tätigen Umgang mit den Menschen; das ist nie der eines Krämers sondern der eines leidenschaftlich bewegten Menschen.
Die Sprache selbst, sie steht nun ganz im VERKEHR, und kann sich dadurch umso nachhaltiger entziehen, reine Präsenz entfalten, sie wird flüssig, biegsam, nichts mehr von poetischem Plunder (darin liegt auch die Differenz des Gotthard und des Ogaden=Textes: keine RIEGEL mehr, die zu durchstoßen wären).

POESIE — eine Entführung dorthin, wo noch alle Tätigkeiten miteinander verwoben sind, auf dem Boden des Worts, Worte werden zu Steinen, Markierungen in der Wüste — leere Fläche eigentlich — zu Punkten, Lichterketten, Positionen, Oasen.

Sie ziehn vorbei: Défilée des féeries.

Zu dünn war das Gefäß der Sprache für das Feuer eines Rimbaud. Poesie wollte wahr werden und geriet in die MANGEL der Ereignisse.

Noch immer geistert der Mythos herum, Rimbaud hätte in Afrika der Poesie abgeschworen. Wenn das keine Poesie ist: diese Wanderungen, diese Namen, diese wildglänzenden Namen, das sind die Tore zur Welt! Wie magnetisch ziehen sie dich an; und sie müssen rasch durchschritten werden, sonst wirst du verhext und mit Pech überschüttet.

Durch alle Namen und Land=Striche hindurch, durch alle Kräfte und alles Wissen.

Vom GENIE zum In=GENIE=ur: es folgt die Liste der

Bücher und Geräte, von Rimbaud aus dem Orient angefordert.
Album der SÄGEMASCHINEN für Forst- und Landwirtschaft
Handbuch des ZIMMERMANNS
Leitfaden für METALLVERHÜTTUNG
HYDRAULIK in Stadt und Land
DER KOMMANDANT VON DAMPFSCHIFFEN
SCHIFFBAU=KUNST
PULVER UND SALPETER
MINERALOGIE
MAURER=HANDWERK
Hersteller von SCHNELL=BOHRMASCHINEN gesucht
Abhandlung über ARTESISCHE BRUNNEN
Bücher über METALLBAU, TEXTILFASERN
Illustrierter Katalog der LANDMASCHINEN
Handbuch des WAGNERS
Handbuch des LOHGERBERS
Der PERFEKTE SCHLOSSER
BERGBAU
Handbuch des GLASMACHERS
des ZIEGELBRENNERS, TÖPFERS
des STEINGUT=FABRIKANTEN
des GIESSERS sämtlicher Metalle
der KERZENHERSTELLUNG
Leitfaden des BÜCHSENMACHERS
GESAMTKATALOG des POLYTECHNIKUMS in Paris
Hersteller von TAUCHGERÄTEN gesucht
Handbuch der TELEGRAPHIE
Der kleine TISCHLER
Der ANSTREICHER AM BAU
Bestellung eines FOTO=APPARATS und Material zum AUSSTOPFEN VON TIEREN
Theoretisches und praktisches Handbuch des FORSCHUNGS=REISENDEN
Vollständiges Lehrbuch des Herstellers von
PRÄZISIONSINSTRUMENTEN
METALLBAUTEN
Ein halbes Pfund Samen von
BETTERAVE SACCHARIFERE (Zuckerrüben)

Englisches Wörterbuch des
MILITÄR= UND ZIVIL=INGENIEUR=WESENS
Wörterbuch des ARABISCHEN
Aus den arabischen Papieren des Vaters werden verlangt:
SCHERZE, WORTSPIELE in arabisch,
eine Sammlung von Dialogen und Liedern
BAUTEN AM MEER
Einen REISE=THEODOLITEN, einen SEXTANTEN,
KOMPASS, ANEROID=TASCHEN=BAROMETER
FELDMESSER=SCHNUR aus Hanf
Mathematische Arbeitsgeräte: LINEAL, WINKEL-
MESSER, TEILUNGS=ZIRKEL, VISIERINSTRUMENT,
DEZIMETER, REISSFEDER
TOPOGRAPHIE, GEODÄSIE
TRIGONOMETRIE
MINERALOGIE
HYDROGRAPHIE
METEOROLOGIE
INDUSTRIELLE CHEMIE
Leitfaden für reisende PRÄPARATOREN
Der HIMMEL
Jahrbuch des Schiffahrtamtes
FERNROHR
Spezialwaffe für die ELEFANTENJAGD gesucht
Karte von Abessinien und Harar
Komplettes Lehrbuch des EISENBAHN=WESENS
MECHANIK
ABWICKLUNG VON ARBEITEN
HYDRAULIK
Abstecken von KURVEN
Leitfaden der angewandten ASTRONOMIE
Praktisches Handbuch für SCHIENENLEGER
Kosten von ERDARBEITEN
TUNNEL= und UNTERIRDISCHE BAUTEN
SOMALI=SPRACHLEHRE
Französische Übersetzung des KORAN
Wörterbuch der SCHIFFAHRT und des HANDELS
Wörterbuch der AMHARA=SPRACHE

so hoch hat er auch wieder nicht hinausgewollt:
rimbaud-denkmal 1907 in charleville

In Paris hatten sie mich abgeschrieben, zur Leiche erklärt, damit sie mich umso besser auf den Genie=Sockel heben konnten, zum OberPOPEN einer ihrer lächerlichen literarischen Zirkel: ich passe nicht in diese Weihrauch=Boudoirs, diese stinkenden Territorien und Raubtierkäfige. Schon als ich dort war, in Paris, habe ich diese faule Blase zum Platzen gebracht. Einer dieser ehrenwerten Dichter konnte es nicht ertragen, daß ich ihm auf einem ÖLBILD Gesellschaft leistete: er ließ sich durch einen Blumenstrauß ersetzen.
Nichts haben sie von meiner Poesie verstanden: »dérèglement des sens«, das ist jetzt die Arbeit meiner Beine, das ist einfach übergeschwappt, ich habe meine Beine Poesie werden lassen, ich habe den Globus aufgerollt. In der Sprache war das noch zu verkraften. Aber auch da wurde es überzuckert und ästhetisiert. Wäre ich nach Paris zurückgegangen, sie hätten mich in Stücke gerissen.
Und sie können ihre Thesen vom Tod meiner Poesie sogar mit Äußerungen von mir belegen. Aber wenn dieser Bardey in Aden angekrochen kam, um mir eine hergeschwindelte Ausgabe der »poètes maudits« unter die Nase zu halten, was blieb mir da anderes zu sagen als »Sinnlos, lächerlich, widerlich!« Monsieur Bardey hat diese Äußerungen nur syntaktisch für sich am vorteilhaftesten ausgelegt.
Ich habe nie der Poesie den Rücken gekehrt. Ich habe nur den faulen Stoff absinken lassen.

Es sollte noch schlimmer kommen: Hinter meinem Rücken, d. h. wenn ich tot bin, wollen sie mich auf CHRISTLICH schminken. Auf dem Krankenlager wird bereits alles vorbereitet. Meine letzten Visionen sind für sie nur reines ENGELSGEKLINGEL. Sie fahren einen ganzen STOSSTRUPP von SEDATIVA auf, um das aus mir herauszubekommen: sie lassen mich nach der Letzten Ölung winseln. Alles, was nicht nach purem Weihrauch riecht, versuchen sie gleich zu verstecken. Es gibt keine Wahrheit über mich. Diese Sorte von Wahrheit ist mir abträglich. Ich bin tatsächlich über das Grab hinaus.

im christentum:
abwehr des dämonischen in vereinzelung:
es bleibt stecken, wird exorziert

Das metallische Geschrei von Stechmücken wird jede Repräsentation unmöglich machen. Das Geräusch von Waffen, das Plätschern der Wellen am Kiel. Der zotige Gestank von bestialischen Knechten des Fortschritts in einer unmöglichen Koje. Das Geklirr der Strumpf=Höschen, keine Laufnaht. Keine Metapher, die mehr stimmt. Die Worte flutschen ihnen ganz einfach aus der Hand. Fisch=Worte, einmal im Jahr treibt es sie die Flüsse hoch, deshalb schreibt sich hier auch alles so flüssig herunter, es ist ein glitschiges Terrain, meine HERRschaften, ich kenne das Geheimnis der Übergänge, ich lasse die Wörter, so wie sie dastehen, einfach abstürzen, diese affig geschminkten Bedeutungs=Primadonnen, durch eine winzige Maus, oder sagen wir auch nur: durch einen gelb=gestreiften KÄFER auf dem Handrücken bringe ich sie zum Quietschen, es ist tatsächlich

in der natur-religion:
ausliefern ans dämonische im ekstatischen fest:
die besessenheit passiert

zum Quietschen. Immerhin bereitet es einiges Vergnügen, den Verrenkungen meiner hoch=heiligen Kommentatoren zuzusehen, ich brauche nur einen winzigen BUCHSTABEN zu verändern. Ich schreibe: »la main de la campagne sur l'épaule«. Und schon kreischen sie auf, das ist UNMÖGLICH, das darf nicht sein, es muß COMPAGNE heißen, hat man jemals eine Landschaft ausgreifen gesehen, natürlich nicht, wenn man das ganze Jahr nichts anderes als Stangenspargel frißt. »DAS GEHT SO NICHT! MR RIMBAUD, DA IST IHNEN WOHL DER GRIFFEL AUSGERUTSCHT? WIR BRINGEN DAS SCHON IN ORDNUNG FÜR SIE!« Dann werden sie noch dreister: »Mr Rimbaud, bremsen Sie Ihre Glossolalien. Diagnose: überhöhter Genuß von Absinth und Haschisch. Wir wissen, wo und wie Sie verkehren!«

Sie haben ihre Sichtweise: »Aber der Geistliche konnte ihm die Kommunion nicht geben. Zunächst fürchtete er, ihn zu sehr zu erregen; denn da Arthur im Augenblick viel speit und nichts im Mund behalten kann, befürchtete man eine unfreiwillige Entweihung.« Sie trauten mir wohl doch nicht ganz, sie mußten wohl befürchten, daß ihre Umstülpungs=Versuche nicht ganz angeschlagen waren. Vorsichtig versucht man sich heranzutasten:

»Er fängt dann an, mir die unwahrscheinlichsten Sachen zu erzählen, von denen er sich einbildet, daß sie während der Nacht im Krankenhaus geschehen sind; das ist die einzige Erinnerung, die er von seinem Delirium hat, die sich aber doch so hartnäckig festsetzt, daß er mir jedesmal morgens und auch den ganzen Tag über denselben UNSINN erzählt, denn er ärgert sich darüber, daß ich es ihm nicht glaube. Ich höre ihm also zu und versuche ihn davon abzubringen; er bezichtigt die Krankenpfleger und selbst die Schwestern widerwärtiger Dinge, DIE GAR NICHT MÖGLICH SIND. Ich sage ihm, daß er wohl geträumt haben muß, doch er verbeißt sich weiter darin und behandelt mich wie den letzten Schwachkopf.« (Isabelle an ihre Mutter, 5/10/91)

Die Kommentatoren meines »Werks« machen das folgendermaßen: »Pour traduire cette confusion et ce mouvement, Rimbaud fait violence à la langue. Il est probablement inutile, de s'interroger sur ces ›bandes atmosphèriques et ces accidences géologiques‹.«
Gottseidank bin ich von meinem Ruhm verschont geblieben. Was für ein häßliches Leben als Dichter. Ich möchte an den Ort, wo mich niemand kennt. Ich bin auf der Suche nach dem GOLD. Mein Bein hat es abgeschürft. Habe ich überhaupt die Schürfrechte über meinen Körper?

»Der Arzt, selbstredend, schaut nicht mehr nach mir; denn für einen Arzt genügt es, daß die Wunde vernarbt ist, um einen sich selbst zu überlassen. Er behauptet, man sei geheilt. Er kümmert sich erst dann wieder um einen, wenn ein Abszeß sichtbar wird, usw., usw. oder wenn andere Komplikationen auftreten, die ein paar Schnitte mit dem Messer erforderlich machen. Diese Sorte betrachtet die Kranken nur als Versuchs=Kaninchen, das kennt man ja.« (10/8/91 an Isabelle)

»Dann sagte er mir: ›Es muß alles vorbereitet, alles hergerichtet werden im Zimmer: ER WIRD MIT DEN SAKRAMENTEN

KOMMEN. Du wirst sehen, man wird Kerzen und Spitzen bringen; überall müssen weiße Leintücher aufgelegt werden. So krank bin ich also.‹ « (28/10/91; Isabelle an ihre Mutter)

Ja, ich bin so krank, daß ich eure dussligen Zeremonien mitmachen muß. Dieser Tod, der hat mich die meiste Kraft gekostet.

Zwei Welten haben ihren Krieg in mir ausgetragen, an meinem Bein, da hat es sich festgesetzt, genauer gesagt: an meinem Scham=Bein. Lesen wir die blumenreichen Worte, die meine Schwester dafür findet:

»Jetzt ist ein riesiges Krebsgeschwür zwischen Hüfte und Bauch, grad oben auf dem Knochen; doch dieser Stumpf, der so empfindlich war, schmerzt ihn fast gar nicht mehr. Arthur hat diese tödliche Geschwulst nicht gesehen: er wundert sich, daß jedermann kommt, um diesen armseligen Stummel zu sehen, in dem er fast gar nichts mehr spürt; und alle Ärzte (es sind inzwischen wohl schon zehn gekommen, seit ich sie auf dieses Übel aufmerksam gemacht habe) verstummen und erschrecken angesichts dieses seltsamen Krebsgeschwürs.« (28/10/91; Isabelle an ihre Mutter)

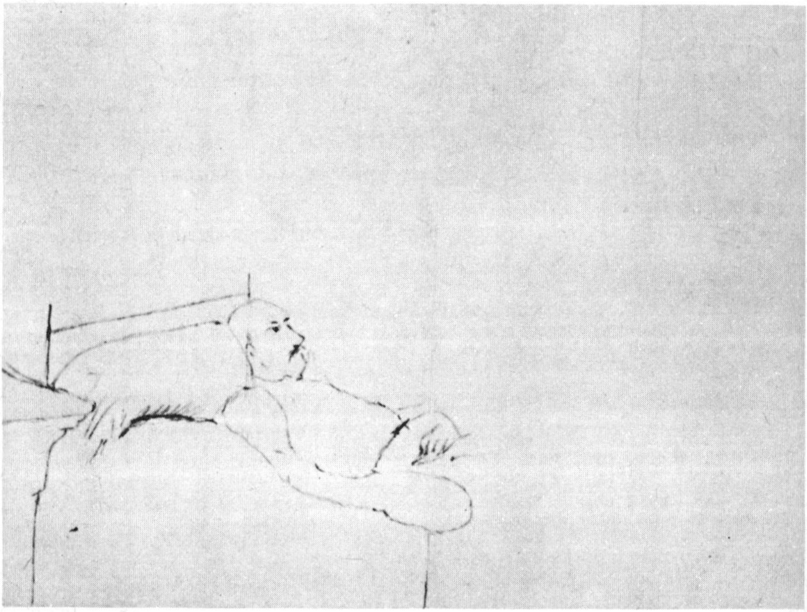

Vor lauter Schreck ließ sie meinen Unterleib aus, als sie mich zeichnete. Anstatt die FEUERROSE MEINES TODES ZU KOLORIEREN hat sie mich in zwei Teile gespalten, so wie es immer mit mir geschah, den einen hat sie sich weggedacht, hat ihn vernebelt, um den anderen, in vergoldete Scheiße eingewickelt, in den Himmel fahren lassen zu können. Doch sie hat nicht mit meiner Zähigkeit gerechnet: ich habe es darauf angelegt, die Hölle wieder publik zu machen. Denn seit die Fluten verflossen sind, ist es merkwürdig ÖD hier.
Der Stoff, aus dem ich gemacht bin, sind Diebe, Säufer, Hurenböcke (»RIBAUD«), nur sollte unsere Familie etwas BESONDERES sein: schamhaft stierte man auf das »M« in unserem Namen, das M der Jungfrau Maria sollte die Rettung sein, meine Aufgabe war, das alles wieder gradzubiegen, ich muß zugeben: etwas strapaziös.
Mein Bein versuchte sich freizuschwimmen. Wie eine Magnet=Nadel strebte es nach den Punkten größter Anziehung.
ATLAS: Gebirge, Kartenwerk, Welt=Träger und wertvolles Tuch in einem — knisternd.
HARAR, Zentrum aufständischer Bemühungen, seit Jahrhunderten, Batterie der Völker, portugiesischer Einschlag, sagt man, an der Kante von Islam und Christentum, Zusammenstöße, Anrollen von Lichtfluten aus längst verpesteten Milliardärsgehirnen: das Erdreich ist zerstampft zur Linken, merkwürdig verräterische Licht=Schwälle: der Durchbruch regulärer abessinischer Einheiten oder die unio mystica mit einem violetten Spanferkel? Kaum war ich irgendwo angekommen, verflog die Anziehung. »Ich halte mich so schlecht.« Schwierigkeiten mit dem Zahlmeister, HÄNDEL, doch nur, weil es nicht auszuhalten ist, ICH BEISSE das jetzt durch, diese 30 000 Francs, diese Karawane, ich beisse das jetzt durch: und das ist mein eigener dünner Lebensfaden.

Wohin geht denn die Reise?
Wo treibt es dich hin?

harar, foto von rimbaud

Der Stamm, aus dem du hervorgegangen bist, ein äußerst zurückgelegen lebendes Volk, äußerst sparsam in ihren Gesten, eine längst verschüttete Kultur, minoisch vielleicht, die Osterinsel, Summerien?
Es treibt doch nur, kein festes Ziel, überall die gleichen saumäßigen Bedingungen, Höllenglut. Das Paradies muß in uns liegen, in irgend einer Form müssen wir es aus uns herausziehen. Ich weiß es jetzt: nirgendwo hat das Paradies

ein LOCH, das Paradies ist vollständig verschlossen und offen zugleich, ich habe es gesehen, im Augenblick meines Todes, wie sie es nennen, habe ich es erhascht. Und sie haben nur UNSINN gehört. Ihr Glück. Hier bin ich endlich zu MEINER Poesie vorgestoßen.
Es ist alles breiter geworden auf dieser schrecklichen Kippe. Und es mögen auch Ahnungen zu meiner Schwester durchgedrungen sein, durch alle Verbrämungen hindurch:

»Wachend vollendet er sein Leben in einer Art fortgesetzten Traums: ganz sanft sagt er die verwirrendsten Dinge, mit einer Stimme, die mich bezaubern könnte, wenn sie mir nicht das Herz zerschnitte. Was er sagt, das sind Träume, doch gleicht es nicht dem, was er zu Zeiten des Delirs gesagt hat (...)
Als er diese Dinge murmelte, sagte mir die Schwester ganz leis: ›Er hat doch wohl das Bewußtsein verloren?‹ Aber er hat es gehört und ist ganz rot geworden; sonst hat er nichts weiter gesagt, aber als die Schwester gegangen war, sagte er mir: ›Man hält mich für verrückt, und Du, glaubst Du das auch?‹ Nein, ich glaube das nicht, er ist ein fast unkörperliches Wesen und sein Denken entschlüpft ganz unkontrolliert. Manchmal fragt er die Ärzte, ob sie auch diese außergewöhnlichen Dinge sehen, die er wahrnimmt, und er spricht zu ihnen und erzählt ihnen seine Eindrücke mit solcher Sanftheit und in Wendungen, die ich nicht wiederzugeben wüßte. Die Ärzte schauen ihm in die Augen, diese schönen Augen, die niemals schöner und klüger waren, und zueinander sagen sie: ›Das ist einzigartig!‹ In Arthurs Fall ist etwas, das sie nicht verstehen. (...)
Er erkennt jeden. Mich nennt er manchmal DSCHAMI, aber ich weiß, daß das mit vollem Willen geschieht und sich so in seinen bewußt gelenkten Traum fügt; auch bringt er alles zueinander in Beziehung und ... mit KUNST. Wir sind in Harar, wir reisen stets nach Aden ab, Kamele müssen besorgt, die Karawane muß organisiert werden; es geht sich sehr leicht mit dem flexiblen neuen Bein, wir unternehmen einige Ausritte auf schönen, prächtig beschirrten Maultieren; dann muß gearbeitet werden, die Bücher müssen durchgesehen, Briefe geschrieben werden. Schnell, schnell, man erwartet uns, laßt uns die Koffer schließen und aufbrechen.« (28/10/91; Isabelle an ihre Mutter)

Ich bin eingetaucht in das Feld des Arabischen, Worte, die eins aufs andere verweisen, gleich=mütig ausgebreitete Partikel.
»Qu'il arrive, arrive.«
Ich habe vom östlichen Licht genossen,
aber immer noch christliche Wut, die durchbricht.
Das alles hat mehr mit Musik zu tun.
Ich stehe jenseits aller Religionen.
So krank also bin ich.

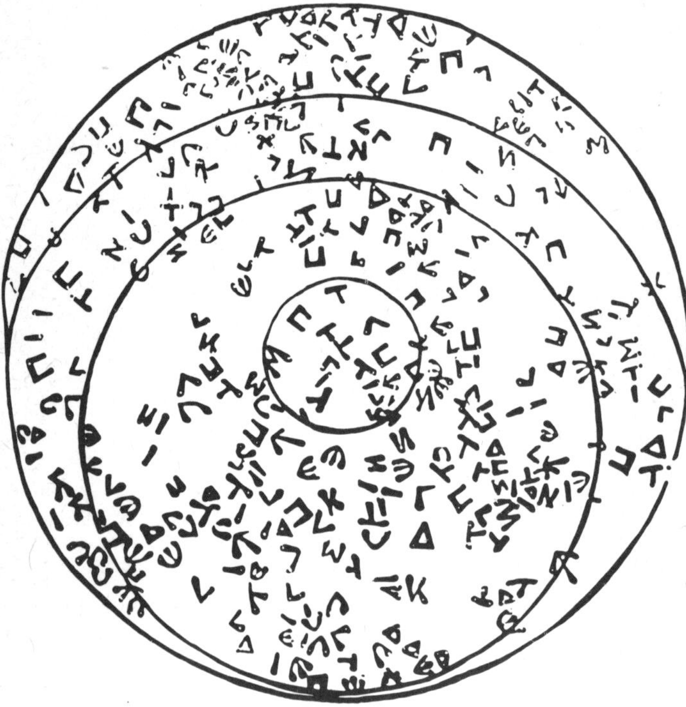

Schreiten und Stocken, Alphabet der Schritte, schräge Wortfetzen holen aus, barbarisch, kein Vergleich, der mehr stimmt, kein Überblick mehr möglich, Durchlässigkeit jedes einzelnen Worts, Hochschlagen der rauhen, kieksenden Stimme aus dem Untergrund, die Unter=Strömungen, achte darauf, sonst wirst du zum Spielball, zerreiß die Kunst=Fresse (Art=Hur-e) und setze sie neu wieder zusammen: nichts mehr von Kunst, nur noch Landschaften, die wir suchen: Ogaden? Kimmerien? Sansibar?
Fluchtlinien des Tuns und des Denkens: Archäologie? Geographie? Mathematik? Ketten, Zahlen und Lichter.
Schöpfen aus der Elementar=Masse, Wort=Lava,
Kreisen der Partikel und endlose Umschriften der Texte, der Schritte, der Sterne und des Bluts.
Licht=Einfälle von der Seite her, damit die Mikro=Körner sichtbar werden, ungeahnte Helligkeiten,
alles Feste zersetzend.
Aufhebung der Zeit, Aussetzen des Atems:
das wesentliche Atemstocken.

Antonin Artaud
Fragmente eines Höllentagebuchs

für André Gaillard

Weder mein Schrei noch mein Fieber sind von mir. Dieser Zerfall meiner zweitrangigen Kräfte, dieser hinterhältigen Elemente des Denkens und der Seele — macht Euch wenigstens ihre Beständigkeit begreiflich.
Dieses Etwas, das sich auf halbem Wege zwischen der Farbe meiner typischen Atmosphäre und der Spitze meiner Realität befindet.
Ich brauche nicht so sehr Nahrung als eine Art elementares Bewußtsein.
Dieser Knoten des Lebens, an dem die Ausstrahlung des Denkens hängenbleibt.
Ein Knoten zentralen Erstickens.
Mich einfach auf eine klare Wahrheit stellen, das heißt eine, die auf des Messers Schneide bleibt.
Dieses Problem der Auszehrung meines Ichs stellt sich nicht mehr einzig unter seinem schmerzhaften Aspekt. Ich spüre, daß sich neue Faktoren in die Denaturierung meines Lebens einmischen und die ich wie ein neues Bewußtsein meines inneren Verlustes empfinde.
Ich sehe in der Tatsache, die Würfel zu werfen und mich auf die Affirmation einer geahnten Wahrheit einzulassen, so ungewiß sie auch sein mag, den ganzen Daseinsgrund meines Lebens.
Ich verweile stundenlang beim Eindruck einer Idee, eines Tons. Meine Emotion entwickelt sich nicht in der Zeit, hat keine zeitliche Aufeinanderfolge. Der Rückfluß meiner Seele befindet sich in vollkommenem Einklang mit der absoluten Idealität des Geistes.
Der Metaphysik die Stirn bieten, die ich mir in Abhängigkeit von diesem Nichts geschaffen habe, das ich ertrage.
Dieser Schmerz, der wie ein Keil in mir steckt, im Zentrum meiner allerreinsten Realität, an dieser einstigen Stätte der Sensibilität, wo sich die zwei Welten des Körpers und des Geistes wieder vereinen — ich habe gelernt, mich ihm durch den Effekt einer falschen Suggestion zu entziehen.
Im Zeitraum dieser Minute, in der die Erleuchtung einer Täuschung anhält, fabriziere ich mir einen Fluchtgedanken, lasse mich auf eine falsche Spur ein, die mein Blut anzeigt. Ich schließe die Augen meiner Intelligenz, und indem ich in mir das Unformulierte sprechen lasse, verschaffe ich mir die

Illusion eines Systems, dessen Begriffe mir entfallen würden. Aber von dieser Minute des Irrtums bleibt mir das Gefühl, dem Unbekannten etwas Wirkliches entrissen zu haben. Ich glaube an spontane Beschwörungen. Auf den Bahnen, auf denen mich mein Blut mit sich fortreißt, kann es nicht anders sein, als daß ich eines Tages eine Wahrheit entdecke. Die Paralyse bemächtigt sich meiner und hindert mich immer mehr daran, auf mich selbst zurückzukommen. Ich habe keinen Stützpunkt mehr, keine Basis... ich suche mich ich weiß nicht wo. Mein Denken kann nicht mehr dorthin, wohin meine Emotion und die Bilder, die in mir aufsteigen, es treiben. Ich fühle mich kastriert bis in die geringsten Impulse. Zum Schluß erlebe ich noch, kraft der Entsagungen meiner Intelligenz und meiner Sensibilität in jeder Beziehung, wie das Tageslicht durch mich hindurchgeht. Es ist notwendig zu begreifen, daß es wirklich der lebendige Mensch ist, der in mir erschüttert wird und daß diese Paralyse, die mich erstickt, sich im Zentrum meiner herkömmlichen Persönlichkeit befindet und nicht im sinnlichen Zentrum des prädestinierten Menschen. Ich befinde mich definitiv neben dem Leben. Meine Qual ist ebenso subtil, ebenso raffiniert wie bitter. Ich muß meine Vorstellungskraft wahnsinnig anstrengen, der Umklammerung durch diese erstickende Atemnot wegen verzehnfachen, um dahin zu kommen, mein Leid zu *denken.* Und wenn ich hartnäckig auf diesem Bemühen bestehe, auf diesem Bedürfnis, ein für allemal den Zustand meiner Erstickung zu fixieren...
Du hast unrecht, auf diese Paralyse anzuspielen, die mich bedroht. Sie bedroht mich tatsächlich, und sie wird von Tag zu Tag schlimmer. Sie existiert bereits, wie eine grauenvolle Realität. Gewiß, noch tue ich (aber für wie lange?) mit meinen Gliedern, was ich will, aber schon seit langem gebiete ich nicht mehr meinem Geist, und mein ganzes Unbewußtes gebietet mir mit Impulsen, die aus der Tiefe meiner nervösen Wut und den Strudeln meines Blutes kommen. Gedrängte und lebhafte Bilder, die meinem Geist bloß Worte des Zorns und blinden Hasses hersagen, die aber wie Messerstiche oder Blitze in einen verstopften Himmel eindringen.

Ich werde von einem hartnäckigen Tod stigmatisiert, wo der wirkliche Tod für mich ohne Schrecken ist.
Diese erschreckenden Formen, die sich nähern, ich fühle, daß die Verzweiflung, die sie mir bringen, lebendig ist. Sie schleicht sich in diesen Knoten des Lebens ein, hinter dem sich die Wege zur Ewigkeit öffnen. Das ist wirklich die Trennung für immer. Sie schieben ihr Messer in dieses Zentrum, wo ich mich Mensch fühle, sie zerschneiden die vitalen Bänder, die mich mit dem Traum meiner luziden Realität vereinen.
Formen einer kapitalen (wahrhaftig vitalen) Verzweiflung,
Kreuzweg der Trennungen,
Kreuzweg der Empfindungen meines Fleisches,
von meinem Körper verlassen,
verlassen von jedem im Menschen möglichen Gefühl.
Ich kann es nur mit dem Zustand vergleichen, in dem man sich im Innersten eines Delirs befindet, das, im Verlauf einer schweren Krankheit, vom Fieber herrührt.
Es ist diese Antinomie zwischen meiner inneren Leichtigkeit und meiner äußeren Schwierigkeit, die die Qual erschafft, an der ich sterbe.
Die Zeit mag vergehen und die sozialen Konvulsionen der Welt das Denken der Menschen verwüsten, ich bin außerhalb jeden Denkens, das in den Erscheinungen versinkt. Man überlasse mich meinen trübsinnigen Träumereien, meiner unsterblichen Ohnmacht, meinen unsinnigen Hoffnungen. Aber man soll wissen, daß ich keinem meiner Irrtümer entsage. Wenn ich falsch geurteilt habe, so ist das die Schuld meines Fleisches, aber diese Erleuchtungen, die mein Geist von Stunde zu Stunde filtriert, das ist mein Fleisch, das sich mit Blitzen bedeckt.
Er redet von Narzißmus, ich erwidere, daß es um mein Leben geht. Ich verehre nicht das Ich, sondern das Fleisch, im palpablen Sinn des Wortes Fleisch. Alle Dinge tangieren mich nur insofern, als sie mein Fleisch in Mitleidenschaft ziehen, als sie mit ihm zusammenfallen, und sogar bis zu dem Punkt, wo sie es erschüttern, nichts darüber hinaus. Nichts berührt mich, nichts interessiert mich als das, was sich *direkt* an mein Fleisch wendet. Und in diesem Augenblick redet er vom Selbst. Ich erwidere, daß Ich und Selbst

zwei verschiedene und nicht miteinander zu verwechselnde Begriffe sind, und zwar ganz genau jene zwei Begriffe, die sich im Gleichgewicht des Fleisches wiegen.
Ich fühle, wie unter meinem Denken der Boden zerbröckelt, und das bringt mich dahin, die Begriffe, die ich gebrauche, ohne den Halt ihres vertrauten Sinns, ihres persönlichen Substrats ins Auge zu fassen. Mehr als das: der Punkt, durch den sich dieses Substrat mit meinem Leben zu verbinden scheint, wird plötzlich merkwürdig spürbar und virtuell. Ich habe die Vorstellung eines unvorhergesehenen und fixierten Raums, wo in normalen Zeiten alles Bewegung, Kommunikation, Überlagerung, Bahn ist.
Aber dieses Zerbröckeln, das mein Denken an seinen Grundlagen befällt, an seinen dringendsten Verbindungen mit der Intelligenz und mit der Instinktivität des Geistes, ereignet sich nicht im Bereich eines gefühllosen Abstraktums, an dem einzig die oberen Bezirke der Intelligenz teilhätten. Mehr als der Geist, der intakt und voller Stacheln bleibt, ist es die Nervenbahn des Denkens, die von diesem Zerbröckeln befallen und abgelenkt wird. In den Gliedern und im Blut macht sich diese Absenz und dieses Stehenbleiben besonders bemerkbar.
Eine große Kälte,
eine entsetzliche Abstinenz,
die Ränder eines Albtraums aus Knochen und Muskeln, mit dem Gefühl der Magenfunktionen, die wie eine Fahne im Phosphoreszieren des Gewitters klatschen.
Larvenhafte Bilder, die wie mit dem Finger vorwärtsgetrieben werden und mit keinerlei Materie in Beziehung stehen.
Ich bin Mensch durch meine Hände und meine Füße, meinen Bauch, mein Herz aus Fleisch, meinen Magen, dessen Knoten mich wieder mit der Verwesung des Lebens vereinen.
Man redet mir von Worten, aber es geht nicht um Worte, es geht um die Dauer des Geistes.
Diese Kruste der Wörter, die abfällt, man darf sich nicht einbilden, daß die Seele nicht darin eingeschlossen sei.
Neben dem Geist gibt es das Leben, es gibt das menschliche Wesen in dem Kreis, um den sich dieser Geist dreht, mit ihm verbunden durch eine Vielzahl von Fäden...

Nein, alle körperlichen Entwurzelungen, alle Verminderungen der physischen Aktivität und dieses Unbehagen, sich abhängig zu fühlen von seinem Körper, und dieser Körper selbst, marmorbeladen und auf schlechtes Holz gebettet, kommen nicht dem Schmerz gleich, um das physische Wissen und den Sinn für sein inneres Gleichgewicht beraubt zu sein. Daß die Seele die Sprache im Stich läßt oder die Sprache den Geist, und dieser Bruch in die Ebenen der Sinne eine gewaltige Furche von Verzweiflung und Blut zieht, das ist der große Schmerz, der nicht die Kruste oder das Gebälk aushöhlt, sondern den STOFF der Körper. Man kann diesen irrenden Funken verlieren, von dem man fühlt, DASS er ein Abgrund war, der sich des ganzen Raums der möglichen Welt bemächtigt, und das Gefühl einer solchen Nutzlosigkeit, daß sie dem Knoten des Todes gleicht. Diese Nutzlosigkeit ist gleichsam die geistige Farbe dieses Abgrunds und dieser intensiven Bestürzung, und seine sinnliche Farbe ist der Geschmack von Blut, das in Kaskaden aus den Öffnungen des Hirns spritzt.
Man hat gut reden, daß diese Mördergrube in mir sei; ich habe am Leben teil, ich stelle die Fatalität dar, die mich auserwählt, und es kann nicht sein, daß das ganze Leben der Welt mich zu einem bestimmten Zeitpunkt mitzählt, da es ja gerade durch seine Natur das Prinzip des Lebens bedroht.
Es gibt etwas, das über aller menschlichen Aktivität steht: es ist das Beispiel dieser monotonen Kreuzigung, dieser Kreuzigung, wo die Seele endlos sich zugrunde richtet.
Die Schnur, die ich von der Intelligenz durchdringen lasse, die mich besetzt hält, und vom Unbewußten, das mich nährt, offenbart im Innersten seines verästelten Gewebes immer feinere Fäden. Und ein neues Leben wird geboren, das immer tiefer, beredter, verwurzelter wird.
Niemals könnte durch diese Seele, die sich erdrosselt, irgendeine Bestimmtheit mitgeteilt werden, denn die Marter, die sie tötet, die sie Faser für Faser auszehrt, ereignet sich unterhalb des Denkens, unterhalb dessen, wo die Sprache hinreichen kann, da es ja gerade die Verbindung dessen ist, was sie ausmacht und geistig zusammenhält, die in dem Maße abreißt, wie das Leben sie für die Konstanz

der Klarheit beansprucht. Niemals irgendeine Klarheit über diese Leidenschaft, über diese Art von zyklischem und grundsätzlichem Martyrium. Und dennoch lebt sie, aber von ekliptischer Dauer, wo sich das Flüchtige fortwährend mit dem Unbeweglichen, und das Konfuse mit dieser durchdringenden Sprache einer Klarheit ohne Dauer vermischt. Dieser Fluch ist hohe Schule in bezug auf die Tiefen, die er besetzt hält, aber die Welt wird diese Lektion nicht verstehen.

Die Erregung, die das Werden einer Form mit sich bringt, die Anpassung meiner Stimmungen an die Virtualität eines Diskurses ohne Dauer, ist mir ein weitaus wertvollerer Zustand als die Befriedigung meiner Aktivität.

Das ist der Prüfstein für gewisse geistige Trugbilder.

Diese Art von Rückwärtsschreiten, das der Geist diesseits des Bewußtseins macht, das ihn fixiert, um die Erregung des Lebens zu suchen. Diese Erregung ist außerhalb des besonderen Punktes gelegen, wo der Geist sie sucht; mit formenreicher Dichte und strömender Frische taucht sie auf, diese Erregung, die dem Geist den erschütternden Ton der Materie verleiht, die ganze Seele taucht in ihr unter und vergeht in ihrem glühenden Feuer. Aber mehr als das Feuer entzückt die Seele die Durchsichtigkeit, die Leichtigkeit, die Unbefangenheit und eisige Aufrichtigkeit dieser allzu lebhaften und wetterwendischen Materie.

Jener weiß, was das Erscheinen dieser Materie bedeutet und welchem unterirdischen Gemetzel er sein Werden verdankt. Diese Materie ist das Eichmaß eines Nichts, das sich nicht kennt.

Wenn ich mich denke, sucht sich mein Denken im Äther eines neuen Raums. Ich bin auf dem Mond wie andere auf ihrem Balkon. In den Klüften meines Geistes nehme ich an der planetarischen Gravitation teil.

Das Leben wird weitergehen, die Ereignisse werden sich entwickeln, die geistigen Konflikte sich lösen, und ich werde daran nicht teilhaben. Ich habe nichts zu erwarten, weder in physischer noch in geistiger Richtung. Für mich gibt es den fortwährenden Schmerz und den Schatten, die Nacht der Seele, und ich habe keine Stimme zum Schreien.

Verschwendet eure Reichtümer fern dieses unempfindlichen

Körpers, dem keine Zeit, weder eine geistige noch eine sensuelle, etwas ausmacht.
Ich habe den Bereich des Schmerzes und des Schattens gewählt wie andere den des Glanzes und der Anhäufung der Materie.
Ich arbeite nicht im Raum irgendeines Bereiches.
Ich arbeite in der einzigen Dauer.

(Deutsch von Franz Loechler)

Bilderklärungen

Inhaltsverzeichnis

»und wäre es nur der maske wegen, die du UNS geschenkt.«